Tu y yo en las raíces del tiempo

Paola Calasanz (Barcelona, 1988), más conocida como Dulcinea, es escritora, directora de arte, creativa e *instagrammer* (con casi 1.000.000 de seguidores entre todas sus redes sociales).

Debutó en 2017 con la novela *El día que sueñes con flores salvajes*, un éxito de público y ventas de la que se han publicado ya más de ocho ediciones, que apeló a toda una generación de lectores apasionados por una historia llena de emociones. A esta, le siguieron *El día que el océano te mire a los ojos*, *El día que sientas el latir de las estrellas* y la presente, *El día que descubras colores en la nieve*, con la que se concluye la serie El día que..., con la que Dulcinea ha llegado a más de 200.000 lectores.

Tu y yo en las raíces del tiempo

Paola Calasanz (Dulcinea)

rocabolsillo

Primera edición en Rocabolsillo: marzo de 2025

© 2024, Paola Calasanz
© 2024, 2025, Roca Editorial de Libros, S.L.U.
Travessera de Gràcia, 47-49. 08021 Barcelona
Diseño de la cubierta: Penguin Random House Grupo Editorial
Imagen de la cubierta: © Ana Santos

Printed in Spain – Impreso en España

ISBN: 978-84-19498-58-8
Depósito legal: B-628-2025

Compuesto en Mirakel Studio, S. L. U.
Impreso en Novoprint
Sant Andreu de la Barca (Barcelona)

RB 9 8 5 8 8

*A mí, que en algún punto del camino olvidé
que estar viva es un milagro, que la vida es frágil
y que el amor siempre debe brotar a raudales*

Parte I

Cicatrices

Alguien me habló todos los días de mi vida
al oído, despacio, lentamente.
Me dijo: «¡Vive, vive, vive!»
Era la muerte.

JAIME SABINES

1

Socorro, Nuevo México

Hoy cumplo veinticinco años y es un buen día para dar un paso adelante. Tengo que ir dejando atrás el duelo. Miro por la ventana de mi habitación y dudo si es el mejor momento para enterrar el pasado o si más bien tendría que entenderlo mejor y afrontar mi presente con esperanza. Como buena piscis que soy, llevo demasiados meses sin enraizar mi vida, viviendo de la nostalgia y los sueños. Clavo la mirada en las colinas rojizas de las montañas áridas y desérticas de mi pueblo a ver si logro ver a Maktub, posado en ellas o alzando su poderoso vuelo de aguilucho por encima del desierto que nos rodea. Un águila joven de cabeza blanca con la que tengo una conexión muy especial. Pero hoy no hay rastro de él. Giro la cabeza hacia mi minúsculo armario, como si de una revelación se tratara, y tomo la iniciativa de afrontar mis miedos. Hoy es el día. Marzo avanza lento y el frío empieza a desaparecer, tanto fuera como en mi corazón.

Trato de mantener el equilibrio mientras trepo por el taburete inestable de la cocina, hasta alcanzar la caja de zapatos que guardo con tanto mimo encima del armario de la habitación. La abro despacio, como si no supiera lo que contiene y se tratara de material peligroso. Inflamable. Listo para dinamitar mi vida. Estallar con todo el arsenal de recuerdos del pasado. Debería poner un cartel que diga: Cuidado, contenido altamente emocional. Sin embargo, solo tiene escrito mi nombre. Alex. La voy a abrir tras demasiados meses sin ánimo ni valor para hacerlo.

Saco la vieja y empolvada cámara analógica de mi padre de su interior y, por un instante, me sobrevienen un montón de recuerdos. Me siento pequeña. Bajo con cuidado y me arrodillo a los pies de la cama. La acaricio para quitarle las motas de polvo que la cubren y sonrío al recordar todas las tardes de domingo que mi padre se pasó enseñándome a fotografiar. Las memorias dolorosas se entremezclan con las bonitas, y el susurro de la muerte me visita como tantas veces en este último año. Pienso en papá, en cómo se fue, en lo que sentí al verlo sin vida, en lo injusta que fue su partida para mí y el modo en que aconteció todo. Aprieto los labios para retener la ira y la pena. ¿Acaso la muerte del cuerpo acaba con todo lo demás? ¿Tan simples somos? Trato de averiguarlo cada día que pasa.

«La velocidad de obturación, ahí está el secreto».

Recuerdo sus palabras y el modo en que sonaba su voz como si le escuchara ahora mismo. Me lo repetía una y otra vez al tiempo que me mostraba sus fotografías, instantes en movimiento atrapados en el papel. Siempre con ese halo de vida a pesar de contener tanto pasado.

Cuando por fin logré entenderlo y dominar la cámara a la perfección, ya era demasiado tarde. Él ya no estaba y, desde entonces, decidí guardarla en esa caja de zapatos repleta de carretes por estrenar. Sabía que, en algún momento, estaría preparada para usarla de nuevo.

Ver la vida a través del visor de una buena cámara te da una ventaja frente al resto del mundo. Eres dueña del tiempo, del tuyo y del de los demás. Puedes retratar momentos y hacerlos eternos. Y tengo la suerte de vivir a escasos treinta kilómetros del Bosque del Apache, uno de los mayores puntos de avistamiento de aves salvajes en libertad de Estados Unidos, aquí en Nuevo México. Nada tienen que ver sus paisajes desérticos de montaña rojiza y arcillas de mil tonalidades con el oasis de vida de las lagunas del Bosque del Apache. Es un sitio de parada crítico para las aves acuáticas migratorias. Y, por supuesto, también para tantísimas aves rapaces y carroñeras que surcan nuestros cielos, las que controlan la muerte, las que velan por ella, las que la transforman de nuevo en vida. Necesito fotografiar eso y todo lo que me enseñan en cada avistamiento. Quizá me ayude a cerrar la herida que dejó papá. Desde pequeña, perderme con mis prismáticos por los senderos, lagunas y bosques de este paraje natural ha sido un *leitmotiv* en mi vida. Siempre junto a papá y su cámara. Además, tenemos la suerte de vivir en uno de los estados con más cultura indígena aún viva de todo el país, donde sus leyendas y sabiduría se palpan en el aire, sin duda. Solo has de estar dispuesto a escuchar y a sentir.

Eso es lo que me ha ocurrido con Maktub. Ha sido el punto de unión entre la vida y la muerte. En una de mis expediciones de avistamiento de aves acuáticas, me topé con el polluelo de águila, lo recogí sin dudarlo y lo ayudé a sobrevivir. Me defendí bastante bien y aprendí muchísimo gracias a mi experiencia como enfermera. De esto hace ya casi un año. Poco después de la muerte de papá. Estuvo algo más de cuatro meses conmigo en casa y, cuando logró levantar el vuelo, lo liberé en Bosque del Apache. Pero se improntó conmigo, como era de esperar en un ave joven criada por una humana. Cree que soy su madre, y su biología no le permite separarse de mí hasta los cuatro o siete años, cuando encontrará una pareja con la que aparearse y estar toda la vida. Hasta entonces, me temo que siempre volverá a mí y yo a él. Esa es la razón por la que, desde ese momento, le visito casi todas las semanas. No sé cómo es capaz de encontrarme cada vez que voy. Aparece con solo caminar por los senderos y hacer el sonido de reclamo que le hacía de pequeño cuando aprendió a volar. Ha llegado a sobrevolar Socorro en mi búsqueda. Nuestra conexión es sencillamente inexplicable. Brutal. Es libre, pero mi ayuda le ha supuesto un vínculo demasiado fuerte como para desarrollarse con los suyos como es debido. Esa sensación de culpa es la que me impulsa a seguir a su lado, a visitarlo, a observarlo y a aprender de él hasta que esté listo para emprender una nueva vida sin mí.

Decido visitar el Bosque pronto, cámara en mano, para fotografiarlo por primera vez, ahora que dispongo de quince días libres por delante. Llevo demasiado tiempo sin disparar. Mi trabajo es muy exigente. Soy enfermera y, por norma, suelo hacer guardias largas para después librar varios días seguidos. Llevo dos años y medio en el hospital de Albuquerque y tiene sus ventajas, aunque me ha costado adaptarme a los horarios nocturnos. Lo mejor es la cantidad de días de descanso que tengo. Mi rutina en el hospital suele ser bastante variada y no me aburro, a pesar de que son muchas horas, doce seguidas normalmente. Rondas, cuidados intensivos, reuniones, ratitos con mi gran compañera Martha, comida recalentada en el microondas, alguna que otra serie en el móvil en las horas muertas y mucha sensación de orgullo cuando ayudo a los pacientes a sentirse mejor y recuperarse.

Me dirijo al espejo con la intención de que hoy sea un día especial, con la cámara entre las manos casi temblorosas de la emoción y la seguridad de que empieza una nueva etapa. Sí, ha pasado un año, no solo desde que mi padre me dejó, sino desde que rompí con James. Es cierto, ya no se me desboca el corazón cada vez que me lo cruzo por los pasillos del hospital. Ahora lo pienso y me doy cuenta de que la llegada de Maktub fue de gran ayuda para despedir tanto a papá como a James.

Su autoridad y carisma me hacían caer rendida a sus pies cada vez que su mujer estaba fuera por negocios. También cuando le venía en gana que nos encerráramos en su despacho de cirujano para ponerme contra la mesa y follar en silencio, con tanta intensidad como prisa, para luego salir a los pasillos y fingir que casi ni nos conocíamos . Eso sí, un montón de promesas incumplidas de lo importante que era para él y lo mucho que iban a cambiar las cosas cuando su hija mayor cumpliera los quince. Menudo cabrón mentiroso. No puedo evitar que la rabia aún se apodere de mí cuando pienso en todo lo que vivimos juntos… Ha pasado casi un año y todavía me enerva recordar lo tonta que fui. Todo ocurrió muy deprisa. Empecé mi residencia en el hospital recién salida de la carrera, con toda la ilusión que puede albergar alguien que ha logrado aprobar con matrícula. Sí, me esforcé mucho y ser la mejor en lo mío era muy importante para mí. A las pocas semanas de entrar, coincidí con James en los pasillos, se fijó en mí de inmediato y se mostró muy amable y dispuesto a ayudar. El gran cirujano de renombre y la nueva enfermera inexperta. Se ofreció a apoyarme si me sentía un poco perdida con las rutinas los primeros meses, y la verdad es que fue un apoyo al que acudir cada vez que algo me sobrepasaba, cada vez que no congeniaba con algún paciente o cada vez que me daban ganas de matar a mi supervisor, Louis, con el que nunca he logrado conectar. Yo era novata y James tenía sus armas. Fue inevitable acabar desayunando juntos después de una guardia en una cafetería a la salida del hospital, contándonos la vida. Al acompañarme a mi casa, acabamos fundidos en un beso apasionado que juró haber esperado desde hacía años, ya que no era feliz en su matrimonio con dos hijas, horarios opuestos a su mujer y las presiones del día a día. James es atractivo, apenas llega a los cuarenta y sabe ejercer en su beneficio el poder que tiene.

Me miro al espejo y me doy cuenta de que esa chica de veintitrés años que tiró dos años por la borda con él ya está muy lejos del reflejo que me devuelve el cristal. Ahora, con casi veinticinco, ya todo es diferente. Me he convertido en una mujer libre e independiente que no volverá a caer en los encantos de ningún hombre que no esté a la altura de lo que yo estoy dispuesta a entregar en una relación.

Los veinticinco van a cambiarme. Lo sé, y hoy es el mejor día para celebrarlo. Llevaba una semana mirándome al espejo y contemplando un rostro que parecía preguntarme hasta cuándo iba a seguir de duelo. Me di cuenta de que se acercaba mi cumpleaños y me estaba forzando por salir de la oscuridad. Era una señal. Así que aquí estoy y he decidido hacerme un regalo. Me he propuesto hacer tres cosas realmente relevantes, tres cosas que no haría mi yo de veinte años. La primera es volver a fotografiar.

Monto el carrete de la cámara mientras rezo para que no se haya dañado en todo este tiempo y me desnudo despacio ante el espejo. Contemplo mi cuerpo y me siento orgullosa de él. Ladeo un poco la cintura para realzar mis curvas e inclino ligeramente la cabeza para que se me marquen las clavículas, mientras la luz que se filtra entre las cortinas ilumina mis pezones y realza el vello púbico que acabo de rasurar. El pelo castaño recién cortado me cae sobre los hombros en una media melena muy atrevida para mi estilo, ya que siempre solía llevar el pelo largo. Decidí cortarlo hace unas semanas para renovar, cambiar y avanzar. También me atreví con el flequillo, que ahora me enmarca los ojos en una línea recta y perpendicular a mi mirada. Reconozco que tiene un punto Cleopatra que me gusta, me hace sentir sexy. Regulo el diafragma y la velocidad de obturación y disparo. ¡Ahí está! He inmortalizado en el carrete el reflejo de mi cuerpo desnudo y para nada frágil en el espejo.

Lo realmente atrevido de todo esto es mandar el carrete a revelar a la tienda del pueblo y que Paul me vea desnuda al hacerlo. Fantaseo con la cara de sorpresa que pondrá. Nos conocemos desde pequeños, pues mi padre ha revelado las fotos en la tienda de su familia toda la vida y yo siempre he ido con él. Paul y yo nunca hemos conectado demasiado, pero nos conocemos lo suficiente como para que le descoloquen mis nuevas fotografías. Me gusta imaginar que mira mi foto y se excita. No tengo ningún interés en Paul; es unos ocho o nueve años mayor que yo y, aunque tiene cierto atractivo, es el típico chico soso y serio con el que no querrías tener una cita. Aun así, me divierte imaginar cómo se altera ante el desnudo de la niña del pueblo que iba siempre con su padre a comprar carretes. Hemos compartido alguna que otra charla sobre fotografía y cámaras de fotos, siempre con su poca humildad coronando las conversaciones, ya que él sabe más que nadie. Tengo ganas de que pase un apuro al entregarme la foto revelada. Ambos sabemos la de rato que hay que pasarse ante una foto cuando la revelas con el mimo y el arte con los que lo hace él. Eso tengo que concedérselo. Él que es tan correcto siempre… Sonrío para mis adentros y admito que estas cosas me dan vidilla y pienso repetirlas. Quiero volver a ser esa chica alocada que cerraba los bares todas las noches de fiesta y que decía no a todos los salidos que intentaban ligar con ella desesperadamente.

La segunda cosa especial que voy a hacer hoy en mi cumpleaños es hablarle a un desconocido que me llame la atención sin pudores ni filtros. Eso ya lo veremos más adelante. A ver si hoy me cruzo con alguien interesante. Hace tiempo que me apetece conocer a una persona nueva e ilusionarme. De un tiempo a esta parte, no he estado muy por la labor de ampliar mi círculo de amistades, la verdad. Y, por último, no pienso llegar tarde al trabajo nunca más. No quisiera perder mi puesto de enfermera en el hospital de rehabilitación más reconocido de Albuquerque, el Lovelace Rehabilitation Hospital.

Me tomo el trabajo como algo personal y no siempre es una buena idea, pues a veces me implico demasiado y acabo sufriendo más de lo debido. Este último año, me he entregado mucho más. Veo los ojos de mi padre en las miradas agotadas a causa del sufrimiento de los pacientes y me desvivo por ellos. Es mi manera de volver a él. De despedirme de él. Y ya ni siquiera me parece algo triste, solo mi modo de trabajar. No es que el puesto me llene del todo, pero lo disfruto. Siento que ayudo a las personas. Es un trabajo que se me da bien, aunque me cuesta ceder ante la autoridad. La burocracia del hospital, los horarios inflexibles y las normas inquebrantables no van conmigo para nada. Quizá por eso acabé con James, porque era una manera de romper la jerarquía del lugar. Cuando James se agachaba entre mis piernas y yo estaba encima de él, era yo la que dominaba. Aunque no duraba mucho después de que se corriera. En fin, son cosas del pasado.

Hoy me pienso pasar la mañana tendida en el sofá viendo series y chafardeando mis redes sociales después del doble turno de guardia de ayer. Por la tarde, quiero acercarme a Bosque del Apache para fotografiar a Maktub y, cuando caiga el sol, me arreglaré para la cena con mamá y mi hermana Joey. Hace varias semanas que no las veo y tengo ganas. No me gusta pasar tanto tiempo lejos de ellas. Mamá es española y acaba de pasar unas semanas en su pueblo natal, como cada año. Joey, como buena hermana mayor, no se separa de ella y la ha acompañado. Volvieron hace unos días para pasar unos meses aquí antes de volver a irse en verano. He de verlas y enterarme de cómo les ha ido. Las aprecio mucho, pero debo admitir que mi relación con papá era distinta a la que tengo con ellas. Él era mi apego seguro y siempre congeniamos mucho más. Hasta me parezco más a él físicamente. Era de origen mexicano, aunque se mudó de muy pequeño a Estados Unidos con su tía Carolina y perdió la conexión con su familia, hasta el punto de sentirse más estadounidense que mexicano. Por ello, nunca nos llevó a su país y no conocimos esa parte de nuestra familia. Rober, nuestro padre, siempre nos hablaba con nostalgia de sus recuerdos de infancia y relataba muchas de las leyendas mayas con las que creció. Pero siempre nos hicimos más con la familia materna al nunca visitar la paterna. Mis abuelos maternos se mudaron aquí con ella cuando era muy chiquita y viajamos a España a visitar al resto de la familia a menudo. Esa es la razón por la que siempre hemos hablado español en casa, y quizá también sea la razón por que anhelo tanto visitar México, porque forma parte de mis raíces más ocultas. La tía Carolina siempre le decía a papá que debía llevarnos algún día para mostrarnos todos los encantos de su país. Pero nunca ocurrió.

Tengo ganas de abrazar a mamá y ver si ella también sale poco a poco del duelo que supuso la pérdida de su gran amor. Joey es la que lo ha llevado con más serenidad, sin duda. Pero no es fácil para ninguna.

Me atrapo como de costumbre en las fotos que han subido mis contactos de Instagram y, tras una hora de deslizar y deslizar, cotillear y cotillear, me dirijo a la sección de Inicio para que me muestre nuevos perfiles interesantes. Como de costumbre, la mayor parte de cuentas que me sugiere son de viajes y gastronomía, pero hay una foto abajo del todo a la derecha que llama mi atención. Un mar esmeralda con un pequeño velero y un chico apuesto sonriendo al timón. Clico, atraída por esa imagen de postal, y el tipo me parece muy atractivo al verlo en grande. Veo que es una cuenta de ocio y vela, cosa que no me interesa mucho, pero toco la imagen por si sale el chico en cuestión etiquetado y… *voilà*. Ahí está. @Lukka_free.

Ojeo las pocas fotos que tiene en su muro. Parece que no usa mucho su Instagram, pero lo poco que veo es él en un barco, él con una chica muy guapa, que le gusta la cerveza y que probablemente sea amante del mar. Demasiado guapo para ser real. Salgo de su perfil, sin darle a seguir siquiera, y dejo el móvil para despejar un poco la vista. Entonces, por un instante, se cruza en mi mente la brillante idea de escribirle. ¿Por qué no? Quizá sea el desconocido al que le hable hoy sin tapujos… Total, seguro que no será fácil encontrar por la calle a alguien que me llame tanto la atención.

«Sí, sí. Buena idea, cerebro pensante de Alex. No tienes nada que perder».

Me muerdo el labio inferior en un acto reflejo, como casi cada vez que una idea, algo o alguien me parece interesante, y alargo el brazo para volver a coger el móvil. Busco su nombre y me dispongo a ello.

Es guapo, muy guapo. Moreno, con el pelo oscuro ondulado que casi le roza los hombros, una mirada intensa y una sonrisa de manual: amplia, limpia y cautivadora. Tiene un aire a modelo de perfume de los que salen en la televisión y, por lo poco que se intuye a través de la ropa, me da la impresión de que su cuerpo va en la línea de su rostro.

Voy a hacer lo primero que me he propuesto en mi lista. Tengo que escribir a ese desconocido. Tecleo sin apenas pensar.

@Alex.wildwings: Si te quedara una hora de vida y solo pudieras pronunciar una frase, tu gran frase, ¿cuál sería?

Y espero nerviosa una respuesta, que no se hace esperar.

2

@Lukka_free: ¿Y tú quién eres?

@Alex.wildwings: ¿Esa sería tu gran frase? ¡Uau!

@Lukka_free: Qué listilla.

@Alex.wildwings: No puedo decir lo mismo…

@Lukka_free: No has entendido nada.

@Alex.wildwings: No te habrás explicado bien.

@Lukka_free: Si me quedara una hora de vida y una desconocida como tú se presentara delante de mí, y hablo con conocimiento de causa porque he mirado las fotos de tu perfil, mi última gran frase sería: ¡No veas! ¿Y tú quién eres? No quisiera morir sin saberlo…

@Alex.wildwings: Ah… Ya entiendo. ¿Eso te sirve para ligar?

@Lukka_free: ¿Te sirve a ti ser tan invasiva y escribir a chicos desconocidos haciéndote la interesante?

«Será imbécil», pienso al leer su última frase.

No se me pueden ocurrir peores ideas. Menuda tontería, aunque debo admitir que me ha sorprendido lo rápido que ha contestado. Era de esperar que se hiciese el interesante en caso de responder. Vuelvo a mirar la foto que tiene en la playa con la chica guapa y comprendo que debe ser un ligón de manual. Con ese físico, es normal. En fin.

«Ya está la tontería».

Ya lo he hecho, voy a centrarme en cosas productivas de verdad. Elijo la nueva serie a la que me voy a enganchar esa mañana y disfruto pensando en la cantidad de tareas pendientes que voy a completar estas dos semanas. Qué buenos son los días libres.

Al final, hemos pospuesto para mañana la cena con mamá y Joey porque mi madre está con migraña, y he aprovechado para quedarme hasta tarde en el Bosque. Maktub no ha aparecido, así que he dado un paseo y tomado alguna fotografía de paisaje sin mucha gracia. A veces pasa… Menudo cumpleaños. No puedo evitar que un halo de decepción tiña mis pensamientos, pero le doy la vuelta rápidamente y valoro la libertad de la que dispongo y lo mucho que estoy aprendiendo desde que vivo sola y soy más independiente. Decidí independizarme hará unos tres añitos y es lo mejor que he hecho nunca. Vuelvo a casa pasadas las diez de la noche y me preparo algo especial para cenar antes de volver al sofá y perderme en el *thriller* al que ya puedo admitir que me he enganchado.

Veo que aparece una nueva notificación en mi teléfono, lo que inevitablemente añade suspense y vidilla a la noche.

@Lukka_free ha enviado un mensaje

Miro la notificación con atención y la releo. ¿En serio? Agarro el móvil con pereza y abro la aplicación para ver qué me depara la noche.

@Lukka_free: He muerto sin saber quién eres.
@Alex.wildwings: Ja, ja, ja. Tendremos que conocernos en la próxima vida.
@Lukka_free: Eso parece…
@Alex.wildwings: Puedes llamarme «desconocida».
@Lukka_free: Me gusta. No conozco a ninguna desconocida.

@Alex.wildwings: Te gustan los jueguecitos de palabras, ¿eh?

@Lukka_free: Y a ti te gustan los jueguecitos en general, ¿eh?

@Alex.wildwings: Un poco. La vida sería muy aburrida sin ellos.

@Lukka_free: Coincido.

@Alex.wildwings: Al menos estaremos de acuerdo en algo en nuestra próxima vida.

@Lukka_free: ¿Y tú? ¿Cuál sería tu gran frase?

Me sorprende su interés en seguir jugando. Paro la serie y me incorporo en el sofá para escribir con más comodidad.

@Alex.wildwings: Pues no tengo ni idea.

@Lukka_free: Pues vaya…

@Alex.wildwings: Quizá podría sorprenderte si fueras más original y no repitieras mis preguntas.

@Lukka_free: Entendido. En ese caso… ¿Cuál es tu palabra favorita?

@Alex.wildwings: ¿En serio?

@Lukka_free: Totalmente.

@Alex.wildwings: Ja, ja, ja.

@Lukka_free: ¿De qué te ríes?

@Alex.wildwings: De nada, de nada.

@Lukka_free: Al menos te estoy haciendo pensar. Eso es sexy.

@Alex.wildwings: Serendipia. Es una de mis palabras favoritas.

@Lukka_free: ¿Y eso qué significa?

@Alex.wildwings: Algo así como un descubrimiento por sorpresa que uno no buscaba ni esperaba.

@Lukka_free: Vaya. Algo así como tú.

@Alex.wildwings: ¿Cómo?

@Lukka_free: Pues que no me esperaba para nada que me escribieras. Y aquí me tienes, enganchado a la pantalla sonriendo como un bobo.

@Alex.wildwings: ¿Estás sonriendo?

@Lukka_free: Será mejor que me acueste por hoy… Buenas noches, desconocida.

Una sonrisa inesperada se me tatúa en la cara, ¿Acabamos de flirtear o me lo parece? Releo la conversación y me pregunto qué le ha llevado a seguir escribiéndome. Sea lo que sea, me ha gustado. Intento borrar la cara de boba que se me acaba de quedar y lanzo el móvil a la otra punta del sofá para evitar la tentación de volver a chafardear su perfil y sus fotos. Es mono.

Al final, el día de mi cumpleaños no ha terminado mal del todo…

«Presiento que este es el comienzo de una hermosa amistad», pienso, igual que Humphrey Bogart en *Casablanca*.

3

Abro los ojos; un nuevo día. Cada vez me noto más activa. Estos descansos llenan mi cuerpo de energía positiva. Ya han pasado tres días desde mi cumpleaños. Ayer pude quedar con mi madre y mi hermana por fin. ¡Cómo lo necesitaba! Últimamente, ninguna de las tres habla de papá cuando nos reunimos. No estamos preparadas. Fue una velada bonita, a pesar de todo. Me contaron su estancia en España y, cómo no, terminamos hablando de los españoles y el vino.

También he disfrutado una barbaridad de mis escapadas al bosque con la cámara de papá. Han sido eficaces y productivas. No solo he visto por fin a Maktub, sino que he sacado las primeras fotografías y capturado la belleza de su vuelo.

Bostezo y me estiro. Lo primero que hago es mirar el teléfono, pues ese misterioso Luka me tiene un poco enganchada. No pensé que me siguiera el juego, pero ha resultado ser un buen entretenimiento. A ratos, pienso que es una pérdida de tiempo, ya que estos días no he dejado de mirar el teléfono para ver si me había vuelto a escribir. Me pregunto si estar tan pendiente de un chico al que no conozco de nada es una señal inequívoca de que hay una atracción real. Hemos cruzado alguna que otra palabra estos días: me saluda por la mañana, me pregunta cómo ha ido el día por las noches y, aunque no hemos profundizado mucho, me hace sentir bien ver que hay alguien que se interesa por mí. Me da pereza levantarme de la cama y no dejo de darle vueltas a la cabeza. Termino por incorporarme sobre las doce y me dispongo a hacer algunas labores en casa, pero se me ocurre otro plan mejor cuando me encuentro sobre el sofá toda la ropa limpia que tengo que doblar. Me voy de excursión al bosque.

Al llegar, me doy cuenta de que el invierno ha llegado a su fin. El Bosque se caracteriza por las lagunas, los árboles solitarios de copa baja y las praderas de plantas acuáticas. Monte bajo alrededor de las zonas de agua, así como montañas peladas y rojizas a lo lejos. La temperatura es agradable, la humedad de las lagunas ya no te cala los huesos y los gansos y las grullas canadienses que han hecho parada aquí durante la época fría deciden que es hora de seguir su viaje. Una bandada incontable de esas aves alza el vuelo con majestuosidad. Resulta difícil de explicar lo que se siente cuando más de cinco mil criaturas agitan el aire con las plumas para partir. La imagen llena el cielo, y me siento afortunada por presenciarlo y retratarlo. Está nublado, mucho, y es ideal para sacarles una foto. El estruendo de diez mil alas retumba hasta los huesos de quien lo mira. Maravilloso. Encuadro bien el instante y disparo con un abismo de emoción en la boca del estómago. Una foto, solo una foto. Espero que sea la buena. Después, me apresuro a coger los prismáticos para observarlos con detenimiento mientras se alejan. Las aves emprenden un largo camino hasta las regiones costeras del ártico canadiense, de donde son originarias y donde se emparejarán, anidarán y tendrán sus polluelos. Me fascina la capacidad que tienen esas aves para partir sin mirar atrás. En ese momento, me sobreviene un pensamiento que no quiero tener.

«Igual que hizo papá».

Me permito sentir una ligera rabia y, poco a poco, a medida que camino por el sendero que recorre la laguna, expulso el dolor y respiro. Me vibra el móvil y agradezco que alguien me arranque de mis pensamientos.

@Lukka_free: Oye, desconocida. No sé qué pedir y me pregunto por qué se decantaría alguien como tú. ¿Un sushi a domicilio o una pizza?

Sonrío para mis adentros. Me gusta haber recibido un mensaje de Luka. Noto un leve cosquilleo en el estómago, pero ahora de nervios. ¿A qué se supone que estamos jugando con estas preguntitas de la nada como si nos conociéramos desde hace mucho? Sea cual sea la respuesta, me muero por jugar. Un leve impacto en el hombro me obliga a soltar el móvil de golpe, y cae al mullido suelo a la vez que sonrío. Maktub. Majestuoso como siempre. Aún en su faceta juvenil, pues hasta los cinco años no va a desarrollar su característico plumaje blanco en cabeza y cola.

Le alargo el brazo para que baje hasta mi antebrazo y le doy unos toquecitos en el pecho. Me responde con un leve chillido, característico de su especie, y me hace sentir completamente plena. Pasamos un buen rato juntos. De vez en cuando, alza el vuelo, da una vuelta y vuelve a mi lado. Hace que me olvide de todo y que disfrute del presente. Hasta el punto de olvidar que no le he contestado a Luka. Ya son las cuatro de la tarde, debería volver y comer algo. Me ruge el estómago.

Una vez me encuentro tranquila en casa, me tomo mi tiempo para entrar en Instagram y recuperar nuestra conversación pendiente.

@Alex.wildwings: Por una pasta fresca hecha por mí, sin duda.
@Lukka_free: Tarde, pedí la pizza.
@Alex.wildwings: ¡Pues menudo asco!
@Lukka_free: ¿Eres de las que miran la dieta?

@Alex.wildwings: ¿Empiezan las preguntas personales?

@Lukka_free: Yo creo que las empezaste tú…

@Alex.wildwings: Intento no comer comida procesada.

@Lukka_free: Bien…

Sonrisa tonta. Otra vez. ¿Qué se supone que estamos haciendo? Me pregunto de dónde será este chico… Y me enfrento a la colada mientras divago. Pongo dos lavadoras más mientras doblo toda la ropa que tengo encima del sofá. No logro sacarme a Luka de la cabeza en toda la tarde. Me apetece conocerle más y seguir hablando con él. Ya son las once de la noche y he conseguido terminar con la ropa y tender las lavadoras. Espero que no llueva. Miro el cielo y veo que está un poco nublado. Me siento a cenar algo rápido, demasiado tarde para mi gusto, mientras chafardeo el móvil. Veo que Luka sube un vídeo a su cuenta y lo miro con intriga. Parece estar en una convención de vehículos, vehículos de lujo. Nunca me han gustado ese tipo de coches. Él no aparece en el vídeo, así que no me llama la atención más allá de la intriga que me suscita. Le escribo. Me apetece compañía un rato.

@Alex.wildwings: ¿Y tú qué me aconsejas para conciliar el sueño? ¿Comedia o *thriller*?

@Lukka_free: ¿Tienes Netflix?

@Alex.wildwings: Nah.

@Lukka_free: En ese caso, olvida la película y quédate hablando conmigo.

Siento un cosquilleo en el estómago. Quiere hablar conmigo. Pero ¿estoy realmente preparada para ilusionarme con una nueva relación? ¿He cerrado bien mi historia con James o me quedan heridas? Esto no ayuda en absoluto. Me arrepiento de haberle escrito y apago el móvil en un impulso. Una parte coherente de mí siente que no he hecho bien.

4

Entra la luz por la ventana y ya llevo un rato despierta. Me doy cuenta de que anoche fui estúpida porque, en realidad, me hubiese apetecido seguir charlando con Luka. Trato de arreglar la tontería que cometí y le escribo como si nada.

@Alex.wildwings: Buenos días… Me decanté por el thriller.

No contesta, ni al instante ni en las horas siguientes, así que aparco el móvil en el fondo del bolso y me voy a hacer la compra, que ya toca. Llamo a Martha, mi compañera, amiga y confidente en el hospital, que hoy también libra, para que me acompañe. Acabamos con dos carros llenos de ingredientes y anécdotas acumuladas sin contar, ya que hacía dos turnos que no coincidíamos.

Llego a casa cargada como nunca. Me he propuesto empezar con el *batch cooking*, que consiste básicamente en cocinar un día para toda la semana y guardarlo en táperes. Me gusta cocinar y nunca lo hago por falta de tiempo, así que me animo tras ver un par de vídeos sobre el tema en YouTube. A Martha le ha parecido superbuena idea y me ha propuesto que lo hagamos en su casa, pues tiene que quedarse con los niños ya que su marido entra a trabajar en breve. Selecciono cuatro cosas que voy a necesitar después de guardar el resto de la compra, vuelvo a embolsarlas y salgo para su casa sin dudarlo. Empezamos cocinando un poco de arroz, un sofrito de verduras y pollo al wok, mientras hervimos verduras por otro lado para hacer una menestra con huevo y atún. Nos montamos un menú sencillo compartiendo ingredientes, y disfruto con cada paso mientras bebemos una copita de vino blanco, picamos queso y nos olvidamos del mundo entre risas. Los niños disfrutan de una película y dan a Martha una paz poco habitual que, sin duda, disfrutamos juntas.

Vuelvo a casa cenada pasadas las once y, cuando me dispongo a dejar el móvil e irme a la ducha, veo que Luka me ha escrito.

@Lukka_free: Buenas noches, desconocida.

No le respondo... Prefiero dejar un poco de espacio. Me doy una ducha y trato de leer un poco en la cama, pero la cabeza no deja de darme vueltas.

«Quizá debería fluir sin pensar tanto...».

Le contesto.

@Alex.wildwings: No puedo dormir...

@Lukka_free: Yo también lo estoy intentando... ¿Vives sola?

@Alex.wildwings: Sí, y no sabes la de malabarismos que tengo que hacer para pagar el alquiler a final de mes.

@Lukka_free: ¿Eso es lo que te impide dormir? Estamos a final de mes.

@Alex.wildwings: En realidad no. Pensaba en ti y no podía dormirme.

Sinceridad en vena. Me atrevo a abrirme. Total... ¿Qué tengo que perder si no tengo nada con él?

> **@Lukka_free:** Me gusta que hayas decidido escribirme, pues.
>
> **@Alex.wildwings:** Cuéntame algo aburrido para que me entre el sueño.
>
> **@Lukka_free:** ¿Vas a pedirme cosas fáciles algún día?
>
> **@Alex.wildwings:** Algún día… je, je.
>
> **@Lukka_free:** Je, je, je. Me gusta hablar contigo.
>
> **@Alex.wildwings:** Eso no me aburre…

Me muerdo el labio y noto un pellizco en la boca del estómago. Me gusta. Me gusta mucho. Es como si tuviéramos una conexión especial, aunque solo hayamos hablado por aquí. ¿Qué será lo que hace que no me lo quite de la cabeza? ¿Cómo sería verlo en persona? No quiero ponerme mística.

> **@Lukka_free:** ¡Ups, *sorry*! Veamos. De pequeño, un día iba con mi abuelo por la montaña y vimos un arroyo a lo lejos. Salí corriendo y mi abuelo gritó para advertirme que era peligroso, pero ya sabes, solo era un niño. Cuando llegué a la orilla, el río bajaba con fuerza y… ¡Zas! Resbalé y caí al agua. Era muy pequeño, cuatro años como mucho. Me golpeé la cabeza y empecé a ir río abajo.
>
> **@Alex.wildwings:** Ya veo que hoy no podré dormir… Sigue…
>
> **@Lukka_free:** Mi pobre abuelo hizo todo lo que pudo, pero me sacó con vida gracias a nuestro perro. Estaba inconsciente.
>
> **@Alex.wildwings:** Menudo drama… ¿Te salvó el perro? ¿La historia es real?
>
> **@Lukka_free:** Parece una película, ¿verdad? Pero sí, me salvó Tristán, un mastín enorme. Se lanzó al agua y me cogió del brazo. Aún tengo la cicatriz. Cien por cien real.
>
> **@Alex.wildwings:** Te lo estás inventando.

Sonrío sola mirando la pantalla cuando me manda una foto. La abro y es su codo. Es verdad que tiene una gran cicatriz. La foto es oscura y no veo mucho más allá de su brazo. Se la debe haber hecho ahora mismo para pasármela.

@Alex.wildwings: Vaya…

@Lukka_free: ¿Cicatrices?

@Alex.wildwings: Solo una, y no tiene ninguna historia como la tuya detrás.

@Lukka_free: Todas las cicatrices tienen historia.

@Alex.wildwings: ¿Tú crees?

@Lukka_free: Y, si no, nos la inventamos.

@Alex.wildwings: Invéntate la mía, vamos.

@Lukka_free: Tengo que verla…

Me quito los pantalones del pijama sin dudarlo y le tomo una foto a mi muslo y rodilla. Se la envío sin pensar, pero soy consciente de que es algo insinuante.

@Lukka_free: Si me mandas estas fotos, seré yo el que no duerma… Es sexy.

@Alex.wildwings: Céntrate en la cicatriz y siéntete afortunado. No suelo fotografiarme con el móvil.

@Lukka_free: Chica rara. ¿Tienes hermanos?

@Alex.wildwings: La cicatriz…

@Lukka_free: Es un dato que necesito para tu historia.

@Alex.wildwings: Listillo… Sí, una hermana mayor.

@Lukka_free: Ibais tu hermana y tú corriendo por la playa cuando visteis un pobre pez atrapado en la orilla. Apenas podía respirar. Tu hermana se asustó y tú, para demostrarle la heroína que eres, corriste hasta el animal indefenso para devolverlo al agua, pero no viste el castillo de arena que había a escasos metros, tropezaste y te clavaste una piedra que te dejó cicatriz de por vida.

@Alex.wildwings: ¿Y el pobre pez murió?

@Lukka_free: Nooo. A pesar de estar dolorida y sangrando, te lanzaste sobre el pez y le salvaste la vida.

@Alex.wildwings: ¿Sabes? Soy de esas personas…

@Lukka_free: ¿De las que se tropiezan?

@Alex.wildwings: De las que salvan animales.

@Lukka_free: ¡Ah! Pues eso me gusta. ☺

@Alex.wildwings: Me gusta que te guste…

@Lukka_free: ¿Cumplido?

@Alex.wildwings: Puede…

@Lukka_free: Intenta dormir, bonita…

@Alex.wildwings: 😚

Tomo aire despacio, dejo el móvil y me acuesto con una sonrisa en los labios y sintiéndome arropada. A estas alturas de la película, conectar con alguien y que fluya, hablar, tener una conversación natural, reír juntos… me parece un privilegio teniendo en cuenta lo rápida que pasa la vida, los días, el trabajo… Y también teniendo en cuenta lo superfluas que son algunas relaciones. Duermo con la conciencia tranquila y sin sobresaltos. Sin duda, me ha sentado muy bien escribirme con Luka… y sentir. Una buena medicina, está claro.

5

Me queda prácticamente una semana de mi quincena de descanso, así que aún me queda tiempo para disfrutar. Llevo unos días sin saber nada de Luka, pero tengo tantas cosas que hacer que tampoco le he dado mucha importancia. Justo cuando voy a tumbarme tranquila en el sofá después de un día intenso de limpieza de la casa, veo una notificación de Luka y no puedo evitar sonreír.

> **@Lukka_free:** ¿Cómo ha ido el día? Yo he estado a tope de curro, por eso no me he pasado por aquí.

Adoro la gente que te da una explicación cuando no te habla durante un tiempo o no te contesta a los mensajes. Es como si quisieran demostrarte que eres importante, que no es que no estén por ti. Me parece un gesto muy detallista y de cuidado. Me gusta.

> **@Alex.wildwings:** Hoy es un buen día.

Le respondo realmente animada y sintiéndome plena.

@Lukka_free: Me alegro. ¿Por qué?

@Alex.wildwings: Mi vida empieza a mejorar por momentos. He pasado unos meses complicados.

@Lukka_free: ¡Vaya! Me alegro por ti. ¿Quieres hablar sobre eso?

@Alex.wildwings: Ahora mismo no. Gracias. ¿Sabes? Eso es lo mejor de vivir sola, que no tienes que dar explicaciones a alguien de cómo te encuentras en todo momento y tampoco verle la cara todos los días.

@Lukka_free: Pues tiene que ser la hostia verte todos los días.

Otro cosquilleo en el estómago. No sé qué decir…

@Alex.wildwings: …

@Lukka_free: Es la verdad.

@Alex.wildwings: Me gusta tu último post.

@Lukka_free: ¿La foto o el escrito?

@Alex.wildwings: Ambos.

@Lukka_free: Pues va por ti.

@Alex.wildwings: ¿De verdad?

Ha publicado una foto preciosa de un amanecer en la que ha escrito «Difuminas la línea del tiempo» en la descripción.

@Lukka_free: Sí… Desde que hablamos, la vida es atemporal.

@Alex.wildwings: ¿Por qué?

@Lukka_free: Porque contigo no sigo horarios. Escribimos cuando lo sentimos y punto.

@Alex.wildwings: Bueno, hay veces que te escribiría y no lo hago.

@Lukka_free: ¿Y eso por qué, desconocida?

@Alex.wildwings: Pues porque el señor desconocido me llamó invasiva. Entonces, decidí hablar con más personas y no solo con él.

@Lukka_free: Pues yo quiero que hables así solo conmigo…

@Alex.wildwings: Posesivo…

@Lukka_free: Llámalo como quieras.

@Alex.wildwings: Eres el único con el que hablo así.

@Lukka_free: Con eso me conformo.

@Alex.wildwings: ¿California?

@Lukka_free: No, soy de Albuquerque.

@Alex.wildwings: Ostras, me pegas más en la costa.

Alucino con que Luka sea de Nuevo México como yo y que viva en la misma ciudad en la que trabajo. Eso lo cambia todo. Estaba convencida de que vivía en un estado costero y que todo esto no era más que un mero entretenimiento online. Pero ¿y si me lo cruzo un día por la calle? ¿Y si quedamos directamente?

@Lukka_free: Viajo mucho a California por trabajo. No te has equivocado demasiado. ¿Tú de dónde eres?

@Alex.wildwings: ¿Te gusta tu trabajo? ¿A qué te dedicas?

@Lukka_free: Sí, no puedo quejarme. Soy ingeniero aeronáutico. Aunque no estoy seguro.

@Alex.wildwings: Uau. ¿No estás seguro de qué?

@Lukka_free: De ser feliz del todo. No me has dicho dónde vives.

@Alex.wildwings: Mmm… En Socorro y trabajo en Albuquerque. ¡Sorpresa!

@Lukka_free: Ostras… Qué casualidad. ¿Tú eres feliz?

@Alex.wildwings: Feliz, feliz… de eso que me estalla el pecho… pues no.

@Lukka_free: ¿Un poquito feliz, al menos?

@Alex.wildwings: Estoy feliz ahora mismo.

@Lukka_free: Eso me gusta.

@Alex.wildwings: Y a mí. ¿Mar o montaña?

@Lukka_free: Mar.

@Alex.wildwings: Dulce o salado.

@Lukka_free: Salado.

@Alex.wildwings: Rubias o morenas.

@Lukka_free: Tú.

@Alex.wildwings: No vale.

@Lukka_free: Sí vale.

@Alex.wildwings: OK, entonces, morenas. ¿Viaje largo y lejos o excursiones de fin de semana?

@Lukka_free: Difícil elegir...

@Alex.wildwings: ¡Tienes que elegir!

@Lukka_free: Ya, ya. Viniendo de ti, tenía claro que no me quedaba elección... Pues casi que me quedo con las excursiones de fin de semana.

@Alex.wildwings: ¿Adónde te gusta ir?

@Lukka_free: Ahora mismo a verte.

Me quedo paralizada al leer la frase. Llevo días esperando que dé el paso, porque no me atrevo a hacerlo yo. Como no contesto, vuelve a escribir.

@Lukka_free: ¿Qué hacemos hablando por aquí si estamos al lado? Tomemos una birra.

@Alex.wildwings: Demasiado pronto para una cerveza, ¿no crees?

@Lukka_free: Entonces, dime. ¿Tú qué prefieres?

@Alex.wildwings: Yo viajes largos, pero contesta. ¿Adónde te gusta ir?

@Lukka_free: ¿Siempre eres tan mandona?

@Alex.wildwings: Suelo serlo.

@Lukka_free: Joder.

@Alex.wildwings: Lo siento, es un defecto.

@Lukka_free: Soy cabezón, mucho.

@Alex.wildwings: ¿Y eso?

@Lukka_free: Uno de mis defectos, para que no te sientas mal.

@Alex.wildwings: Qué detalle, je, je.

@Lukka_free: Me gusta escaparme a California, alquilar un pequeño velero, navegar por lugares donde la gente no suele llegar...

@Alex.wildwings: ¿Tienes carnet de barco?

@Lukka_free: No se llama así, pero sí.

@Alex.wildwings: ¿Eres rico? Jolín con el desconocido. A mí me aterra el mar.

@Lukka_free: Ja, ja, ja. Lo solucionaremos, tranquila.

@Alex.wildwings: Je, je. Ahora mismo tengo cara de boba sonriendo a la pantalla.

@Lukka_free: Yo también. Te ha puesto imaginarme con el barco, ¿eh? Je, je.

@Alex.wildwings: Ja, ja, ja. Hombre, pues ahora que lo dices…

@Lukka_free: Ja, ja, ja. Algún día te llevaré a navegar.

@Alex.wildwings: Algún día…

Esta conversación es lo más bonito que ha podido pasarme hoy, la verdad. No necesito más para enfrentarme a esta nueva jornada con una sonrisa.

Al día siguiente, quedo con Joey para apuntarnos al gimnasio. La verdad es que lo hago más por ella que por mí. Encerrarme entre cuatro paredes y sudar con un puñado de desconocidos hasta arriba de estrógenos y testosterona no me parece el plan ideal, pero debo admitir que hace tiempo que necesito ponerme un poco más en forma. Por salud, no tanto por el físico.

Mi hermana mayor es muy insegura y sé que apuntarme con ella la ayudará. Acaba de cumplir los treinta y tiene ganas de ponerse «buenorra», como dice ella. Quiere dejar de ser la chica rellenita y simpática a la que le pides que te presente a su amiga. La verdad es que ha salido más a mamá en todo, el cuerpo, el carácter… Yo tengo un físico más atlético, pero ella es el coco de la familia. Tiene una capacidad de reflexión y análisis brutal y, aunque es un poco reservada, puedes hablar con ella de cualquier cosa, porque siempre te contesta como si de una experta se tratara. Nuestro primer día de gimnasio es para enmarcar. No teníamos ni idea de cómo iban las máquinas, he sudado demasiado poco y ella ha acabado golpeándose las rodillas con una pesa y abandonando el entreno a los quince minutos de entrar. Hemos acabado comiendo un sándwich lleno de carbohidratos en el bar de al lado. Típico de nosotras. Eso sí, nos hemos reído un rato y le he contado lo de Luka. Ella me ha puesto al día de su amor platónico del trabajo, el cual está enrollado con su otra compañera con la que ella se lleva de maravilla en la oficina. Joey trabaja en un banco muy importante y resulta que los amoríos entre compañeros son casi tan comunes como en los hospitales. Todo ideal, vaya. Al menos se lo toma con humor y le pone ovarios. Quiere dejar de ser «la invisible» para los hombres. La verdad es que no entiendo por qué se siente así. Joey es monísima, pero le falta creer en sí misma. Sin embargo, yo siempre he sido más alocada y descarada con la vida. Me resulta curioso que haya pasado otro día sin que hablemos de papá.

Al llegar a casa, me entran muchas ganas de seguir con mis charlas con Luka. También me doy cuenta de que debería aceptar tomar algo juntos, porque me muero de ganas y porque seguir por aquí ya se me hace un poco absurdo estando tan cerca el uno del otro.

@Alex.wildwings: ¿Cómo ha ido tu día?

@Lukka_free: A tope. He acabado de trabajar no hace mucho y en breve salgo para despejarme un poco. Espero que tú también hayas pasado un buen día.

@Alex.wildwings: Menuda vida social la tuya. Yo he empezado a ir al gym con mi hermana, muy a mi pesar.

@Lukka_free: No te creas. A mí lo único que me apetece es echarme en la cama. Estoy baldado. Aunque disfrutaría mucho de ir al gimnasio contigo, je, je. He pensado mucho en ti…

@Alex.wildwings: ¿Y qué piensas?

@Lukka_free: Que ya no tiene sentido seguir hablando solo por aquí, ¿no crees?

@Alex.wildwings: Sí que lo creo…

@Lukka_free: Pues veámonos. Aún te quedan algunos días libres, ¿no? ¿Cuándo te iría mejor?

@Alex.wildwings: Pues… podría mañana o pasado.

@Lukka_free: Ahora me he puesto nervioso.

@Alex.wildwings: Anda ya.

@Lukka_free: Te lo juro…

@Alex.wildwings: Qué mono.

@Lukka_free: Mañana, hecho. Me muero de ganas. ¿Te apetece que te sorprenda o prefieres planear algo tú?

@Alex.wildwings: Que me sorprendas, sin duda.

@Lukka_free: Eso está hecho. Dime a qué hora y dónde. Yo te recojo. El resto, déjamelo a mí.

@Alex.wildwings: Joder, que misterio…

@Lukka_free: Pero ¿te gusta?

@Alex.wildwings: Si, me gusta.

@Lukka_free: Bien… Me están llamando. Tengo que dejarte por hoy.

@Alex.wildwings: Vale, pásalo bien. Te veo mañana. ¿Podemos quedar delante del parque de River Road a las cuatro de la tarde? Por decir algo.

@Lukka_free: Cómo quieras. Ahí estaré.

@Alex.wildwings: Ganas…

@Lukka_free: Yo más…

Me tumbo en el sofá con una sensación de alegría que no me cabe en el cuerpo. Ya iba siendo hora de volver a conectar con alguien. Me ilusiono inevitablemente y me pregunto cómo será nuestro encuentro. Tengo ganas de que sea mañana.

6

Cierro los ojos y me fuerzo a respirar con tranquilidad. Lanzo el móvil sobre la cama y me dispongo a arreglar el piso. Voy a hacer la colada y luego saldré un rato a dar una vuelta y ver si algo capta lo suficiente mi atención como para gastar una foto del carrete. Aun no me puedo creer que Luka me dejara tirada. Llevo tres días sin saber nada de él. El otro día fue el gran día. Me arreglé, me ilusioné, esperé casi una hora y media sin lograr contactar con él y finalmente no apareció. Un plantón en toda regla, y sigue sin dar señales de vida. No lo entiendo. Todo parecía fluir estupendamente entre nosotros y de repente esto. No me cabe en la cabeza. Reflexiono sobre mi vida y me doy cuenta de que en el fondo estoy muy sola… y que, aunque me guste, a veces puede ser jodido. Siempre he sido solitaria, de pocos amigos. Me siento cómoda en silencio y con poca gente alrededor. Pero, cuando alguien me importa de verdad, disfruto mucho de su compañía y de pasar tiempo juntos. Por eso no llevo nada bien la decepción y la incertidumbre de no saber qué ha podido pasar.

Empiezo a pensar que quizá le ha pasado algo y me animo a escribirle tras tantos días sin hacerlo.

@alex.wildwings: Dime que no me he inventado todo eso, desconocido… Sería una pena.

Dos días más y sin novedades.

«Maldita sea. Soy incapaz de cumplir mis propósitos y vuelvo a llegar tarde —me repito como si de un castigo se tratara mientras me abrocho la bata en la sala de las taquillas del hospital—. Hoy tengo buen aspecto».

Me miro en el pequeño espejo antes de cerrar la puerta de mi armario personal y cojo el aparato de auscultar y mis cómodas zapatillas para sobrevivir a las doce horas de guardia que me tocan. Es hora de volver al trabajo tras quince días libres. Miro por la ventana del vestidor y me atrapo con las vistas: las montañas lejanas de color fuego, el desierto al acabar la ciudad… Intuyo el olor a arcilla húmeda un día como hoy, que está chispeando. Por un instante, desearía estar ahí en vez de aquí.

—Alex, reunión en un minuto. —Oigo gritar desde el pasillo a Louis, el médico responsable de planta, que me ha visto a través del cristal de la puerta al pasar.

—Voy, voy…

Uf, que estrés de trabajo. ¿Por qué no me dediqué a la costura?

«Respira, Alex. Superaremos esta ronda», me digo.

Sé que serán diez días intensos de guardias y pocas horas de sueño. Adoro mi trabajo, si no fuera por los malditos horarios, pero así gano más trabajando menos días.

Son las seis y doce minutos. Doce minutos tarde. Corro por el pasillo de cuidados intensivos sin hacer mucho ruido y me cuelo a hurtadillas en la sala de reuniones. Ha empezado la reunión, y Louis me mira mal.

—¿Os importa si me hago un café? Lo necesito.

—Adelante, lady Alexandra, lo que necesites —me dice Louis con sarcasmo. Detesto que me llame así, porque ese no es mi nombre.

—Disculpa, doctor. —Le dedico una mirada de complicidad a Martha, mi mejor compañera, y una de súplica a Louis.

Mientras la cafetera desprende un delicioso aroma a café tostado, Louis, Martha, Anne y John ponen sobre la mesa los pacientes nuevos de la semana. Me tengo que poner al día después de tanto tiempo sin trabajar. Casi todos los pacientes de la planta son nuevos.

—Alex, tienes dos nuevos pacientes a tu cargo y dos veteranos.

—Ajá —contesto a Louis mientras me uno a la mesa de reuniones.

—Uno es el paciente de la 209, un chico con varias fracturas y algunos rasguños. Ahí tienes todos sus cuidados para que los revises. Avísame si tienes dudas, pero no tiene mayor complicación. Martha te pondrá al día.

—Estupendo.

Me anoto cuatro cosas en mi cuadrilla de pacientes.

—Lo complicado está en la habitación 212.

—¿Un niño?

—No. Eso sería más fácil.

Lo miro sin decir nada, intrigada.

—Tenemos un paciente complicado. Llegó hace unos días. Varón de veintisiete años. Quemaduras de primer, segundo y tercer grado. Grave.

—¿En todo el cuerpo?

—Sí… En un setenta por ciento del cuerpo.

—Uf.

—Ya conoces el protocolo. Mascarilla, guantes y gorro siempre. Es susceptible a infecciones. Tiene la piel en carne viva y no podemos permitírnoslo.

—Sí, conozco el protocolo.

—No es simpático —me dice Martha—. Y hay días que se niega a que le curemos. Agradezco librarme de él unos días. Me ha hecho la semana imposible.

—¿No acepta su situación? —pregunto intrigada tratando de ir más allá.

—Ni idea. No habla conmigo —me comenta Martha.

—Conmigo apenas ha cruzado tres palabras. Está enfadado con el mundo —confiesa Louis, aun siendo su médico asignado.

—Esos son mi especialidad —presumo animada, pues vengo con las pilas cargadas.

—Lo sabemos, por eso te lo adjudico. Pero quería avisarte —me dice Louis sin mostrar mucha emoción.

—¿Le habéis propuesto ver a un psicólogo?

—No quiere hablar ni con Louis que es su médico. Y apenas tiene visitas… Eres nuestra esperanza —me dice Martha.

—Me gustan las causas perdidas. ¿Algo más?

—No.

—¿Solo dos pacientes nuevos, Louis?

—Alex…, creo que no imaginas el nivel de las heridas del paciente de la 212.

—De acuerdo, de acuerdo.

—Ahora me tocan curas. Las hacemos juntas y así te pongo al día de todo.

—Gracias, Martha.

Seguimos repasando los pacientes de mis compañeros, y mi mente vuelve a Luka sin darme cuenta. Tengo ganas de hablar con él y de verle. Miro el móvil de soslayo y veo que no hay ningún mensaje. Menuda decepción. Le podría llamar esta noche, así con todo el morro. Seguro que tendré horas libres.

«¿Dónde coño se habrá metido?».

Me desconcentro con facilidad y noto cómo empiezo a cabrearme con la situación. Cada rato que pasa sin noticias suyas me da más coraje.

—Vamos, Alex. Prepara el material para quemados. Vamos a hacer esas curas —me dice Martha con cariño. Me saca del ensimismamiento.

Martha roza los cuarenta. Este año ha engordado un poquito, lleva el pelo corto cobrizo y exhuma una dulzura inexplicable. En el hospital es como una hermana para mí. Le gusta su trabajo, pero preferiría estar en casa con sus hijos. Al contrario de Louis, que mataría por vivir aquí. Se cree el mejor en lo suyo, y quizá lo fuese de no ser tan egocéntrico y déspota.

Martha y yo caminamos por el pasillo mientras me comenta los lugares en los que el paciente tiene las quemaduras y cómo vamos a proceder. Por suerte, tiene bastante bien el rostro, las manos y los brazos. El resto del cuerpo está incapacitado. Lo he hecho otras veces, así que no me preocupa. Lo que más me trae de cabeza son los pacientes que no cooperan. Es muy difícil ayudar a alguien que no quiere que lo ayuden. Pero así es mi trabajo a veces. Picamos a la puerta y nadie contesta. Martha se sube la mascarilla y entramos a la habitación en silencio sin su permiso. Ya son las ocho de la tarde y podría estar dormido. Vamos equipadas como si entráramos en una habitación de un contagiado de lepra, tapadas del todo para no poner en riesgo sus heridas. El paciente nos da la espalda completamente.

—Buenas tardes, Ferney. ¿Duermes? —le pregunta Martha con un dulce hilo de voz.

Ferney gruñe, como si le hubiéramos despertado.

—Dormía —contesta seco.

—Tengo que presentarte a tu nueva enfermera, querido —le cuenta Martha con cariño mientras nos acercamos y rodeamos su cama, pues él sigue sin girarse.

Su imagen me deja sin aliento. Realmente es más grave de lo que esperaba. Martha me guiña un ojo.

—Hola, Fer. Soy tu nueva enfermera. Encantada —le digo con suavidad. Atreviéndome a abreviar su nombre, como si tuviéramos la confianza que aún no me he ganado.

Ferney me dedica una mirada fugaz. Tiene toda la cara cubierta de gasas y solo le veo los ojos. El cuerpo está igual, excepto brazos y manos.

—Empezamos por las piernas, como cada día —le explica Martha—. Tienes que ponerte boca arriba, por favor. Será rápido y te sentirás mucho mejor.

El paciente se gira muy despacio y saca una pierna de debajo de las sábanas con mucho esfuerzo. Empezamos a hacer todo el protocolo de curas en silencio, pues está claro que el chico no quiere hablar.

Tras cuarenta minutos de curas en silencio, llegamos a su cara y noto su incomodidad.

—¿Cómo te encuentras? —me atrevo a preguntarle.

Martha me mira y abre los ojos de par en par por un instante.

—Oh, de maravilla —me contesta con sarcasmo.

—El sentido del humor es esencial para una buena recuperación, así que lo tomaré como una buena señal.

—Si tú lo dices… —me suelta sin dedicarme ni una mirada.

Noto la irritación que le provoca su estado físico. A los jóvenes les cuesta que tengan que sondarlos, limpiarles y ayudarles a hacer cosas que podían hacer con facilidad.

—Diles que hoy no me traigan cena —le dice a Martha.

—Tienes que comer algo.

—Ya, pero esta comida es asquerosa. Pediré una pizza.

—Vaya. ¿Tendrás compañía esta noche, Ferney? —le pregunta Martha tratando de ser amable.

—No —contesta tajante mientras hace una mueca de dolor al sacarle la última venda que le cubre el rostro.

Observo lo enrojecida que tiene la piel de la cara al quitar las vendas, pero por suerte no presenta quemaduras de alto grado y parece que se regenerará mucho antes que el resto del cuerpo.

—Pásame un espejo —me dice sin educación, como si de una orden se tratara.

Dedico una mirada fugaz a Martha, que asiente con la cabeza.

—Claro.

Le paso un espejo.

—Tiene mucho mejor aspecto, Ferney —le dice Martha, que le ha curado todos los días—. Las heridas ya no están tan irritadas.

—¿La piel se me va a quedar así para siempre? —le pregunta a Martha ignorando mi presencia por completo. Lo dice sin emoción alguna y cuesta descifrar qué siente. ¿Miedo, enfado, asco, rabia…?

—No, hombre, esto irá cicatrizando. Eres joven. Puedes recuperar tu piel casi al cien por cien —dice Martha, para tranquilizarlo.

Me devuelve el espejo, cierra los ojos y deja de hablar. Le cambiamos los vendajes de la cara y salimos con sigilo de su habitación para que descanse.

—Bueno, ni tan mal, ¿no? —le digo aliviada a Martha.

—Tenía un buen día.

—¿En serio?

—Hay días que se niega a que le curemos.

—Pf…

—Pero ya sabes. Un poco de mano izquierda o… pizza.

Martha estalla en carcajadas.

—Sí, ahora sabemos algo más. Quizá pueda sobornarle con pizza.

Me resulta inevitable volver a pensar en Luka y empiezo a temer que le haya pasado algo, ya que no me parece normal que lleve tantos días sin ponerse en contacto conmigo. ¿Y si tiene novia y le ha pillado coqueteando? Francamente, no me sorprendería viendo cómo está el patio.

Nos reímos a la vez que vemos aparecer el carrito de la cena, y Martha no le indica a la auxiliar que no se lo sirva.

Le hago un gesto con la cabeza para que se percate y me suelta.

—Tiene que comer algo. Si quiere pizza, que la pida de postre.

—Pobre...

—Siempre me dice lo mismo y al final nunca la pide.

Me quedo con el dato y vuelvo a mis tareas. Tengo tres pacientes más a los que atender que seguro que son más fáciles y más agradecidos.

—Te veo a la hora de la cena —le digo a Martha y, sin poder evitarlo, saco el móvil del bolsillo para ver si Luka se ha conectado, al menos. Nada. Casi una semana desaparecido.

Noto unos toquecitos en la espalda y, al girarme, me sorprende la imagen de James. James, que a pesar de haber pasado tanto tiempo aún se cree con la confianza de tratarme como si nada nos hubiera separado.

—¿Cómo han ido esos días de descanso?

—De maravilla, James. Tengo trabajo.

Trato de evitarlo. No me apetece en absoluto que trate de seducirme cada vez que le viene en gana.

—¿Un mal día?

—James, que una mujer no quiera hablar contigo no significa que tenga un mal día. A ver si vas dándote cuenta.

—Qué borde... —me suelta.

—Lo que tú digas. Que vaya bien la noche.

Me giro y lo dejo con la palabra en la boca. Qué pesado es. Siempre tan engreído. Me dirijo a la habitación de mi siguiente paciente. Tengo mejores cosas que hacer que pensar en él o en si me equivoqué al ilusionarme con Luka. Sé que su ausencia debe tener una explicación y decido no darle más vueltas.

7

@Lukka_free: Perdona, no he podido conectarme antes. Mereces una explicación. Siento no haber acudido a nuestra cita, de veras.

@Alex.wildwings: Hola…

@Lukka_free: Hola.

@Alex.wildwings: Echaba de menos leerte. ¿Todo bien?

@Lukka_free: He tenido un problema gordo, pero prefiero no hablar del asunto ahora… Discúlpame.

@Alex.wildwings: Espero que no sea nada insalvable… Empezaba a pensar que eras producto de mi imaginación.

@Lukka_free: Lo siento de veras…

@Alex.wildwings: Tranqui, tus motivos tendrás… No sé… No sé mucho de ti.

@Lukka_free: ¿Empiezas a querer saber más?

@Alex.wildwings: Ahora mismo, ya no lo sé…

@Lukka_free: Lo siento. No sé muy bien qué decir después de tantos días ausente.

Estoy sentada en la butaca marrón de la sala de descanso con un yogur en la mano y una botella de agua mineral. Las peores horas de las noches de guardia son entre la una y las cuatro de la mañana, pues no suele haber mucha actividad, así que ha sido una sorpresa oír la vibración del móvil y contactar de nuevo con Luka. La conversación ha vuelto a fluir. Tengo claro que quiero seguir con nuestras charlas, aunque no sepa qué diablos le impidió acudir a nuestra cita. Intuyo que tuvo que ser algo grave por cómo se ha expresado. Me intriga qué le ha podido pasar y que no quiera contármelo, pero no quiero darle demasiadas vueltas

@Alex.wildwings: Prefiero la montaña, los dulces y los viajes largos. Quería que lo supieras, por si vuelves a desaparecer…

@Lukka_free: Compatibles al cien por cien, ¡vaya!

@Alex.wildwings: ¿No puedes dormir?

@Lukka_free: No, estoy leyendo un rato.

@Alex.wildwings: ¿Qué lees?

@Lukka_free: *La insoportable levedad del ser.*

@Alex.wildwings: Milan Kundera.

@Lukka_free: Oh, acabas de sorprenderme. No sé de nadie que conozca esta obra.

@Alex.wildwings: Pues ahora sí. Y que sepas que es deprimente.

@Lukka_free: Ya decía yo. Raro que te gustara. «El hombre nunca puede saber qué debe querer, porque vive solo una vida y no tiene modo de compararla con sus vidas precedentes ni enmendarla en sus vidas posteriores».

@Alex.wildwings: Y así el cabrón excusa sus infidelidades.

@Lukka_free: No es tan sencillo.

@Alex.wildwings: Nunca tragué al personaje principal, lo siento. Es un infiel inmaduro y traumatizado.

@Lukka_free: Es mucho más profundo que eso…

@Alex.wildwings: Ilumíname. ¿Qué tiene de buena esa obra?

@Lukka_free: Creemos que el alma y el cuerpo van unidos, pero no es así.

@Alex.wildwings: En eso te doy la razón… Siempre he sentido que soy mucho más que mi cuerpo.

@Lukka_free: Por supuesto. Esta obra te muestra lo vulnerables, frágiles e insignificantes que somos.

@Alex.wildwings: Por eso no me gusta. Yo siento que somos grandiosos.

@Lukka_free: No puedo darte la razón.

@Alex.wildwings: Noto un halo de negatividad en tus palabras… Es deprimente. Tengo que dejarte, estoy trabajando. Seguimos con la crítica de la obra en otro momento, que se me está acabando el tiempo de descanso. En cuanto tenga otro ratito, retomamos el tema, ¿te parece?

@Lukka_free: Por aquí estaré, levitando mi grandioso ser.

@Alex.wildwings: Vete a reírte de otra…

@Lukka_free: ¡Qué mal humor!

@Alex.wildwings: Ciaoooooo.

@Lukka_free: Vuelve…

Me hace sentir bien que Luka haya reaparecido, pero también se me hace extraño. Le he notado algo desanimado y distante… Pero bueno, no sé nada de su vida. Quizá esté pasando una mala racha. ¿Quién sabe?… Ya lo averiguaremos. Vuelvo al trabajo y las siguientes horas se me pasan lentas y pesadas ordenando la farmacia de la enfermería: guantes, gasas, jeringas y analgésicos. Todos los pacientes duermen, así que nos toca hacer *stock*, recuento de material y poner un poco de orden en los armarios. Una vez terminado, vuelvo a hacer un paréntesis. No dudo en reanudar mi conversación con Luka, aunque seguramente esté dormido. Sin embargo, me sorprende que me responda al instante a estas horas, son las cinco de la mañana.

@Alex.wildwings: ¿Sabes? Le he estado dando vueltas.

@Lukka_free: Ajá…

@Alex.wildwings: ¿No duermes?

@Lukka_free: No lo consigo…

@Alex.wildwings: ¿Qué te quita el sueño?

@Lukka_free: No me cambies de tema…

@Alex.wildwings: Perdón, decía que he estado dando vueltas a esa maravillosa obra con la que te deleitas y… Tiene una cosa buena.

@Lukka_free: …

@Alex.wildwings: Te enseña que el amor no se manifiesta en el deseo de acostarse con alguien, sino en el deseo de querer dormir con alguien.

@Lukka_free: Sigue…

@Alex.wildwings: Aquel que siempre quiere llegar más alto tiene que contar con que algún día le invadirá el vértigo. El vértigo es diferente del miedo a la caída. El vértigo significa que la profundidad que se abre ante nosotros nos atrae, nos seduce, despierta en nosotros el deseo de caer, y eso nos aterra porque sabemos que, en el fondo de nuestra alma, anhelamos saltar al vacío.

@Lukka_free: Ni Nietzsche lo hubiera expresado mejor.

@Alex.wildwings: No te burles.

@Lukka_free: No lo hago… Tienes razón… Me siento así ahora mismo.

@Alex.wildwings: ¿Con ganas de dormir conmigo? Es coña.

@Lukka_free: Bueno, eso no estaría nada mal… Con ganas de saltar al vacío.

@Alex.wildwings: Pues salta.

@Lukka_free: Me temo que ya lo he hecho.

@Alex.wildwings: Y cómo va esa caída.

@Lukka_free: Tremendamente mal, ja, ja, ja. Pero hablar contigo le da otro sentido.

@Alex.wildwings: No sé muy bien si entiendo de qué estamos hablando, pero sea como sea, me alegro de formar parte de esa caída…

@Lukka_free: Y yo de que formes parte de ella. ¿Y tú, en qué momento vital te encuentras?

@Alex.wildwings: Vida estándar, un trabajo que me gusta, buenos amigos… No puedo quejarme.

@Lukka_free: Me alegro por ti.

@Alex.wildwings: Gracias… ¿Y a ti qué te pasa?

@Lukka_free: ¿Qué te hace creer que me pasa algo?

@Alex.wildwings: Todo tu leve ser. Estás raro desde que has vuelto a hablarme…

@Lukka_free: No tengo ganas de hablar de mis problemas. Prefiero seguir descubriendo los tuyos.

@Alex.wildwings: Vaya, eres el primer tío al que le interesa mi mente más que…

@Lukka_free: No te ilusiones, lo otro también me interesa.

@Alex.wildwings: Ja, ja, ja. Estúpido.

@Lukka_free: Cómo te gusta insultarme, ¿eh?

@Alex.wildwings: Me gustas tú.

@Lukka_free: Mmm… Repítelo.

@Alex.wildwings: Que me gustas tú.

8

Hoy no tengo el día, así que espero que Ferney no me lo ponga difícil. Los tíos son todos iguales. ¿De qué va Luka desapareciendo dos días otra vez? Encima, después de que le dijera que me gusta. Me parece muy mal. He estado de mal humor, así que espero que este no me dé por saco ahora. Nunca entenderé que alguien cambie tanto de un día para otro y solo espero que tenga una buena excusa. Para colmo, las cosas no están siendo fáciles con Ferney. No es un paciente al que resulte sencillo acercarse. Ojalá hoy tenga mejor día que los dos anteriores. Tras las últimas tres jornadas haciéndole las curas sola, no consigo que quiera hablarme. Se limita a apartar la mirada y me ignora. Cojo aire y entro a la habitación sin tocar en la puerta. ¡Que le den!

—Buenas tardes, Fer.

Para mi sorpresa, Ferney se gira y me saluda con la mano. Todo un avance.

—¿Hoy tienes mejor día? Porque para mí es un día de mierda —le suelto, y a Fer se le escapa una sonrisa. Es la primera vez que le veo hacerlo.

—Vaya…, esa sonrisa quiere decir que tienes mejor día que yo —manifiesto, alegre por él y sorprendida.

—No lo creo —me contesta—. ¿Cómo puede gustarte esto? —me pregunta, en referencia a las curas que le voy a hacer.

Su voz me vuelve a sorprender. Menos mal.

—Me gusta ayudar a las personas.

—Es asqueroso.

—No digas eso. No lo es. Nada ocurre porque sí.

—¿Me estás diciendo que me lo merecía?

Mierda, para un día que logro establecer conversación, me la voy a cargar.

—Eso lo has dicho tú. Solo digo que nada ocurre porque sí.

—Pues estoy tratando de entender por qué me pasó a mí…

—¿Qué te pasó, exactamente?

Trato de que siga hablando mientras preparo todo para empezar las curas.

—Accidente de coche.

—Eso ya lo sé…

—Pues no sé qué quieres que te cuente.

Haciendo gala de su simpatía, para variar.

—Siempre hay algo…

Se hace el silencio. De repente y como por arte de magia, algo cambia en el ambiente y Fer empieza a hablar. Casi diría que parece relajado.

—Tenía un buen día. Me sentía eufórico. Era tarde y tenía ganas de llegar al pub donde había quedado con unos amigos. No íbamos a celebrar nada en particular, solo que la vida era la hostia. Y nunca llegué.

—¿Cómo ocurrió?

Sé que necesita hablarlo por fin, tras tantos días en silencio y ni una visita.

—Pues no tengo ni puta idea. Me han dicho que no fue mi culpa. Un camión que venía de frente se salió de su carril y llevaba material inflamable. Supongo que la química hizo el resto.

—¿Y cómo está el del camión?

—¿Crees que me importa?

—Pues estaría bien que te importara.

—¿Cómo te atreves a hablarme así? Estoy aquí por su puta culpa…

—Solo trato de decirte que estaría bien que supieras qué ocurrió. Por qué se salió del carril. Dónde está ahora…

—Murió en el acto. Lo que no me explico es que yo viviera.

Veo cómo cede y me sigue hablando a pesar de mis duras palabras.

—Tu camino no ha acabado, por eso no moriste.

—Ya, pues vaya mierda quedarme con este cuerpo —me dice señalando sus llagas, que tienen aún mal aspecto a pesar de empezar a cicatrizar—. Mírate, entras aquí como si fuera un enfermo contagioso.

—Es todo lo contrario. El gorro y la máscara son para protegerte a ti de lo que yo pueda contagiarte. Una infección en la piel ahora podría ser letal… ¿No te gusta mi look o qué?

Intuyo una sonrisa en su mirada, pero la disimula.

—La verdad es que estás horrible con ese gorro.

—Gracias. Me encanta tu honestidad.

—Y a mí la tuya.

Me hace sonreír y se me olvidan un poco los malos días que he pasado enganchada al móvil esperando noticias de Luka. Le miro detenidamente y me pregunto cómo era su rostro antes del accidente. Su mirada es letal pero atractiva.

—Solo quería que reaccionaras… —le digo sincera. No quiero que se ofenda por haber sido tan directa con su accidente.

—No tengo ganas de seguir hablando. Gracias.

—Está bien. Seguiremos en silencio.

—¿Puedo poner música? —me pide.

—Claro. Espero que tu gusto musical sea mejor que tu carácter —me atrevo a decirle antes de empezar con las curas.

Fer me mira extrañado y, acto seguido, ignora mi comentario. Coge su móvil y selecciona una *playlist* de Spotify. No

logro ver el nombre, pero suena bien. Clásico, sofisticado…
No es mi estilo, pero relaja. Sigo en silencio.

Si algo sé hacer bien es tratar con personas complicadas.
Porque ¿qué ser querido no es complicado? Pienso en mi círculo más cercano… Mi padre era complicado; mi madre y mi
hermana también. Y yo… Tengo la palabra «complicación»
como segundo apellido.

—¿En qué piensas? —dice por sorpresa mientras yo estaba
abstraída con las curas.

—En mi madre.

—¿Problemas familiares?

—En absoluto. Sencillamente me recuerdas a ella.

—¿Por qué?

—Porque es igual de cabezota y sarcástica. Y porque, desde
que murió mi padre y se quedó destrozada, nunca ha admiti-
do necesitar ayuda.

—Vaya…

—¿Te suena de algo?

—No me gusta que se compadezcan de mí. —Clava su mirada en mis ojos y, por un instante, siento que no puedo sos-
tenerla. Hay algo en ella…

—Supongo que a mi madre tampoco le gusta. Pero ¿sabes
qué?

—¿Qué?

Es la primera vez que veo verdadero interés por su parte.

—Que lo único que logra con eso es alejar a los que más la
queremos.

Fer se queda callado y noto cómo aprieta la mandíbula.
Parece un signo de fastidio. Sé que reconoce que tengo razón
y que él está haciendo lo mismo.

—¿Por qué no recibes visitas?

—Porque me parezco a tu madre.

—Pues déjame darte un consejo… Cambia el chip. Necesitas a los tuyos en momentos así.

—No tienes ni idea.

—Créeme. Tengo más idea de la que te imaginas.

—Si tú lo dices...

Acabo las curas en silencio, pues noto que Fer necesita asimilar nuestras charlas poco a poco, y le pregunto si le apetece ir al baño para ayudarle a incorporarse.

—¿Ya puedo? ¿Se acabó que todas me limpiéis la bolsa y me sondéis el pene?

—Creo que podemos intentarlo. Si quieres te ayudo. ¿O quizá prefieras que te siga sondando el pene? —le pregunto imitando su sarcasmo.

—Puedo solo —me dice mientras trata de incorporarse.

—Está bien.

Cabezón, no podrá.

Hace un superesfuerzo para levantarse de la cama, pues si algo tienen las quemaduras es que al mínimo roce con cualquier cosa te quieres morir de dolor. Pero este chico es testarudo y luchador.

—Joder —gruñe e intuyo que no puede, así que sin pedirle permiso me apresuro a cogerle por la única zona que no tiene quemada—. ¡Dios es horrible!

—Lo sé...

—Dudo que lo sepas.

Logra ponerse de pie por primera vez. Imagino a Fer como al típico chico malote al que todo le va de puta madre. Incapaz de aceptar las contradicciones de la vida.

—No me gustaría ser el fisio que te está haciendo rehabilitación todas las tardes —le digo. Intuyo que acabaremos haciendo buenas migas.

Guardo silencio y lo suelto para que ande hasta el baño. Necesita moverse o empezarán otros problemas. Tiene quemaduras hasta en las plantas de los pies. Aguardo hasta que sale.

—Menos mal que esa zona no se te quemó —le digo señalando sus genitales.

—Muy graciosa —me suelta, un tanto borde y un tanto aliviado a la par.

—No bromeo. No poder orinar es una experiencia terrible.

—Imagino… ¿Puedo quedarme de pie un rato?

—Claro. Te dejo tranquilo. Si me necesitas, solo tienes que llamar.

—Sí.

—¡Enfermera! —me llama cuando ya casi he cerrado la puerta. Me giro y lo miro detenidamente. Clava de nuevo en mí su letal mirada de color chocolate.

—Gracias.

Le sonrío y sé que no lo dice solo por las curas. Asiento y le dedico una sonrisa sincera.

Salgo de la habitación y, al cerrar la puerta, me apoyo en ella y suspiro.

«Por fin lo he logrado. Uf…».

Esta es una de las razones por las que me gusta mi trabajo. Aunque es duro la mayor parte del tiempo, reconforta mucho. Espero que ahora todo sea más fácil con Fer. Oigo vibrar mi móvil en el bolsillo y lo cojo enseguida. Es mi madre. No sé por qué he pensado que podría ser Luka. Le digo que estoy en el trabajo y, tras cruzar cuatro frases para ponernos al día de que todo está bien, quedamos en que iré a verla esta semana.

Estoy hambrienta. Me apetece cenar con Martha, así que allá voy a tomar algo y a tener una buena charla con mi amiga.

—Lo he logrado —le cuento a Martha, que está calentándose un sándwich con una pinta terrible. Espero que no lo haya hecho ella.

—¿Mejoras con tu paciente?

—Sí, he logrado entablar conversación y que se levantara para hacer pis.

—Menos mal. Sabía que lo lograrías.

—¿Qué comes, Martha?

—Sándwich de atún.

—¿Caliente?

—Sí…

—Eso tiene muy mala pinta.

—Hija, entre los niños, el trabajo y las reformas del piso no me da la vida para cocinar nada mejor.

—¿Y todos los táperes que hicimos?

—Mis adorables hijos han acabado con ellos en un santiamén.

—¿Y si pedimos una pizza? —le ofrezco una salvación a su terrible cena.

—Me parece una idea brillante —me dice. Muerde el bocadillo y, acto seguido, lo tira a la basura.

—Llamo yo —tomo la iniciativa.

Aún son las diez y media, así que nos queda toda la noche por delante. Las pizzas llegan tras veinte minutos de descanso. Las devoramos hasta no poder más. ¿Puede haber algo más placentero en la vida que una buena pizza?

—¿Me vas a contar qué te pasa? —me pregunta Martha cuando terminamos el último bocado—. Porque, hija mía, llevas dos días que estás insoportable y de un irascible… La verdad es que me alegra verte más relajada hoy, porque ¡vaya dos noches que me has hecho pasar!

—Pues que soy imbécil.

—Imbécil no lo sé, pero reservada… Un rato, guapa. Cuéntame anda.

—Pues que me ilusiono demasiado rápido.

—Vaya, problemas amorosos.

—No diría tanto. Apenas lo conozco… Solo hablamos por internet…

—¿Y cuál es el problema?

—Pues que es raro… Unos días está superpendiente de mí, pero otros desaparece y no me escribe en días.

—Bueno, mi marido hace algo similar pero estando siempre en casa —bromea y estallo en carcajadas. Martha es genial.

—No te rías, ¿eh? —me pide Martha, y yo le guiño el ojo—. ¿Por qué no le llevas un pedazo de pizza a tu paciente?

—¿Qué dices? Son las sobras… Y no trates de cambiar de tema.

—Es media pizza que acabamos de pedir. Aún está caliente.

—¿Tú crees?

—Yo lo intentaría… Así dejas de pensar en ese que pasa de ti.

—Pues… mejor que tirarla… Tienes razón.

—Anda ve y despéjate un poco. Deja el móvil en la taquilla, así estarás más tranquila.

—Te voy a hacer caso.

Me deslizo por el pasillo cuando son ya las once y media. Toco en la puerta, y Fer pregunta quién es. No duerme. Me lo temía, no sé por qué.

—Soy yo —le digo, como si fuera lo más normal.

—No pienso cenar. Si vienes a decirme que tengo que comer.

Miro el carrito de la cena que hay al lado de su puerta. No ha probado bocado. Normal. Rape frío y crema de verduras.

—Me temo que sí… —le digo mientras abro la puerta.

Me mira con incertidumbre. Sé que ha olido la pizza.

—¿Puedes entrar en la habitación de un paciente si este no te invita?

Ignoro su pregunta. Está tratando de incomodarme. Ya lo tengo calado.

—Quizá te apetezca…

—¿En serio?

—Solo son mis sobras. No te emociones.

—Eres una enfermera rara.

—Come un poco, anda.

Le dejo la pizza al lado de la cama y me giro para irme sin decirle nada.

—Quédate un rato… Bueno, si puedes.

Me sorprende muchísimo que quiera que me quede.

—Puedo… Aún me queda media hora de descanso.

—Hostia, esto sabe a gloria. ¿Has elegido tú los ingredientes?

—¡Sí!

—Jamás pediría verduras en una pizza, pero debo admitir que está buena.

Sonrío.

—Me alegro. Oí que ibas a pedir pizza, pero no lo has hecho ni un día…

—Sí que te fijas.

—Bueno, más bien recojo tu basura todas las noches y hubiera visto un envase de pizza.

Fer está distraído comiendo, y yo me apoyo en el respaldo de la butaca y cierro los ojos unos instantes.

—Gracias.

Asiento con la cabeza y sigo descansando en silencio. Me queda mucha noche por delante.

—Han pasado veinte minutos.

Su voz me desvela del sueño en el que había caído.

«Mierda. Me he dormido».

—Ostras… —consigo decir, desorientada, y me incorporo. Me fijo en su mirada. Me contempla con detenimiento y, por un instante, una sensación cálida me envuelve por sorpresa.

—Tranquila… No quería despertarte, pero dijiste que solo tenías media hora. No quiero que te metas en problemas.

—Sí, gracias. —Me acomodo la bata y el gorro un poco avergonzada—. Debo volver al trabajo.

—Buenas noches.

Siento alivio en su voz, como si se hubiera quitado un gran peso de encima, quizá el peso del enfado.

—Igualmente —le digo y salgo a toda prisa de la habitación.

9

Me desperezo en la cama, temiendo que sea demasiado tarde y me haya perdido el día, pero para mi sorpresa solo es la una del mediodía. No he dormido una mierda, pero tengo ganas de salir un rato antes de volver al hospital. Pienso en que debería haber llamado más a Joey. Yo he pasado mucho de ella en estos últimos días, y ella sí que me ha llamado sin parar para ver cómo estoy, aunque ha sido difícil compaginarnos por culpa de mis horarios. No es tan amante de la naturaleza como yo, pero voy a tratar de convencerla para dar un paseo por Río Grande antes de entrar a trabajar y comer algo por ahí. Quiero hacerle alguna foto.

Río Grande es un río que atraviesa Albuquerque, es grande, como su mismo nombre indica, pero también maravilloso. Me gusta en cualquiera de sus puntos a lo largo de su extenso recorrido. Hay zonas verdes, repletas de vegetación y otras en que parece partir en dos el desierto calizo de la zona. También cuenta con zonas de aguas tranquilas y otras más bravas. El agua tiene un tono rojizo debido a la arcilla del fondo del río y, al atardecer, parece que lo que fluye por él es fuego, debido a la luz anaranjada y a las montañas de fondo que se oscurecen en tonos granates. Paseamos y charlamos todo el mediodía. Le cuento mi aventura con Luka, lo pesado que está James siempre que nos cruzamos por el pasillo y la intrigante mirada de Fer. Joey se ríe de mis locuras y yo le saco fotos mientras lo hace. Tiene una de las risas más contagiosas que he oído en mi vida. No entiende de dónde saco tanto material para complicarme la vida. Me vibra el móvil, y mi hermana me pone ojitos de súplica para que lo mire y se lo enseñe.

—Es Luka, tía… ¿Ves? Siempre acaba apareciendo. Pues ahora no tengo ganas de hablar con él.

—Va, mujer, no será para tanto. ¿Qué dice?

Le tiendo el móvil para que lo lea ella misma. Me aburre el tema ahora mismo y, cuando la veo teclear por mí, se lo arranco de las manos de golpe.

> **@lukka_free:** Buenos días…
> **@alex.wildwings:** Hola, guapo.

—¡¡¡Tía!!! ¿«Hola, guapo»? ¿Estás de coña? Lleva días sin hablarme. Jamás le pondría un saludo alegre y menos con un cumplido

—Qué más da, si no lo conoces de nada. No es tan importante, Alex. Le estás dando demasiado importancia al tema.

—También tienes razón.

> **@lukka_free:** Disculpa la ausencia, otra vez.
> **@alex.wildwings:** No sé qué decir.
> **@lukka_free:** No estés molesta.
> **@alex.wildwings:** ¿Has tenido otros días malos?
> **@lukka_free:** Bueno, no es solo eso.
> **@alex.wildwings:** Pues ahora no puedo hablar. Estoy ocupada… Me alegro de que estés mejor. O vivo, al menos.
> **@lukka_free:** Eres dura conmigo.
> **@alex.wildwings:** Necesito un café con leche. Tengo muchas cosas que hacer y poca energía. Llevo muchos días seguidos trabajando.

@lukka_free: Imagino… Tranquila, te dejo hacer tus cosas. Hablamos luego.

@alex.wildwings: Sí, o quizá en seis días.

@lukka_free: No seas mala.

@alex.wildwings: ¿Yo?

@lukka_free: Tómate ese café.

—¿Lo ves, hermanita? Para él es como si nada —le digo mientras dejo que lea la fugaz conversación que acabamos de tener

—Alex, no tienes ni idea de quién es o por lo que está pasando. Quizá está metido en un lío o le ha pasado algo a un familiar.

—O es un imbécil —acabo la frase por ella.

—Pues nada, chica, que no hay manera. Lo que tú digas. —Resopla, cansada de mi negatividad.

Nos sentamos a comer algo que hemos comprado antes de venir y nos relajamos mientras contemplamos el cielo tumbadas y sin hablar. Es un momento de paz y tranquilidad que me da la vida, pero lo bueno se acaba pronto. Me despido y me dirijo al hospital.

@lukka_free: ¿Te apetece hablar?

@alex.wildwings: Sí…

@lukka_free: ¿Ya no estás molesta?

@alex.wildwings: No estaba molesta.

@lukka_free: Mentirosa.

@alex.wildwings: Es solo que es raro… Me he dado cuenta de lo poco que te conozco en realidad.

@lukka_free: Me asusté.

@alex.wildwings: ¿Cuándo?

@lukka_free: Cuando me dijiste que te gustaba…

@alex.wildwings: Pues tranquilo, porque ya no me gustas.

@lukka_free: Joder, ahora desapareceré por estar triste.

@alex.wildwings: Empiezo a acostumbrarme.

@lukka_free: Exageras.

@alex.wildwings: Lo que tú digas.

@lukka_free: Oye, ¿puedes dejar de estar a la defensiva?

@alex.wildwings: Lo intentaré.

@lukka_free: ¿Puedo hacer algo para que estés mejor?

@alex.wildwings: Mmm…, invitarme a un café.

@lukka_free: ¿A otro? ¿Cuántos llevas hoy?

@alex.wildwings: Tres.

@lukka_free: Pues no, no te invito a un café. Llevas demasiados.

@alex.wildwings: Vaya…

@lukka_free: ¿De qué te apetece hablar hoy?

@alex.wildwings: De ti.

@lukka_free: No soy muy interesante.

@alex.wildwings: Deja que eso lo decida yo.

@lukka_free: Está bien. Tú mandas.

@alex.wildwings: ¿Trabajas hoy?

@lukka_free: Ahora mismo no estoy trabajando.

@alex.wildwings: Si que vives bien, pues.

@lukka_free: Bueno…

@alex.wildwings: ¿Y cómo pagas tus facturas?

@lukka_free: Solo es algo temporal…

@alex.wildwings: Detesto ese halo de misterio…

@lukka_free: Pues al principio te encantaba.

@alex.wildwings: Puede, pero ya no.

@lukka_free: Lo siento.

@alex.wildwings: Oye, no tengo ganas de hablar, la verdad.

@lukka_free: …

Hoy la jornada ha sido intensa y estoy agotada. Ha habido dos ingresos de urgencia que nos han llevado casi toda la noche y apenas he podido cuidar a mis pacientes. Pero me he sentido muy bien ayudando y solucionando ingresos, algo que no siempre es fácil. Hoy Fer no tenía muy buen día, así que casi no hemos hablado. Es una pena, porque en el fondo, muy en el fondo, me cae bien y me suscita intriga. Al llegar a casa de madrugada, veo que Luka me ha vuelto a escribir. Estoy cansada, pero tengo el sueño cambiado y algunas noches me cuesta dormirme, por lo que le escribo.

@lukka_free: Tengo ganas de ti.

@alex.wildwings: :(

@lukka_free: ¿Triste?

@alex.wildwings: Rara.

@lukka_free: ¿Por qué?

@alex.wildwings: No tengo la confianza para contarte, no sé…

@lukka_free: Hazlo y ya está.

@alex.wildwings: Pues que me siento rara desde que hablamos.

@lukka_free: …

@alex.wildwings: Bueno, me siento rara cuando no hablamos… Y lo echo de menos.

@lukka_free: Quiero que sepas que hablar contigo da sentido a mi vida ahora mismo.

@alex.wildwings: Sabía que estabas deprimido…

@lukka_free: No te lo he ocultado jamás.

@alex.wildwings: Eso es verdad… ¿Qué haces?

@lukka_free: Intentaba dormir… ¿Tú?

@alex.wildwings: También intento dormir.

@lukka_free: Adoro la facilidad con la que expresas tus emociones. Sin miedos…

@alex.wildwings: No como tú, ¿verdad?

@lukka_free: Exacto… Eres valiente.

@alex.wildwings: No como tú.

Le repito. Empiezo a tener muchas ganas de mandarlo a la mierda.

@lukka_free: En serio… Voy a intentarlo, va.

@alex.wildwings: Uau… Espera, que me incorporo.

@lukka_free: Tú también me apeteces. Me desvelas y me gustas.

@alex.wildwings: Adiós, desaparezco durante cinco días. Me he asustado.

@lukka_free: Mala.

@alex.wildwings: Gracias… Lo necesitaba. ¿Te sientes mejor de tus problemas?

@lukka_free: No…, pero cuando hablo contigo me olvido de todo.

@alex.wildwings: ¿Vas a contarme algún día qué te pasa?

@lukka_free: No me pasa nada, olvídalo. Estoy bien, de veras.

@alex.wildwings: Algo es algo.

@lukka_free: ¿Alguna vez has sentido que tu vida ya no tiene sentido y que preferirías estar muerta?

@alex.wildwings: Nunca, no soy esa clase de persona. Cuando siento que mi vida no tiene sentido, se lo doy.

@lukka_free: Enséñame a hacerlo.

@alex.wildwings: Está bien… Empecemos por asumir que, pase lo que pase, no es un error.

@lukka_free: Entonces, ¿qué es?

@alex.wildwings: Es justo lo que necesitamos para aprender, evolucionar y cumplir nuestra misión de vida.

@lukka_free: ¿Y la gente a la que asesinan?

@alex.wildwings: Pues probablemente es lo que necesitaban a nivel kármico para trascender.

@lukka_free: ¡Anda ya!

@alex.wildwings: Sí, sé que parece muy espiritual y poco realista, pero de no ser así ¿qué estarías planteando, que hay errores en la vida, que la vida se equivoca?

@lukka_free: Por supuesto.

@alex.wildwings: No, nada tendría sentido.

@lukka_free: Es que nada lo tiene.

@alex.wildwings: Todo lo tiene. El león no se come a la gacela porque sí… Lo hace porque luego acaba muriendo y alimentando la tierra para que crezca mejor hierba y la gacela paste mejor…

Dicho así parece terrible, pero si lo planteas como un todo, es algo grandioso y perfecto. Aunque no nos guste.

@lukka_free: La naturaleza es una gran hija de puta.

@alex.wildwings: Sí, a ojos humanos sí. Hace y deshace a su antojo para desarrollarse como debe. Como si tiene que exterminarnos.

@lukka_free: ¿Y eso te gusta?

@alex.wildwings: No juzgo. No sería feliz si lo hiciera.

@lukka_free: …

@alex.wildwings: ¿Qué?

@lukka_free: Que en eso tienes toda la razón. Me has callado la boca.

@alex.wildwings: ¿Me vacilas?

@lukka_free: No, en serio. Yo juzgo todo lo que me pasa y lo que veo mal me angustia.

@alex.wildwings: Pues deja de hacerlo.

@lukka_free: Sigue ayudándome.

@alex.wildwings: Empieza por aceptar que, sea lo que sea que te pase, está bien. Aunque no te guste. Si te ha dejado tu novia, si ha muerto alguien a quien quieres…, está bien. No hay error. Ámalo… Te sentirás en paz.

@lukka_free: Pero no feliz…

@alex.wildwings: Cierto, no te sentirás feliz inmediatamente. Pero te aseguro que la paz es mucho mejor que esa angustia que exhalas.

@lukka_free: Gracias.

@alex.wildwings: De nada…

@lukka_free: ¿Quién te enseñó a ver las cosas así?

@alex.wildwings: La muerte.

@lukka_free: ¿?¿?

@alex.wildwings: No creo que necesites saber más.

@lukka_free: Joder.

@alex.wildwings: ¿Qué?

@lukka_free: Que funciona, que me ayudas.

@alex.wildwings: Para eso estamos :)

@lukka_free: :)

@alex.wildwings: ¿Has sonreído?

@lukka_free: Llevo sonriendo un buen rato.

@alex.wildwings: :)

@lukka_free: Parecemos tontos. Vuelve a dormir.

@alex.wildwings: Sí, buenas noches.

@lukka_free: Gracias por la compañía.

@alex.wildwings: Zzzzzz.

Reflexiono sobre los golpes que me ha dado la vida y cómo han ido conformando mi modo de ver los acontecimientos como oportunidades para aprender y crecer. No podemos cambiar lo que nos ocurre, pero sí podemos decidir qué hacer con ello, cómo reaccionamos ante la adversidad y cómo superamos los obstáculos. La muerte de mi padre me hizo ver que solo somos dueños de nosotros mismos y nos toca afrontar todo lo que nos ocurre o dejar que nos machaque. Si no podemos cambiarlo, ¿de qué sirve negarlo? Ha ocurrido, es un hecho. Ahora toca afrontarlo y seguir.

10

Todo ha ido viento en popa después del episodio de la pizza con Fer. Hemos conversado agradablemente casi todos los días, y he logrado hacerle reír de nuevo. Al parecer, tiene un interés especial por la naturaleza, lo que me da banda ancha para explayarme. Le he contado mis avistamientos de aves en Bosque del Apache y, a pesar de que él jamás ha estado ahí, he intuido en su mirada que mis charlas le hacen salir un poco de las cuatro paredes del hospital, aunque solo sea a través de la imaginación. Le he contado mi vínculo con Maktub y ha alucinado. Le han entrado muchas ganas de conocerle, y le he prometido que lo llevaré algún día, cuando mejore y le den el alta. Han sido varios días de curas intensas, y debo admitir que he empezado a sentir algo por él. No sé mucho de su vida, ya que solo hablo yo…, pero su mirada dice tantas cosas. Es como si encerrara universos paralelos en los que quisiera indagar. Hay algo en él que me atrae, y espero que no sea su cabezonería. ¿Por qué siempre me fijo en los tipos más difíciles? De un casado a un enfermo crítico. Parece un chiste. Pero lo cierto es que pasar por su habitación todos los días es lo que me da vidilla para ir a trabajar. Es como cuando me gustaba algún chico del instituto y se convertía en la motivación para ir a clase a diario. Pues con él me ocurre algo parecido y me ayuda a pasar más de Luka, a que no me importe demasiado si escribe o no.

Llevo cinco días de descanso y los necesitaba, no voy a mentir. Las noches de guardia en el hospital son eternas. Últimamente, mi horario es de locos porque algunos compañeros están de baja y hemos tenido que reajustar el calendario. Por eso tengo menos días libres, pero cobraré más... Que nunca viene mal, la verdad.

Cojo la cámara que guardo en la mesita de noche y me tomo la foto diaria frente al espejo. Vestida, en esta ocasión. Carrete acabado. ¡Mierda! Me tocará ir a revelarlo. Pasaré luego por el estudio a dejarle el carrete a mi querido amigo Paul. A ver qué le parecen mis retratos. Sonrío traviesa para mis adentros.

Me preparo un par de táperes para la jornada de hoy. Uno de arroz con verduras y el otro con un buen bocadillo de tomates secos con albahaca y atún. De vuelta al trabajo. Luka lleva varios días sin dar señales de vida. Y cada vez me afecta menos.

Entro en la ciudad de Albuquerque con el coche y dejo atrás las llanuras y las montañas calizas para darme de bruces con la civilización. La detesto. Esos edificios altos que rompen con el paisaje me ponen nerviosa. Llego al hospital un pelín más tarde de lo habitual y me dirijo corriendo a la sala de reuniones, con la esperanza de que ellos también se hayan retrasado. No es el caso. Entro sigilosa y me disculpo. No quiero interrumpir la reunión, pero Louis no piensa como yo.

—Es la tercera vez este mes que llegas tarde a la reunión semanal, Alex. Esto no es serio.

—Lo siento. Había caravana...

—Sí, como las otras dos veces —me interrumpe—. Prever los contratiempos forma parte de tu trabajo. Y si has de salir antes de casa para evitar una probable caravana, lo haces. No podemos estar esperándote siempre.

Me dan ganas de mandarlo a la mierda. No puede hablarme así. Hago mi trabajo a la perfección y no es justo. Pero me limito a agachar la cabeza y disculparme.

—Lo siento, Louis. No volverá a pasar.

—Si vuelve a pasar, y sintiéndolo mucho, avisaré a la comisión y que se encarguen ellos. No quiero un equipo así.

—Entiendo. —Me arrastro aún más.

—Ahora he de repetir toda la información, y tienes pacientes esperando.

—¿Cómo está Fer? ¿Las curas de la semana han ido bien?

Miro a Martha, que tiene una cara de preocupación que no se la aguanta.

—Ferney está en la UCI. Es el primer tema que hemos tratado hoy —responde Louis por ella.

Noto un nudo raro en la boca del estómago y me extraña que me afecte de ese modo. Es como si su caso se hubiera tornado personal. ¿Por qué me siento así?

—¿Qué ha ocurrido? —Trato de sonar neutral.

—Pfff —resopla Louis—. Os dejo, que tengo mucho trabajo. Que alguien la ponga al día. No voy a repetir la reunión.

Louis se levanta de la mesa y me dan ganas de zarandearle. Se comporta como un imbécil. Me da igual que tenga razón, no es justo. Cuando por fin sale de la sala, Anne me dedica una mirada de complicidad, con su peculiar tocado rubio y sus gafas de pasta demasiado grandes para mi gusto, mientras que John pone una mueca de ánimos, siempre tan correcto y comedido. Cuántas veces hemos compartido batallitas en los descansos por más dispares que seamos. Martha es la única que se acerca a mí y me dedica unas palabras.

—No puedes seguir llegando tarde. Te van a echar —me dice preocupada.

—Lo sé… ¿Qué le ha pasado a Fer?

—Fue la otra noche. Parecía estar bien, pero entró en parada respiratoria.

—¿Cómo puede ser?

—Pues… ¿Sabes que sus pulmones se dañaron también en el incendio y que estaba con medicación?

—Sí, claro… Es mi paciente.

—Creemos que no se tomó las pastillas como es debido y sufrió un paro respiratorio.

—Este tío es gilipollas.

—¡Eh! ¿Qué te pasa? No puedes hablar así de un paciente.

—Disculpa, me fastidia…

—Sé que le tienes aprecio, pero no puedes mezclar. No es tu amigo ni tu novio.

—Lo sé —le digo de mal humor.

—Aquí tienes tus tareas nuevas. Las he anotado en la reunión al ver que no llegabas.

Hojeo con pereza las instrucciones. Me he puesto de mal humor y alucino al ver que Fer ya no está entre mis pacientes.

—¿Por qué ya no me toca a mí?

—Louis me lo ha puesto a mí de nuevo. No sé, cielo. No quiero problemas. Habla con Louis.

—Alucino.

—Pues habla con él —repite Martha tratando de evitar el problema—. Debo empezar mis rondas. Y tú deberías cambiar esa cara y empezar las tuyas.

—¿Cómo han sido estos días con él?

—Pues como siempre. Me gira la cara y me deja hacer en silencio. Al menos no se ha negado ni un día.

Me pongo aún más de mal humor y me dan ganas de mandarlo todo a la mierda e irme a casa, pero sé que no debo hacerlo. Necesito este trabajo. Debo admitir que me asombra el modo en que me putea que hayan sacado a Fer de mi planilla y trato de buscar una explicación lógica. No es la primera vez que se hacen reajustes en los pacientes, pero con Fer es diferente. Él solo se siente cómodo conmigo. Me sabe mal por él y, por algún extraño motivo, también por mí...

Me cambio a toda prisa y empiezo mis rondas. Este fin de semana, casi todos mis pacientes son nuevos, así que tomo aire, perfilo mi mejor sonrisa y empiezo a trabajar. Tras tres horas de cuidados, rondas, cenas y limpieza me toca cenar a mí. Saco el táper aún caliente de la mochila y empiezo a comer sin mucha hambre.

—Tu paciente no quiere que le haga las curas —me suelta Martha abatida al entrar por la puerta con muy mala cara.

—¿Qué ha ocurrido?

—Que no hay manera. No quiere que entre nadie hoy.

—Joder...

—No sé cómo lo lograste..., pero está claro que se te da mejor que a mí.

—Ahora pasaré a verle.

—No creo que sea buena idea. Me temo que no tiene ganas de ver a nadie.

—Bueno... ¿Cenas? —le pregunto para cambiar de tema. Parece agotada.

—Sí... Hoy traigo comida del chino —comenta mientras pone los ojos en blanco.

—Espero que a tus niños no los alimentes así —me burlo y le pido con un gesto que se siente conmigo a cenar.

—Por suerte, Thomas se ocupa de los niños. Se le da mejor la cocina.

—Me lo creo.

Nos reímos y empezamos a comer.

—¿Cómo va con el chico de internet?

—Mal. Vuelvo a no saber nada de él, pero ya no me afecta como antes. Cada vez paso más.

—Me alegro, me alegro... Eres una mujer independiente y no le necesitas para nada. Si no te busca, él se lo pierde.

—Pues tienes razón... —asiento pensativa.

—Yo que tú le propondría otro encuentro. Si vuelve a fallar, pasa página.

—La verdad, ya no sé si me apetece… —le contesto tiñéndolo todo con mi peculiar tono dramático.

Martha abre los ojos como platos a la espera de que le dé una explicación.

—¿Sabes qué? Haz tu vida y que sea algo secundario… y si le gustas de verdad, ya te buscará.

—Pues sí. Al final es lo que hago, porque es un tipo raro. —Estallo a reír y contagio a Martha—. Voy a intentar ver a Fer.

—Cabezona… Al menos hará que dejes de pensar en el misterioso Luka.

—A ver si es verdad… Que el trabajo sea mi sanación.

Le guiño un ojo y me dirijo a mi taquilla a enfundarme el traje de extraterrestre para ir a visitar a Fer a la UCI. No sé si lograré que me deje entrar, pero quizá pueda ayudarle.

Mientras camino por el pasillo, me viene a la mente la idea de llamar a Luka un día de estos para oír su voz y plantearle una nueva cita… Quizá tenga novia o mujer e hijos. ¿Qué sé yo? Pero algo hay, y sé que no me lo está contando. No puedo evitar darle vueltas y vueltas. Trato de alejar mis pensamientos de Luka y me dispongo a picar a la puerta de Fer.

«Novia, seguro que tiene novia».

—Buenas noches, Fer. Soy Alex.

—¿Alex?

Se extraña y me doy cuenta de que nunca le había dicho mi nombre, en mi plaquita pone solo mi apellido. Menudo fallo.

—Sí, tu enfermera.

Silencio. Ya empezamos.

—¿Puedo?

—No me encuentro bien… —responde con voz resacosa.

—Lo sé, me lo han contado. Por eso estoy aquí…

—Haz lo que te dé la gana.

«Será borde».

Abro la puerta con cuidado y doy un paso.

—Si quieres entrar, quítate ese disfraz.

—¿Estás loco, tío?

—Estoy cansado.

—Y yo, no te fastidia.

—Pf —resopla resignado.

—¿Cómo llevas el día? —le pregunto bastante torpe, pues aparte de las quemaduras y los vendajes, lleva oxígeno y se le nota incómodo.

—¿Sabes? Es muy triste que todos me veáis así.

—Vale, deja ya de compadecerte, Fer. No has elegido estar así y no tiene nada de malo que necesites ayuda. Todos la necesitamos en algún momento de nuestras vidas.

—¿Tú necesitas ayuda?

—Pues sí. Sí. —Su pregunta me da qué pensar—. Ahora que lo dices, no me iría mal.

—¿Ayuda para qué?

—Para ordenar mi cabeza. —Me río y a Fer se le escapa una risilla que parecía querer ocultar—. A mí no me ocultes que te estás riendo de mí, ¿eh? —le digo animada, y me mira directamente a los ojos.

Nunca lo había hecho así. Es diferente. Su mirada siempre es directa y profunda, pero esta vez es bonita. Me quedo en silencio. Él no aparta la mirada y a mí me cuesta sostenérsela. Por primera vez, esa mirada tan suya me hace sentir un resquicio de algo extraño que se esconde en el fondo de mi pecho. No puede estar pasándome esto… No así, ni aquí ni con él. Nos envuelve por unos instantes una especie de atracción, y aparto la mirada antes de que se dé cuenta de que yo le estoy mirando igual.

—Deberías dejar que te hagan las curas.

Trato de romper el hielo, pues, para mi sorpresa, su mirada me ha dejado descolocada.

—Házmelas tú si quieres —me suelta de sopetón.

—Verás, no me han adjudicado tus curas esta semana. No puedo hacer nada…

—Pediré que me las hagas tú o nadie.

—Así no funcionan las cosas, Fer.

Se mueve un poco y toca el botón para pedir asistencia.

—Pero ¿qué haces, bobo, si estoy aquí?

—Pues pedir que me cambien de enfermera.

—Me vas a meter en un lío.

—Ya verás como no.

Me vuelve a sorprender su actitud.

Martha aparece corriendo, ya que una llamada de la UCI siempre es motivo de carreras entre las enfermeras. Entra con un golpe a la puerta y, cuando me ve, cierra los ojos y resopla.

—Pero ¿qué carajo os pasa? —nos suelta.

Martha nunca se pone tan nerviosa.

—Yo no tengo nada que ver. Es tu paciente que es un rebelde.

Por suerte, Martha y yo tenemos suficiente confianza como para sobrellevar una situación así.

Se me escapa una risa, y ella niega con la cabeza a la par que resopla de nuevo.

—Quiero hablar con el encargado.

—Esto no es un McDonald's. Habla conmigo —le pide Martha mientras recupera el aliento.

—¿Eres la encargada de repartir los pacientes? —le pregunta vacilón. Yo no doy crédito.

—No, querido, es el doctor Louis.

—Bien, pues que venga Louis —suelta Fer como si él fuera el jefe.

—No, por favor. Me odia y me vas a meter en un apuro, Fer —le ruego.

—¿Te odia? ¿Por qué?

—Y yo qué sé… —respondo.

Martha me dedica una mirada de incredulidad y toma la palabra.

—Será porque siempre llegas tarde, ¿no, querida? —responde mirándome directamente y guiñándome un ojo—. Mira, guapetón, tenemos muchos pacientes y trabajo, así que no puedo perder el tiempo con llamadas que no son importantes. Voy a avisar a Louis y vengo. A ver si podemos complacer tus deseos —contesta, sarcástica, y me dedica una mirada que mezcla complicidad y fastidio. Está claro que Fer no es de su agrado.

Martha se muestra firme y profesional, pero en el fondo sé que me apoya ante todo y que, pase lo que pase, estará de mi lado. De nuestro lado.

—Fer, de verdad. Déjalo.

—¿No quieres que vuelva a ser tu paciente?

—Sí quiero, pero…

No me da tiempo a acabar la frase. Martha entra con Louis, con el ceño fruncido y esa aura oscura de siempre.

—Dígame, ¿qué necesita? —le pregunta Louis a la defensiva, pues ya está al día de los problemas que da este paciente.

—Verá, he tenido varias enfermeras, pero ninguna ha logrado hacerme sentir a gusto excepto ella. No quiero que sea otra la que me haga las curas.

—Ya, pero las cosas no funcionan así —contesta Luis, que no da crédito porque no soy precisamente objeto de su devoción.

—Solo confío en ella, con todos mis respetos hacia Martha. Alex hace un trabajo excelente: es limpia, cuidadosa, amable y nunca ha cometido un error.

—Seguro que las demás enfermeras… —intenta excusar Louis el motivo de su cambio, pero Fer no le da opción.

—Quizá no me he explicado bien —dice elocuente—. Ella o nadie.

Louis me mira muy extrañado y suspira.

—Cómo queráis. Martha y Alex, haced el cambio a vuestro gusto. Ahora, si me disculpáis, tengo mucho trabajo.

Sé que le ha puteado la vida y se va de muy mal humor e ignorando a Fer.

—¡Ya te vale! —le digo.

—Seguro que ahora tiene mejor concepto de ti —me dice mientras Martha pone los ojos en blanco, se da la vuelta y se va también sin decir nada.

—¿Siempre te sales con la tuya?

No puedo evitar reírme, me ha gustado el detalle.

—Solía ser así...

—Ya veo... Se nota

Nos quedamos en un silencio absoluto, y Fer sonríe. Apenas le veo la sonrisa con los vendajes y los tubos. Me pregunto quién es este chico, quién era antes de lo ocurrido... Pero sé que no es momento para preguntas.

—Cuando quieras —me dice y me saca de mis pensamientos.

—¿Cómo?

—Que cuando quieras, soy todo tuyo —me dice, y algo en mí se acelera. ¿Seré estúpida? ¿Qué me pasa ahora?

—Oh, voy a por el material y vuelvo.

—Aquí estaré.

—Más te vale —le digo y le señalo con un dedo amenazante. Es una estupidez porque ambos sabemos que no va a ir a ninguna parte.

11

¿Qué acaba de ocurrir? ¿Por qué me importa… tanto? ¿Por qué me trata así y hace que me sienta tan bien? Tengo los ojos cerrados y estoy apoyada en una pared. Si alguien me viese, pensaría que estoy mareada. No, no es así. Es que nada más salir de la UCI he tenido que detenerme. Necesito pensar.

Una vez recuperada de este pequeño *shock*, camino sin apresurarme.

Me dirijo sin prisa a la enfermería para preparar el carrito con todo lo que necesito para las curas, me bajo la mascarilla y tomo un poco de aire. Odio toda esta parafernalia. ¡Qué incomodidad!

— Soy yo —le digo mientras empujo la puerta con suavidad para pasar con el carrito.

—Fuera.

Me quedo helada.

—¿Fer?

—Es broma…

—Eres… Mejor me callo porque no procede.

—No, dímelo.

—¿Te gusta jugar o qué? —Por un momento me recuerda a Luka y me doy cuenta de que no he mirado si me ha escrito en toda la tarde-noche.

—Me duele todo…

—Es normal. ¿Qué ocurrió? ¿Por qué no tomaste bien la medicación?

—No fue aposta. No sé qué pasó. Me dan tanta mierda aquí… Necesito salir ya.

—Pues me temo que aún te queda un tiempo.

—¿Y si pido el alta voluntaria y me llevas a conocer a Maktub?

—No creo que sobrevivieras sin los cuidados intensivos. Maktub deberá esperar.

—Bf… —suspira y, por primera vez, siento pena y ternura por él.

—Deja que te ayude.

Empiezo a quitarle los vendajes de la cara y me sorprende lo bien que está cicatrizando la piel. Solo han sido cinco días sin verle, pero se nota una clara mejora.

—Estas genial, Fer. Va más rápido de lo que imaginaba.

—¿Estoy guapo?

—Guapísimo.

Nos reímos y Fer aparta la mirada. Francamente, sus facciones parecen bonitas. Soy incapaz de imaginarme del todo cómo era su rostro antes del accidente y, aunque me muero de ganas, no me atrevo a pedirle que me enseñe una foto.

—¿Por qué no dejas que nadie te visite?

—No quiero que me vean así. Ya te lo dije.

—Eso es absurdo. ¿Cómo puedes ser tan superficial?

—No es por la apariencia, sino por la pena. No quiero que sientan pena por mí.

—¿Y tus padres?

—Separados. Mi padre vive en París y ni se lo he contado. Mi madre vive en San Francisco. No tardará en venir.

—¿Qué relación tienes con ellos?

—Con mi padre ninguna, más allá de felicitarnos los cumpleaños y las Navidades. Con mi madre menos de lo que a ella le gustaría, pero nos llamamos todas las semanas y nos vemos de vez en cuando. Sobre todo cuando voy a California por trabajo. ¿Y qué hay de ti? ¿Tienes novio?

—Qué directo. ¿Intentas ligar conmigo? Qué poco te gusta hablar de tu familia, ¿no?

—Ja, ja, ja. ¿Crees que tengo alguna posibilidad de ligar contigo en estas condiciones?

Ahora lo entiendo todo… Le gusto.

—Pues no.

—¿No tengo posibilidades? —pregunta, seguro de sí mismo, e intuyo que Fer era un ligón antes de lo ocurrido.

—No tengo novio.

—Ah, eso me gusta más. —Vuelve a clavar su ardiente mirada en la mía—. ¿Puedes quitarte un momento la mascarilla y el gorro? Quiero verte.

—No puedo. Me jugaría el puesto y te pongo en peligro.

—No me importa morir si puedo verte.

Dardo directo al pecho. Tirón en la boca del estómago. ¿Está de coña? Por un instante, me doy cuenta de que estamos coqueteando y una parte de mí se siente mal… Pero otra vibra en todo su esplendor.

—Eso te ha quedado romántico —le digo un poco por decir algo.

—Ya ves. Aún queda un poco de corazón en estas cenizas.

—Qué exagerado eres. Ya habrá tiempo de que me veas sin esta parafernalia. Así tiene más gracia. Yo no veo cómo es tu cara ni tú la mía.

Mierda. ¿Estoy tonteando con un paciente? No puede ser…

—Bueno, será mi motivación para seguir aquí. Me recuerdas a alguien.

—No hables ahora. Necesito curarte la cara.

Fer mantiene la mirada en mis ojos mientras me dedico a desinfectar y aplicar cremas en su piel dañada. Me incomoda que me mire así y lo cerca que estamos, pero por suerte la mascarilla me hace sentir a salvo. Me tomo mi tiempo. Le acaricio con ternura y suavidad la piel mientras le pongo la crema y, por primera vez, lo disfruto, como si acariciara a un ser querido. Él cierra los ojos y, de un modo u otro, sé que ha sentido mi intención. Las yemas de mis dedos sienten el tacto de su piel, noto un impulso, una conexión casi inexplicable.

Sigo con su cuerpo. Él no abre los ojos, y yo estoy más cómoda así. Le he hecho las curas otras veces, pero nunca de este modo. Le quito con sumo cuidado las vendas que lo tapan del cuello a las caderas y me fijo por primera vez en cosas en las que nunca había reparado. Su cuerpo se ve musculado bajo las cicatrices: el pectoral y los abdominales ligeramente marcados bajo las heridas. Hace una mueca de dolor y me detengo. Poco a poco, vuelvo a limpiar sus heridas recorriendo con las manos cada rincón de su cuerpo, despacio, suave, con cariño. Aplico el tratamiento mientras vuelvo a pasar por todo su cuerpo, una vez tras otra. Fer suspira. Una parte de mí se excita, deja de ver las heridas e imagina su piel perfecta. Solo es un instante, pero ocurre. Dejo de considerarlo un paciente y me gusta. Siempre me atraen los tipos duros, fríos y aparentemente insensibles. Mierda. Fer abre los ojos, y yo ni me doy cuenta. Hasta que suspira y, sin quererlo, un pequeño suspiro también se escapa de mis labios. Ha sido intenso. Demasiado intenso.

—Gracias, Alex.

Le sonrió y me siento desnuda a pesar de todo el vestuario protocolario que nos separa. No sé qué está pasando ni qué significa esto. Pienso en Luka, pero me olvido de él enseguida y vuelvo a Fer. No son tan distintos en realidad. Ambos me atraen, ambos son misteriosos, ambos me descolocan y no tengo ni idea de quién es ninguno de los dos realmente.

—No sería lo mismo sin ti. ¿Volverás a irte?

—Bueno, suelo trabajar quince días seguidos y luego tengo varios de descanso… Aunque últimamente estoy haciendo suplencias, así que no tengo tantos días libres.

—Vaya…

—Pero quizá pueda… No sé… A lo mejor puedo cambiarlo mientras me necesites.

—No voy a pedirte eso. Tendrás tu vida —me dice, pero sus ojos suplican lo contrario.

—No tengo nada más importante que hacer —le contesto a la par que le lanzo la mirada más sincera de toda mi vida.

—¿Por qué lo haces?

Es una pregunta que me descoloca.

—¿El qué?

—Tratarme tan bien, desde el principio.

—Es mi trabajo. Me gusta lo que hago.

—No es solo eso… —me dice, y me doy cuenta de que tiene razón.

—No te mentiré. No tengo ni idea, solo me nace hacerlo así.

—Te debo una muy grande.

Suena sincero y emocionado.

—¿Te sientes mejor?

—Sí, por primera vez en casi un mes. Pero quiero salir de aquí.

—No vuelvas a equivocarte con la medicación —le suplico.

—Lo intentaré…

—Bueno, debo seguir con mi turno. Ahora descansa…

Sé que suena brusco, pero tengo que seguir o me va a caer otra bronca. He tardado el doble de lo habitual.

—Hasta mañana.

—Hasta mañana…

Me cuesta horrores salir de la habitación. Quisiera quedarme a su lado cuidándole. Es una sensación nueva para mí. Tomo aire, me doy la vuelta y salgo. Suelto todo el aire a modo suspiro y cierro los ojos.

«Vale, Alex, esto que acaba de ocurrir no es normal», me digo mientras trato de analizar lo ocurrido.

Corro por el pasillo en busca de Martha, necesito hablar con ella. La encuentro haciendo su ronda de vigilancia y le hago un gesto para que se acerque.

—¿Me vas a contar que os lleváis Fer y tú entre manos? —suelta totalmente intrigada.

—Martha ha ocurrido algo…

—¿Está todo bien? —dice asustada

—Sí, sí… Es solo que ha sido especial, no lo sé. No ha sido como siempre. Siento algo por él.

—No me fastidies, Alex…

—Joder, vaya ánimos —digo desanimada.

—¿Qué ánimos quieres que te dé? Es un paciente, es normal implicarte emocionalmente y cogerle cariño, pero de ahí a decir que sientes algo. No sé, hija.

—Olvídalo.

Me fastidia su respuesta y trato de dejar la conversación.

—No, cariño, escúchame. Creo que estás hecha un lío y deberías aclararte. Con Luka, con Fer, con tu vida. ¿Qué ocurre?

—Creo que estoy muy sola.

—Eso ya es un paso. Nunca te había oído decirlo en voz alta. Queda con Luka y aclárate.

—Sí, será lo mejor. Pero ya hace mucho que no da señales de vida.

—Pues las das tú, que no tiene por qué ser siempre él.

—Lo haré…

La conversación con Martha me viene bien. Siempre sabe qué decirme y me da buenos consejos. Me toca un parón, un breve descanso. Me acomodo en la salita que tenemos disponible para estos menesteres y me concentro. Miro el móvil y, aunque no hay ningún mensaje de Luka desde hace varios días, doy el paso y le escribo. Estoy harta de esperar. Está claro que tengo que actuar y zanjar toda esta tontería o ver si va a alguna parte…, por mi bien.

@alex.wildwings: Es tarde. Si duermes…, ¡despierta!

@lukka_free: Ya sabes que me cuesta dormir. ¿Cómo ha ido tu día?

@alex.wildwings: Extraño…

@lukka_free: El mío también.

@alex.wildwings: Vaya, quiero que nos veamos.

@lukka_free: …

@alex.wildwings: ¿Qué ocurre? Si ocultas algo, puedes confiar en mí. Total, no nos conocemos y no hay nada que perder.

@lukka_free: Lo sé, por eso me gusta hablar contigo, porque puedo ser yo mismo. ¿A qué te dedicas, Alex?

@alex.wildwings: Estoy hecha un lío últimamente y creo que conocerte me ayudaría.

@lukka_free: Me parece bien. ¿A qué te dedicas?

@alex.wildwings: Ya te lo dije, soy enfermera.

@lukka_free: No, nunca me lo habías dicho… Miro un día que me vaya bien y te digo.

@alex.wildwings: ¿Tienes novia? Si ese es el motivo de que nunca quieras quedar, dímelo. No pasa nada.

@lukka_free: Mujer e hijos. Ja, ja, ja.

@alex.wildwings: ¿En serio?

@lukka_free: No, de verdad. Soy un capullo, pero no un mentiroso.

@alex.wildwings: Creo que empiezo a sentir algo por alguien de mi trabajo.

@lukka_free: Uau. Qué sincera y directa… ¿Debo ponerme celoso? ¿Quién es?

@alex.wildwings: Me toca. ¿Un secreto tuyo?

@lukka_free: Me das miedo.

@alex.wildwings: ¿Por?

@lukka_free: Porque no logro sacarte de mi cabeza desde que has aparecido. Estás ahí todo el rato.

@alex.wildwings: Pues veámonos, ya.

@lukka_free: Ya toca…

@alex.wildwings: La intriga y misterio eran geniales al principio, pero ya me abruma un poco y me hace pensar mal.

@lukka_free: Creía que era de los que no se rinden y luchan hasta el final, pero de un tiempo a esta parte me he dado cuenta de que soy un puto cobarde.

@alex.wildwings: Mira, en eso te doy la razón. Eres un cobarde.

@lukka_free: No tienes ni idea…

Luka me cabrea demasiado, cada vez más. Cuando hablamos siento una impotencia muy grande, y todas las cosas bonitas que me hacía sentir estar en contacto con él se han esfumado. Ahora es la rabia la que empieza a inundarlo todo. Cada vez me importa menos.

@alex.wildwings: ¿Y si me lo cuentas? Quizá así me haga un poco a ello…

@lukka_free: Buf…

@alex.wildwings: Mira, mejor dejémoslo por hoy. De verdad que no me apetece seguir con este rollo. Lo siento, porque tus motivos tendrás, pero…

@lukka_free: Alex… No te lo creerás, pero… Te tengo que decir algo muy importante.

@alex.wildwings: Hasta pronto, Luka. Estoy en el curro. Paso.

12

Es la hora de comer, así que me preparo un pastel de patata; me han entrado ganas. ¿Qué le pasará a Luka para estar tan asustado? A veces me recuerda a Fer. Siempre me topo con tíos medio raros. ¿Nunca tendré suerte con los hombres o qué? Tener a Fer me da fuerzas para pasar de bobadas como el comportamiento de Luka. He de llamar a mi madre y a mi hermana. Necesito un poco de sensatez.

—Mami, hola.

—Ya era hora. Te he llamado dos veces esta semana —reprocha como siempre.

—Lo sé, lo sé. ¿Cenamos el sábado? No tengo guardia. Díselo a Joey.

—Genial, venid a casa, que ya he acabado de pintar el viejo estudio de papá y os gustará ver como ha quedado. Antes podríamos tomar un *brunch* por ahí.

—¡Genial! ¿Avisas tú a Joey? —le pido.

—Llámala o escríbele, anda, que eres más pasota…

—Está bien. Yo me encargo. Llevaré vino para brindar.

—¿Qué celebramos?

—Que he vuelto a hacer fotos.

—¿Con la máquina de papá?

—Sí…

—No sabes cuánto me alegro. Tráela y nos hacemos un retrato. Como en los viejos tiempos.

—Eso está hecho, mami. Cuídate. Hasta el sábado.

Cuelgo y me invade una sensación de tranquilidad. Que mamá haya decidido pintar el estudio de papá dice mucho de ella. Parece contenta. Qué ganas tenía de llamarla. Si no lo hago más es porque me cuesta encontrar un buen momento con los horarios invertidos. Me da la impresión de que vamos saliendo del pozo poco a poco. Las tres tenemos distintas velocidades, pero ahí estamos tanto para acompañarnos como para permitirnos también la soledad que necesitamos.

Vuelvo a concentrarme en la elaboración del pastel de patata. Va a salir riquísimo. No puedo estar con la cabeza quieta y me acuerdo de Luka sin poder evitarlo. Ayer le corté la conversación y hoy me siento bastante mejor. Creo que la que va a desaparecer por unos días voy a ser yo… A ver si así reacciona. Tampoco puedo evitar que me venga Fer a la mente. Creo que los relaciono porque siento que están asustados de alguna manera y porque los envuelve un misterio bastante parecido.

Dejo sonar mi Spotify mientras pelo las patatas y me sirvo un poco de zumo de mango. Me entran ganas de llevarle un poco de pastel a Fer esta noche, a ver si le entra un poco de hambre, pero quizá sea demasiado. Bueno, ya veré sobre la marcha. No paro de pensar en él y en quién es realmente. ¿Cómo era su vida? ¿Era feliz?

Sofrío la cebolla y las patatas hasta que quedan bien pochadas y luego las pongo al horno para gratinar. No es un plato rápido, que se diga, pero me encanta hacerlo con buena música de fondo. Suena *Ice Cold* de Lane, que me describe bien ahora mismo.

La letra flota por la cocina:

Feeling so lost
Not knowing where to go
This is my life
And I take its chords

Hoy llegaré pronto al trabajo y trataré de disculparme con Louis por los días anteriores, a ver si el detalle sirve para algo. Y si no, siempre puedo llevarle un táper con un poco de pastel de patata. Quién sabe. Me río sola imaginándome a Louis deleitándose con mis patatas, pero no, no soy tan pelota.

Me voy a la ducha mientras se gratinan las patatas y me sienta de maravilla. Miro el reloj y veo que voy superbién de tiempo. Solo son las cuatro y media y ya estoy lista para salir de casa, así que decido coger la cámara y pasar por el estudio a dejar los dos carretes que llevo usados y comprar unos nuevos. Me fastidia que se haya acabado el carrete y no poder hacerme la foto diaria de rigor a modo de terapia. Me veo tentada a sacar el móvil y hacerlo con la cámara de este. Pero no, no sucumbiré con tanta facilidad a la era digital.

Paul está sentado en el aparador aparentemente entretenido con una lectura sobre la importancia del *flash*. Entro decidida y contenta.

—Buenas tardes.

—No puedo creer lo que ven mis ojos —saluda animado y sin atisbo de sorpresa, lo cual me extraña.

—Ha pasado mucho tiempo, lo sé. Pero he vuelto y necesito revelar —le digo como si no hubieran pasado casi un par de años sin vernos.

—Me alegro. Era una pena no revelar tus fotos.

Me dedica una mueca de complicidad.

—Sí, espero que te guste mi nuevo registro —digo a sabiendas de que lo que va a encontrar en estos carretes son mis desnudos, además de fotos de paisajes y de Maktub.

—Lo trataré con mimo y atención. ¿Necesitas algo más?

—Dos carretes, porfa.

—¿Como los viejos tiempos? —pregunta, y me asombra que recuerde los carretes que compraba.

—Esos mismos. Sigo con la cámara de papá.

—Esas nunca fallan. Buena elección.

Me guiña un ojo y me tomo la confianza de coger el libro que está leyendo y echarle un ojo.

—¿Te gusta? —le pregunto señalando el libro—. Nunca me ha gustado el uso del *flash*.

—Bueno, es un tostón, pero ya sabes que me gustan los tecnicismos. Y para eso estudio, sin *flash* estoy vendido. Pero no lo recomendaría, la verdad.

—Eso suponía —digo tras ojear el libro y lo dejo de nuevo encima del mostrador.

—¿Cómo llevas lo de tu padre?

Me sorprende su pregunta después de tanto tiempo.

—He empezado a aceptarlo y a llevarlo mejor, la verdad.

—No ha debido ser fácil. Hacíais un equipo increíble.

—Gracias, Paul. ¿Tu cómo estás? ¿Muchas novedades por aquí?

—Pues importantes ni una. Todo bien con el estudio y la tienda, cada día más implicado ahora que mis padres se están retirando.

—Me alegro. Siempre has sido un *crack*.

—Gracias, Alex.

—Nada. ¡A ti! Te veo pronto. ¿Me escribes cuando lo tengas?

—Déjame tu e-mail, por favor, que hemos reiniciado la base de datos hace unos meses.

Le doy mi correo electrónico y salgo animada de la tienda de camino al trabajo. Miro el reloj y, por primera vez en semanas, voy sobrada de tiempo. Menos mal. Finalmente, he cogido dos táperes con pastel de patatas, y el que no es para mí no es precisamente para Louis. Me da un poco de corte tener detalles con él después de las curas de ayer, pero se trata de ser natural y esto es lo que me ha nacido hacer. Subo al coche y dejo sonar la radio. Rock FM siempre es un acierto. Después, conduzco alegre y motivada hacia el hospital.

Hoy no toca reunión, así que me visto y empiezo la ronda de pacientes. Me percato de que Fer ya no está en la UCI y siento alivio. Al menos está fuera de peligro y no hay que ser tan protocolaria con todo lo que se refiere a sus curas. Dejo a Fer para el último, así puedo estar más rato con él sin que me esperen los otros pacientes. Siento cómo una alegría inaudita me recorre las venas con solo pensar en el trabajo. Me vibra el móvil y decido mirar de soslayo, aunque no pienso contestar. Mensaje de James. No me lo puedo creer. Hacía casi un año que no me escribía. Me sorprende y no puedo evitar mirarlo.

Alex, hola… Necesito hablar contigo
Ante todo somos amigos, ¿no?
Me gustaría contarte algo
Si trabajas hoy, ¿podrías pasarte por mi despacho?
Hago guardia toda la noche. Ya me dices
Buenas tardes

No puedo evitar sentir un pequeño cosquilleo entre las costillas, de sorpresa, de intriga, de miedo. La verdad es que lo que vivimos fue muy fuerte y apasionado y, por más estable que esté ahora, esas cosas no se olvidan. Un recuerdo fugaz me atraviesa las retinas y lo vivo como si fuera ayer, como si se proyectara una película frente a mis narices. Su despacho, yo contra su mesa de espaldas a él y sus besos recorriéndome el cuello, la nuca, la espalda, el culo, mi sexo… Y así en bucle. Si algo bueno tenía era lo mucho que me complacía sexualmente. Mejor que nadie. Era como si se tratara de un experto en la materia. Su prioridad siempre era llevarme al éxtasis, luego ya llegaba él. Eso cuesta encontrarlo en un hombre y vaya si lo echo de menos. Sexo por sexo, sin sentimientos, solo para gozar. El problema es que yo tenía demasiados sentimientos y él no. En fin.

Me pregunté muchas veces si a su mujer la trataba igual. Él siempre me decía que no, que ella pasaba de él, que estaba centrada en los niños y que quería dejarla porque él necesitaba sentirse vivo como cuando estaba conmigo… Bajo mi punto de vista, esa mujer se perdía muchas cosas. Pero quién sabe, quizá me mentía y estaban de maravilla. No entiendo a qué viene este mensaje ahora. Ya veré si me paso. No creo que quiera nada raro, quizá solo quiere que tengamos buen rollo. Al fin y al cabo, somos compañeros. Le contesto.

Sí, trabajo
Si tengo un rato, me paso

Así como si nada, como si no hiciera un año que no me mandaba un mensaje. Pero somos adultos y los adultos hacen esas cosas, ¿no?

Entro en la habitación de Fer tras acabar con el resto de los pacientes y me lo encuentro de pie. Debo admitir que me sorprende y, por un instante, es como si no estuviera cubierto de vendas y fuera un chico normal.

—Qué alegría verte así —le digo con sinceridad.

Fer se gira y me saluda con la mano.

—¿Eso que llevas ahí es un táper?

—Así es —respondo y se lo tiendo.

—Qué detalle. No me lo esperaba.

—Me ha sobrado —digo para excusar mi detalle y que no parezca demasiado.

—¿Qué es?

—Pastel de patatas.

—Gracias, Alex... Tengo que hablar contigo. Creo que...

Justo cuando parece que va a soltarse y contarme algo, entra Louis para hacer la visita semanal de rigor y nos interrumpe.

—Buenas tardes, Alex —saluda Louis—. Voy a quedarme a ver esas curas, así puedo ver cómo progresan las heridas.

—Estupendo.

Trato de que no se me note el fastidio en la voz, y Fer se dirige a la cama sin apartar la mirada de mí. Antes de tumbarse, me tiende la mano para que le dé el táper y busca rozármela cuando se lo doy, acaricia ligeramente mi piel. Noto un tirón en el estómago que trato de disimular. Sé que lo ha hecho aposta y me gusta.

Tomo aire sin que se note que necesito respirar a través de la mascarilla y empiezo el protocolo de curas lo más profesional y fría posible. Me sabe mal, pero ambos sabemos que ahora toca ser profesionales. El doctor analiza cada parte de su cuerpo y anota cosas en su carpeta. Da muchos ánimos a Fer y le dice que no va a necesitar pasar por quirófano, pues sus heridas están curando de maravilla. A Fer le alegra la idea de no necesitar ninguna operación, pero no dice nada. Solo escucha y me mira. Le dedico una sonrisa de ánimos, y él me la devuelve con la mirada. Cuando terminamos, el doctor se queda hablando con él y no me queda otra que irme. Ya pasaré más tarde si eso.

Miro el reloj. Ya son las nueve de la noche y, como no tengo mucha hambre aún, me planteo pasar a ver a James.

«Sí, me paso, va. Si soy capaz de entrar en ese despacho y no perder los papeles ni las bragas será una señal de que lo he superado».

Subo hasta la planta donde está su despacho, como tantas veces hice en el pasado, y toco a la puerta. James me pide que pase y veo cómo la decoración sigue intacta. Igual que él, con su pelo rubio bien rapado y sus ojos color miel.

—Gracias por venir.

—Nada… ¿Pasa algo?

—Necesitaba hablar con una cara amiga.

—Creo que tienes amigos mejores que yo en el edificio —le digo.

—Bueno… Necesitaba hablar contigo. Ha pasado mucho tiempo.

—Sí…

—Nunca me disculpé por todo lo ocurrido. Tantas promesas rotas.

—Tranquilo, a veces no es fácil cumplir lo que uno dice. No te lo tengo en cuenta.

¿Estoy mintiendo o pienso eso de verdad? No lo sé… Pero está claro que he aprendido a no tenérselo en cuenta. Su situación no era fácil, tenía mucho que perder… y decidió no perderlo.

—Gracias. Nunca quise hacerte daño. Tenía miedo.

—No tienes que disculparte, de verdad. Estoy bien. Todo está bien.

—Me alegro. Yo…

—¿Problemas de nuevo con Alice?

Pronunciar el nombre de su mujer aún me despierta sentimientos encontrados.

—Nos estamos separando.

—Vaya.

Me sorprende. Nunca creí que sería capaz.

—Me ha dejado. Es más valiente que yo. Le echa más huevos.

—¿Qué ha pasado?

—Ha conocido a alguien… y no quiere seguir atrapada en un matrimonio muerto.

—Pues sí. Ella es más valiente… —le reprocho sin poderlo evitar.

¿Qué esperaba? La vida es así. Todos somos espejos de la realidad que proyectamos. Él le ha mentido durante dos años. No puede extrañarle que ella haya hecho lo mismo.

—Me arrepiento.

—¿De haber estropeado vuestro matrimonio?

—De haberte perdido por cobarde.

—Ah, no, no. ¡Esto sí que no! Ahora que estás solo no puedes decirme eso. Eso te hace doblemente cobarde. James, no me apetece ir por ahí…

Todo lo que he deseado este último año, hasta hace unos meses, directo hacia mí. El arrepentimiento de James, las ganas de volver conmigo… Cuántas veces lloré acurrucada en mi cama esperando un mensaje o una llamada que dijera esto. ¿En serio está ocurriendo ahora?

Siento cómo el móvil me vibra en el bolsillo de la bata. Lo miro fugazmente. Es un mensaje de Instagram, de Luka. Ahora no es el momento. Lo ignoro y vuelvo a James.

—No soy perfecto, cometo errores.

—James, los errores se cometen una, dos y tres veces. Han pasado tres años desde la primera vez que nos besamos. ¿Sabes cuántos días has tenido para darte cuenta?

—Sí, mil noventa días.

—Joder, qué rápido…

James da un paso hacia mí y me abraza. Por un instante, siento ganas de apartarlo y salir de ahí, pero debo admitir que la calidez de sus brazos, su olor y que por primera vez en mil noventa días sea él quien pierde el culo por mí me hace sentir bien, me hace sentir fuerte. Le devuelvo el abrazo. Nos fundimos en este instante y logro no pensar en nadie más. Cierro los ojos y, cuando quiero darme cuenta, James me está besando. Y no sé por qué, no sé cómo, me dejo. El beso se intensifica y es tan diferente, tan distinto a lo que siempre fue, tan intenso, tan desesperado, tan de súplica…, que me gusta, me hace sentir en ventaja otra vez. Yo ya no le necesito. No lo beso desde la necesidad, sino desde el placer, desde los recuerdos y desde la seguridad de que esta vez no es como las de antes.

Su lengua cada vez se enreda más con la mía y me siento jadear sin darme cuenta, mientras él me levanta y me sienta de golpe en su mesa. Pone las manos en mis bragas a la fuerza, a través de la bata y de los pantalones. Me estremezco. Llevo un año sin mantener relaciones sexuales con nadie y necesitaba volver a sentir este deseo. Me dejo hacer. James roza mi clítoris con sus dedos y me tiemblan las piernas. Su lengua recorre mi cuello y, aunque me ha puesto muy cachonda, un rayo de sensatez me atraviesa el pecho y es como si, de repente, no quisiera estar aquí en absoluto. No quiero ni puedo volver a caer. Me separo de él con brusquedad. Noto su pene duro a través de los pantalones e inhibo mis instintos. Fer, Luka… Ambos se cruzan en mi cerebro. Pero ¿qué diablos me está pasando estos días con los hombres, joder?

—No puedo, James. Lo siento —le digo mientras me acomodo la bata y me seco la humedad que ha dejado en mis labios. Su sabor es absolutamente embriagador, pero no. No me da la gana. Me nubla la mente.

—Alex, yo…

—Se ha acabado. Y no lo vas a aceptar nunca si hacemos esto.

—Te divierte castigarme.

—No es un castigo. Es la realidad. Reharás tu vida. Conocerás a alguien que valga la pena y todo saldrá bien. Pero no soy yo. Lo siento —digo mientras abro la puerta de su despacho.

No doy crédito a cómo he acabado así ni aquí. Soy imbécil, pero me siento orgullosa de haber dado el paso y haber parado. Camino por el pasillo sintiéndome más fuerte que débil y abro el móvil. Tengo que leer el mensaje de Luka:

> **@lukka_free:** Tenemos que hablar. He descubierto algo… No te lo vas a creer.
> **@alex.wildwings:** ¿Qué ocurre?

Pero ya no contesta más. Son las diez y pico de la noche, no es tarde para él. Qué raro.

Entro a la sala de descanso y veo a Martha trasteando con su móvil.

—¿Dónde estabas, Alex? Te ha llamado, Fer —pregunta, y me niego a confesarle que he ido a ver a James.

—¿Qué le ocurre?

Le pido que me cuente. ¿Se ponen todos de acuerdo o qué?

—Nada. Dice que solo quería hablar con su enfermera.

—¿Hace mucho?

—Una horita, más o menos.

—Ahora voy.

—Creo que se ha dormido —me dice Martha, que ha pasado por delante de su habitación en la ronda que acaba de hacer.

—¿Estás segura?

—Sí. Y también estoy segura de que le ha gustado la cena casera de hoy.

Pongo los ojos en blanco.

—Son detalles bonitos, Alex. No sé adónde te llevarán, pero… me encantan —admite.

—Fuiste tú la que me dijiste que llevara la pizza —le recuerdo.

—Eso es verdad. —Nos reímos y me acaricia la cara como si fuera mi madre—. Lo que sea con tal de que no vuelvas con el engreído de James.

«¡Ups!».

—Eso seguro —contesto segura de mí misma—. Voy a ver si duerme…

Duerme. Es la primera vez que veo a Fer descansar plácidamente. Ajusto la puerta y lo dejo tranquilo. Necesita dormir y mañana será otro día. Hago mi ronda nocturna antes de ponerme a limpiar y ordenar el material que me espera para tenerme entretenida toda la noche.

Son las cinco de la mañana y me queda nada para plegar. Qué optimista. Se me ocurre hacer algo que podría meterme en un lío, pero me atrevo aun así… Abro mi taquilla y cargo el carrete de la cámara. Quiero fotografiar a Fer, ya que creo que puede ayudarnos en un futuro a aceptar lo mucho que ha superado. O quizá nunca le diga nada. Si algo tiene de bueno esta cámara es que hace fotos de altísima calidad en ambientes oscuros sin que aparezca demasiado grano en la imagen.

Abro la puerta de la habitación de Fer apenas un palmo con sigilo y encuadro el pequeño resquicio que se ve entre la puerta, serán unos cinco dedos. Por él se ve la cama de Fer y a él durmiendo. Está lejos y es un plano muy abierto que deja intuir el descanso, la serenidad y la recuperación. Miro a ambos lados del pasillo oscuro, ajusto los parámetros de la cámara: ISO, diafragma y velocidad de obturación. Disparo. Guardo rápidamente la cámara y vuelvo a mi taquilla, feliz de la captura que acabo de robar.

Miro el móvil, pero nada. Luka no me ha escrito. Me pregunto si Fer quería algo o solo verme y charlar. Bueno, seguro que me llama si se despierta.

El resto de la noche en el hospital pasa con tranquilidad y Fer no se despierta, así que preparo todo para irme cuando llega la hora de plegar y, sin despedirme de nadie, pongo rumbo al Bosque. No tengo sueño y hoy me apetece pasear un rato.

13

Llego antes de que el sol salga por las montañas. El cielo está teñido de colores cálidos muy suaves, casi tímidos, que se irán deshaciendo para dejar paso al azul. La luz es tenue, suave, y aún reina el silencio que se convertirá en el estallido de sonidos de la naturaleza en apenas un par de horas. Pienso en Fer y en lo mucho que le gustaría ver esto ahora mismo. Hoy, una paz sobrenatural se apodera de todo mi ser y me alegro de haber decidido venir en vez de encerrarme a dormir. Aparco a un lado del camino y empiezo a andar hacia la gran laguna. El cielo rojizo se refleja en el agua y todo el paisaje parece tintado por un fuego cálido y tenue.

De repente, oigo el crujir de una rama detrás de mí y, para mi sorpresa, un coyote atrevido me mira fijamente. No quiero asustarle, son muy típicos en esta zona y se acercan a beber y cazar. Una bandada de grullas alza su poderoso vuelo cuando descubren al sigiloso coyote entre la maleza. Me detengo y, con más astucia que rapidez, saco la cámara y fotografío el intento fallido del coyote de cazar una grulla. Hoy no es tu día, chiquitín. Tras darse cuenta de mi presencia y de que no ha habido suerte, echa a correr monte a través y le pierdo de vista. Estos encuentros esporádicos no ocurren a pleno mediodía, ni siquiera dentro de un par de horas. La mayoría de los depredadores son crepusculares y salen a estas horas. Camino alrededor de la laguna mientras el sol asoma poco a poco sus tímidos y cálidos rayos más allá de las colinas arcillosas. Me detengo a contemplar el gran álamo que lo tapa y permite que algunos rayos desordenados se cuelen entre sus frondosas ramas repletas de su común algodón blanco. Poso mi mano en su corteza rugosa y valoro la vejez del árbol. Por el tamaño de su tronco, podría afirmar que es centenario. Quizá algún día lo vea caer y pueda contar sus anillos e intuir cómo ha sido su larga y maravillosa vida. Quizá dichos anillos me hablen de cómo ha vivido: si se estrechan sabré que ha pasado sed, pero si tiene anillos anchos y de color claro habrá tenido abundante agua a su alcance. Tratándose de este álamo a los pies de la laguna, me imagino su interior de color claro, con muchos anillos anchos que denotan la vida longeva y fructífera que ha tenido. Solitaria, pues no hay otros álamos cerca de él, pero arropada por las muchas aves que se posan en él todos los años. Quizá encuentre alguna cicatriz en alguno de sus anillos, marcada por algún ciervo que, falto de minerales, se comió parte de su corteza y dejó así una huella en su historia imborrable. Este árbol ha vivido y vivirá tantas cosas que, por más que quiera indagar en su existencia, prefiero verlo alzado y en pie, como un soldado raso que sostiene tantas y tantas vivencias, para tantas personas.

Cuando papá y yo veníamos a contemplar las aves, siempre nos sentábamos a sus pies. Nos ha ofrecido cobijo, sombra en verano, resguardo en los días de lluvia y ha sido cómplice del amor, del nuestro y del de las aves que cada año se emparejan frente a él. Seguro que también ha sostenido nidos en sus ramas, e imagino que los polluelos que han nacido encima de él también lo sienten como parte de esa madre que los incubó y alimentó. Sostener es otro tipo de amor materno. Me pregunto si habrá tenido descendencia. Observo si hay algún retoño a su alrededor que se parezca a un álamo y, para mi sorpresa, ahí está. Un pequeño árbol que, si no fuera por mi experiencia, me pasaría inadvertido como un arbusto más, pues aún no tiene forma de árbol como tal. Es débil, fino y está a escasos dos metros del árbol madre. Cobijado y conectado por las raíces con el álamo progenitor, que le pasará minerales y sustento hasta que alcance la fuerza suficiente para convertirse en un gran árbol. Quizá, cuando el álamo muera, este será su sucesor y tendrá tantas aventuras como el gran árbol. Me pregunto si lo presenciaré o si me sobrevivirán y remarcarán así lo efímera que es mi vida. Cierro los ojos unos instantes y me siento a sus pies.

Busco a Maktub con los prismáticos. El sol ya ha salido, aunque su luz aún está atenuada por alguna nube y por su latitud. Veo el aleteo voraz del pequeño Maktub a lo lejos. No se dirige hacia mí, sino que va directo e implacable hacia el agua, donde ha detectado una presa. En menos de lo esperado, se abalanza sobre la superficie para arrebatarle uno de sus gansos a la gran manada. Brutal, escalofriante, rápido y letal. Le he visto cazar peces y pequeños reptiles, pero nunca le había visto acechar y cazar una presa tan grande. Cuando Maktub llega a mi lado, el bello ganso aún palpita vida, aunque la herida es letal y no tardará en morir. Maktub me lo tiende y yo me quedo inmóvil, sin saber muy bien cómo actuar. No puedo hacer nada por salvar al animal, ni debo, pues Maktub debe alimentarse. Su gesto de entrega es un acto de coraje, para que esté orgullosa de lo capaz que es. Observo la escena. Al ganso se le escapa la vida entre las garras del águila, y Maktub alza su rostro al viento. Dejo que muera en calma entre sus garras, sin interferir. Me fijo en la mirada del ganso y reconozco lo que tantas veces he visto en el hospital. Sus ojos empiezan a ponerse vidriosos. Están, pero no están. La parte que le mantenía en el plano de los vivos acaba de esfumarse. Respeto y honro este instante, pues la vida y la muerte son dos actos sagrados y necesarios, como siempre me contó papá. Abandono mis creencias y le acompaño en esta partida, en esta transformación, agradeciendo su vida y que ahora pueda formar parte de Maktub para siempre. El ganso deja de respirar tras un par de pequeños espasmos, y Maktub comienza su festín. Me alejo un poco de la escena para dejarle la intimidad que merece y fotografío esa comunión entre la vida y la muerte. Esa transformación tan necesaria como dolorosa para que la vida siga siendo vida.

Alejada del hospital y de los llantos de los familiares, veo serenidad en este acto. Me percato de que los demás gansos han vuelto a sus quehaceres, como si un miembro de su familia no acabara de ser usurpado por un depredador. Todo luce sereno y calmado como hace unos instantes, como si, a pesar de haber presenciado un acto intenso, hubiesen vuelto a conectarse a los ciclos de la vida de los que los humanos nos hemos desconectado. Nada ha cambiado, porque lo que para mí ha sido duro no ha sido nada, en realidad. Absolutamente nada para el curso de la naturaleza.

Vuelvo a casa con ganas de acostarme. Ahora sí estoy cansada y necesito retomar fuerzas antes de volver al hospital. Como algo rápido, me doy una ducha y me tiro en la cama después de poner el despertador media hora antes de lo habitual para contentar a Louis y cumplir con mis propósitos. Pero tengo una sorpresa: alguien quiere hablar conmigo.

> **@lukka_free:** Tenemos que hablar. He descubierto algo… No te lo vas a creer.
> **@alex.wildwings:** ¿Qué ocurre?
> **@alex.wildwings:** No me dejes así…
> **@lukka_free:** Buenos días, Alex.
> **@alex.wildwings:** Hola.

@lukka_free: No me gustó nuestra última conversación.

@alex.wildwings: A mí tampoco.

@lukka_free: Tengo algo para ti. Te lo envío si me das una dirección.

@alex.wildwings: Ni de coña. No te conozco.

@lukka_free: Pues te lo envío al trabajo si te quedas más tranquila...

@alex.wildwings: No es necesario, tranquilo.

@lukka_free: Insisto.

@alex.wildwings: Trabajo en el Hospital de Albuquerque, el Lovelace Rehabilitation Hospital.

@lukka_free: Ajá... ¿Departamento?

@alex.wildwings: Cuidados intensivos.

@lukka_free: Hecho, pues.

@alex.wildwings: ¿Vas a presentarte ahí de sorpresa?

@lukka_free: Sí, sin duda.

@alex.wildwings: ¿En serio?

@lukka_free: Ja, ja. Va más en serio de lo que crees.

@alex.wildwings: ... Pues preferiría una cita normal, la verdad.

@lukka_free: Lo entenderás cuando nos veamos.

@alex.wildwings: Misterioso hasta el final...

@lukka_free: Es lo que te gustó de mí. No puedo permitirme perder esa ventaja.

@alex.wildwings: También es lo que está haciendo que dejes de gustarme.

@lukka_free: Lo sé, lo sé. Por eso la sorpresa.

@alex.wildwings: Vale, me dejaré sorprender...

@lukka_free: ¿Qué te apetece cenar hoy?

@alex.wildwings: ¿Puedo pedir cualquier cosa?

@lukka_free: Por supuesto...

@alex.wildwings: Sushi de aguacate y mango, tallarines yakisoba de verduras y mucha soja.

@lukka_free: Eso está hecho. Hoy cenamos juntos.

@alex.wildwings: Por fin...

@lukka_free: Tienes un espacio para cenar, ¿no? Mientras trabajas, digo.

@alex.wildwings: Sí, tengo libre un buen rato.

No me apetece en absoluto cenar con él dentro de mi turno. No sé por qué se empeña en quedar en mi trabajo, pero después de las desventuras con este chico, pienso seguirle el rollo. Mejor esto que nada. Algo me dice que hay algo que no encaja… Ya veremos.

@lukka_free: Bien, pues déjame a mí. Tú estate alerta al móvil, del resto me ocupo yo.

@alex.wildwings: Tengo ganas…

@lukka_free: Y yo.

@alex.wildwings: Al menos saldremos de dudas.

@lukka_free: ¿De si soy un completo gilipollas o un tío de fiar?

@alex.wildwings: No lo hubiera dicho mejor. Gracias.

@lukka_free: Qué graciosa.

@alex.wildwings: Veo que hoy estás de buen humor.

@lukka_free: Digamos que algunos de los miedos que tenía se han evaporado…

@alex.wildwings: Ya me contarás…

@lukka_free: Hecho. He pensado mucho en ti estos días, a todas horas…

@alex.wildwings: :)

@lukka_free: ¿Tú piensas en mí?

@alex.wildwings: Me gustaría poder negarlo, pero…

@lukka_free: ¿Cómo es que no hay un hombre en tu vida?

@alex.wildwings: Yo no he dicho que no lo haya…

@lukka_free: ¿Entonces lo hay?

@alex.wildwings: Creo que eres un cotilla y que no te has ganado el derecho a preguntar tanto.

@lukka_free: Pues te lo preguntaré esta noche, que me habré ganado tu confianza…

@alex.wildwings: Mejor.

@lukka_free: Te veo luego, pues.

@alex.wildwings: Qué intriga.

@lukka_free: Qué emoción.

@alex.wildwings: Ja, ja, ja. Tonto.

@lukka_free: Tengo ganas.

Me despierto unas horas después y pongo el armario patas arriba para buscar algo decente pero sexy que ponerme hoy bajo la bata de trabajo. Mi único miedo es que no venga, que no se presente a la cita como la otra vez. La verdad es que sigue sin hacerme mucha gracia que nuestro primer encuentro sea en mi trabajo, pero no pienso cambiar de planes con lo que le ha costado decidirse y con la excusa de la sorpresa. No se me puede olvidar que mañana ya es sábado y tengo comida con mamá y Joey. Me sabe mal por Fer, pues me apetece estar a su lado y hacerle las curas. Lo cierto es que empiezo a estar un poco hecha un lío porque también siento cosas por él. Tengo que aclararme y sé que todo cambiará al conocer al apuesto Luka. Cenaremos sushi y nos pondremos cara en persona, por fin.

Elijo unos Levi's de tiro alto de segunda mano y un top crema de croché que es monísimo; me da un aire bohemio y natural al mismo tiempo. Me perfumo como si no hubiera mañana y salgo para el trabajo conteniéndome de dar saltitos por las esquinas. Vuelvo a llegar bien de tiempo y me siento orgullosa de mí misma. Mientras me cambio en la taquilla, me doy cuenta de que estoy tan emocionada de ver a Luka como de poder hacerle con calma las curas a Fer. Miro el teléfono y veo un mensaje de Luka.

«Ganas de verte».

Un leve cosquilleo me recorre el estómago. Le contesto enseguida.

«Es mutuo».

Aprovecho que he llegado diez minutos antes y me dirijo a la salita de descanso para tomarme un café antes de empezar mi ronda. Louis me saluda y sonríe orgulloso por la hora.

—Te dije que no se repetiría —le digo y sin duda se contagia de mi buen humor.

—Eres un caso, Alex —me dice sonriendo y se acomoda en el sofá con un sándwich—. Que sepas que lo que hizo tu paciente estuvo completamente fuera de lugar.

—Louis, yo no… —trato de excusarme.

—Ya sé que no tienes nada que ver, mujer —me interrumpe. Hoy parece estar de buen humor—. Pero menudo capullo, ese tío. Si te sientes incómoda con él o hay algún problema, dímelo.

—Oh, no, conmigo es muy amable. Supongo que necesita a alguien más de su edad, no sé…

—Tú verás. Cualquier cosa, me dices.

Y, sin darme opción a réplica, se pone los cascos del móvil y se dedica a teclear algo. Miro la planilla de la noche para ver a qué hora podré escaparme a cenar. Si no hay ninguna urgencia ni imprevisto, a las nueve tendré un par de horas libres… Se me ocurre subir a cenar a la azotea con Luka. Nos permiten subir a fumar y no habrá problema que me acompañe. Louis se va sobre las ocho, y los del turno de noche somos como una familia.

—¿Ya te has enterado? —Martha entra en la salita algo cansada. Su turno es diferente del mío. Ella empieza y acaba dos horas antes, así que ya lleva un rato rondando los pasillos.

—¿De qué? —pregunto curiosa tras analizar su sonrisa.

—Tu querido Fer ha recibido una visita después de semanas.

Es una buena señal. Me alegra inmensamente oírlo y me pregunto si será su madre, ya que me comentó que vendría a verle en breve.

—Pues menos mal. Él me toca primero, pero no quiero molestar. Lo dejaré para el final.

—Sí, pobre.

Empiezo mis rondas con alegría. Tengo a dos mujeres mayores y a una chica que ha sufrido un accidente de coche. Me llevo bien con todas y me encanta pasar el rato con ellas escuchando sus historias, especialmente las de Margarita, una hermosa anciana de setenta y ocho años que se abrió la cabeza tratando de cambiar las cortinas de casa subida a un taburete. Me pregunto por qué hacen eso las señoras mayores. Mi abuela siempre lo hacía. Sonrío al recordarla. Estábamos muy unidas a ella, puesto que siempre hemos vivido cerca. Mamá aún vive en el piso de arriba del que vivía ella. Margarita me recuerda a mi abuela en tantas cosas… Siempre habla de «su marido, que en paz descanse», así es como se refiere a él siempre. Por suerte, la mujer está fuera de peligro, pero aún necesita curas en los puntos porque vive sola y los brazos no le dan para hacérselas. Es un encanto y hoy tiene el día parlanchín, así que me cuenta aventuras que vivió con su marido cuando vivían en París. Escucharla resulta entrañable y me ayuda a que el tiempo pase volando.

—¿Tú tienes a alguien especial en tu vida, bonita? —pregunta curiosa mientras recojo el material de sus curas.

—Alguien hay… Aún es pronto.

—¡Oh, qué alegría! Una siempre sabe cuándo es el correcto. No hay duda…

—Lo tomaré como un consejo.

Se lo agradezco con una amplia sonrisa y la dejo cenar tranquila, que ya son casi las ocho de la tarde.

Miro el móvil y no veo ningún mensaje nuevo de Luka. ¿Se supone que se presentará aquí a las nueve y me avisará? Me doy cuenta de que, con la emoción, no hemos hablado de cómo vamos a quedar, pero no pienso ponerme nerviosa. Voy a hacer las curas de Fer.

Veo que tiene la puerta cerrada y pico para asegurarme de que ya no está ocupado. Pero contesta al picar la puerta por primera vez. Hasta el momento, siempre lo había ignorado.

—Ahora no —dice desde el otro lado de la puerta.

Abro sigilosamente para avisarle de que hay que hacer las curas y veo a una chica de espaldas a la puerta. Se gira a la vez que él se incorpora un poco, y me invade una sensación de que no es un buen momento para entrar.

—Disculpa, Fer. Nos tocan las curas. Si tu visita fuese tan amable de dejarnos un rato… Será rápido —digo amablemente.

La chica apoya la mano sobre el brazo de Fer para calmarlo y me dice con tranquilidad:

—Claro. Esperaré fuera.

Esta chica me suena. Me suena mucho. Sin duda no es su madre, más bien parece una supermodelo sacada de una revista. La tensión que se respira en la habitación no es precisamente agradable.

—Danos diez minutos si no te importa, Alex. Ella ya se va. No hace falta que espere fuera.

Veo cómo la chica duda y separa la mano del brazo de Fer. Es un gesto que indica disparidad de opiniones: ella quiere quedarse, él no quiere que lo haga… Estoy segura de que es una exnovia o una novia con la que las cosas no marchan bien. Una parte de mí se siente incómoda ante la situación y no sé muy bien qué hacer. No me importa esperar diez minutos, pero tampoco puedo permitirme saltarme unas curas a la hora que tocan por mucho que el paciente así lo desee.

—Claro, Fer, pero diez minutos. Si Louis me pilla retrasando tus curas, se me cae el pelo.

—Sí, tranquila.

La chica me da la espalda, pero no me quito de la cabeza que esa cara la he visto en algún lugar no hace mucho. Me quedo intrigada a la vez que contenta por él. Ya era hora de que alguien le visitara por primera vez. ¿De qué conozco a esta tía?

Voy a dar una ronda mientras hago algo de tiempo. En la otra punta del pasillo, veo a un chico con unas bolsas que llaman mi atención. Son de uno de mis restaurantes de comida japonesa favorita. El chico está de espaldas y no logro verle la cara, pero tiene que ser él sin duda. Miro el reloj y veo que aún son las ocho y veinte, demasiado temprano… Me suelto la coleta, algo nerviosa, y me dirijo hacia él. Voy a comprobar si es o no. Parece desubicado y como si buscase algo. Es bajito. No es en absoluto como esperaba.

—Hola. ¿Puedo ayudarte? —me sale decirle.

El chico se gira y, al verle, me doy cuenta de que no tiene nada que ver con las fotos. ¿Cómo es posible? ¿Será este el motivo por el cual no quería que le conociera, que el guaperas de las fotos de su perfil de insta no es él? ¿Cómo puede ser…? Menudo chasco. Ahora mismo no entiendo nada. Mi cabeza va a mil por hora y trato de responder a mil cosas a la vez, sin embargo el chico se ve alegre y sonriente.

—Pues sí, muy amable. Vengo a entregar un pedido —me dice tranquilamente.

«Maldita sea, ¡es el repartidor! ¡Seré estúpida!».

—¡Oh! ¿Y a quién buscas? —pregunto, no vaya a ser que no sea nuestra cena y esté yo aquí flipando.

—¿Habitación 212?

—¿Está seguro?

No entiendo nada. Es la habitación de Fer…

—Eso pone aquí en la comanda. Tres de sushi y unos yakisoba de verduras.

«Joder, no puede ser».

Me da un vuelco el estómago.

—Uhm, claro…

«Un momento… No puede ser…».

—¿Señorita, sabe dónde está? —insiste el repartidor al ver que me he quedado sin habla.

—Sí. Sí. Al fondo del pasillo.

Me cuesta respirar.

—Muy amable.

El repartidor camina hacia la habitación de Fer. O esto es una maldita broma sin gracia o algo no me cuadra. Sin duda es la cena que le he pedido a Luka. ¿Por qué diablos la lleva a la habitación de Fer?

«Un segundo, Alex. Piensa. ¿Es posible que Fer en realidad sea Luka? No, no. Ni de coña… Aunque, ahora que lo pienso… Los días que desapareció Luka coinciden con los días que Fer ha estado en la UCI o con los días que Fer y yo hemos estado más unidos. Pero ¿cómo puede ser que él sepa que soy yo? Hostia puta, esto es muy fuerte».

No sé qué pensar y tengo una mezcla de emociones que no logro ordenar. Le doy vueltas sin parar y todo empieza a cobrar sentido… Cojo el móvil y escribo a Luka como si no supiera nada.

@alex.wildwings: Ya he plegado. ¿Estás por aquí?

No lo lee de inmediato. Han pasado diez minutos y no puedo demorar más las curas de Fer. Me apetece cero volver a entrar ahí dentro con la chica. No sé qué me voy a encontrar. Lo que está claro es que, si Fer es Luka, ya sabe que yo soy Alex y hoy pensaba contármelo con esta sorpresa. Pero ¿desde cuándo lo sabe? ¿Por qué me lo ha ocultado tanto tiempo? Ahora mismo no sé si sentirme engañada o aliviada. Voy a su perfil de Instagram para ver de nuevo su cara y tratar de encajarla con la que conozco de Fer. *Voilà*. Ahí está la chica. La guapa supermodelo de revista. Están juntos en una de sus fotos, tumbados en la playa. Ya decía yo que me sonaba. Es la misma, ya no hay duda. Fer es Luka o Luka es Fer.

«Joder, Fer es un tío guapo de verdad...».

Me sorprendo a mí misma pensándolo. Pero es la verdad.

«Vale, Alex. Será mejor que te relajes».

Luka sigue sin contestarme al mensaje, y la chica no ha salido de la habitación. Estoy de los nervios y lo último que me apetece es contárselo a nadie, así que me escaqueo de pasar por la sala de descanso y me voy a los lavabos. Me miro en el espejo. Me veo guapa. Me he maquillado más de lo normal y, sin duda, me he pasado con el perfume para venir a trabajar. Me quito la bata, entierro el móvil en mi taquilla, cojo la cámara de fotos y me voy directa a la azotea. Necesito tomar el aire. Pero, de camino al ascensor, me cruzo con Martha que, como buena amiga que es, me lee la mente de inmediato.

—¿Adónde vas tan rápido? —pregunta extrañada.

—Necesito un poco de aire. Subo a la azotea, ¿me cubres?

—¿Ha pasado algo? —insiste aún intrigada.

—Sí, mucho... Fer es Luka.

—¿Cómo dices? ¿Qué?

—Pues que resulta que son la misma persona...

—¿Te lo ha dicho él? ¿Cómo ha sido? Puedes calmarte un poco y explicarte mejor, hija...

—Martha, ahora mismo necesito estar sola, cariño. En cuanto baje, te lo explico con calma. Pero no, no he hablado con él. Tiene una visita ahora mismo...

—No entiendo nada.

—Todo tiene sentido, ahora que lo pienso.

—Pero ¿estás bien?

—Es una buena noticia, ¿no?

—Pues, hija, no lo sé, la verdad. Ahora mismo estoy un poco perdida.

—Yo también —confieso algo nerviosa.

—Estaré por aquí. Búscame y hablamos.

—Vale, amiga, gracias.

Le doy un abrazo fugaz y decido subir por las escaleras.

Hace una tarde fresca para ser casi mayo. Ya son las nueve y veintidós minutos, y el sol empieza a desaparecer rojizo y cálido detrás de las montañas que rodean la ciudad. Es la luz más bonita del mundo y, aunque tengo muchos motivos para estar mosqueada ahora mismo, me invade una sensación de paz y bienestar. La belleza siempre ha sido un catalizador para mí y esta escena es sublime, sin duda. Ojalá la estuviera compartiendo con alguien. Agarro la cámara y enfoco directamente al sol, que me ciega y duele en los ojos, pero no me importa. Apenas se oyen los ruidos lejanos de la ciudad. Se respira un aura placentera, y el frescor insólito del atardecer me hace sentir viva. Disparo dos fotografías y me siento a observar con calma cómo el sol se desvanece para dar paso a la oscuridad de la noche. Mágica también. Las lucecitas empiezan a encenderse en las calles, en las casas. Sin darme cuenta, ha pasado casi media hora y sigo ensimismada ante la belleza de la ciudad desde aquí arriba.

14

Me encuentro frente a la puerta de la habitación de Fer. Respiro y toco con suavidad antes de entrar. Oigo que pregunta si soy Alex, pero entro sin responder. Voy sin mascarillas ni protocolos, pues Louis nos indicó en su última reunión que Fer ya podía recibir visitas sin protección. Solo debemos ponernos la mascarilla cuando hacemos las curas por la cercanía con las lesiones, pero ya no es necesario para el resto de gestiones.

—Por fin. ¿Dónde estabas? —pregunta preocupado.

—Descansando.

—Tengo que decirte algo… —comenta a la par que sus ojos se clavan en los míos.

Mantengo silencio para que hable, pero veo que le cuesta.

—A ver cómo te lo cuento…

Está claro que no sabe por dónde empezar.

—Sé que eres Luka —le suelto de golpe, y Fer suspira aliviado. No deja de mirarme fijamente.

—¿Desde cuándo lo sabes?

—Desde que el repartidor con la cena que le había pedido a Luka me ha preguntado por ti.

—Debí imaginarlo… —dice sin mostrar fastidio.

—¿Desde cuándo lo sabes tú?

—Empecé a sentir cosas raras hace días, pero todo empezó a encajar cuando me dijiste tu nombre. Sentía lo mismo por ti que por la chica de Instagram. Me hacíais sentir igual de bien, trabajabais de lo mismo y os llamáis igual. Era obvio. Lo que me pregunto es: ¿cómo ha podido pasar esto?

—Ahora entiendo muchas cosas —digo, y un leve cosquilleo se instala en mis costillas. La expresión de sus ojos cambia, se relaja... sin dejar de sostenerme la mirada en todo momento—. Las veces que no me contestabas por Instagram... Tu irritabilidad, tu «problema» que no querías contar... Pero ¿cómo te llamas? —le pregunto realmente confundida.

—Me llamo Ferney Luka. Aunque todo el mundo me llama Luka, excepto en lugares oficiales donde me llaman por el primer nombre. Por eso aquí me conocéis como Fer, de Fernando.

—¿Así que debería llamarte Luka?

—Bueno, como prefieras...

—Ahora sé cómo es tu rostro.

Sonríe al oírme.

—Y yo el tuyo —me dice mientras me señala la cara—. Ya era hora de que entraras sin mascarilla.

—Bueno, es que se supone que solo entro para hacerte las curas y no para ser tu amiga.

—No eres mi amiga —me suelta, y distingo de nuevo esa mirada letal, oscura, atrayente...

—Ahora sí que veo un poco a Luka... —le confieso sintiéndome cada vez más cómoda.

—Tenía muchísimas ganas de conocerte, Alex. Eres preciosa. Lo sabes, ¿verdad?

—¿A cuál de las dos te refieres exactamente? —le pregunto mientras se me escapa la risa y obvio su piropo.

—A las dos por igual. Tenía un gran dilema, ¿sabes? Por eso, a veces no sabía muy bien qué escribirte...

—Empezaba a pasarme lo mismo... —confieso.

—¿Tienes hambre? Luka ha traído la cena, ya sabes.

Lo miro en silencio y sonrío. Joder, no podría haber salido mejor. Estaba entre dos chicos y han resultado ser el mismo. Luka nunca pasó de mí, y si lo hizo fue porque yo le gustaba de verdad a Fer y no quería hablar con otra. Menudo cacao...

—Sí, me gustaría comer algo, Luka.

Decido que usaré ese nombre.

Luka saca la bolsa del japonés y me tiende la comida con una gran sonrisa que intuyo a través de los vendajes, que ya son más finos. Se queda mirándome mientras abro la bolsa y empiezo a devorar la cena.

—¿Tú no cenas?

—Sí...

Le tiendo los que parecen sus platos y empezamos a comer sin dejar de sonreír.

—Has tenido una visita hoy —le digo para averiguar quién era la chica.

—Sí, es mi exnovia... Es la primera persona a la que he llamado para contarle lo que me ha pasado, porque teníamos cuentas pendientes. Quería cerrar bien nuestra historia.

—Ups...

No sé muy bien qué decir ni qué sentir.

—Lo dejamos justo antes de que pasara el accidente, y no ha sido fácil para ella lidiar con esto y la ruptura.

—¿Es mucho preguntar qué pasó? —pregunto. Trato de que me lo cuente.

—No es mucho preguntar. Antes del accidente, Catherine y yo estábamos muy distantes. Hacía meses que sabíamos que ya no había nada entre nosotros, pero ninguno daba el paso. Tomé al fin la decisión poco antes del accidente, pero quizá no lo hice bien del todo. Lo solté de sopetón. Teníamos una conversación pendiente cuando me pasó esto. Sin embargo, mientras me encontraba inconsciente pasó algo que me hizo darme cuenta de que no me había equivocado...

—¿Qué fue lo que te ocurrió?

—Cuando me encontraron los de la ambulancia, había sufrido quemaduras tan graves que estaba sufriendo una parada cardiorrespiratoria. Se podría decir que llevaba clínicamente muerto unos minutos.

—No lo sabía...

Siento que este chico me importa más a cada palabra que pronuncia.

—Me reanimaron rápido. Bueno, rápido para lo que es el tiempo de este mundo. Lo que yo viví no tiene nada que ver con lo que conocemos en este plano de la realidad.

—Sigue... Empiezo a entender que te interese *La insoportable levedad del ser* —digo haciendo referencia a su lectura.

—Tuve una ECM.

—Una experiencia cercana a la muerte... —traduzco para mí misma en un intento de asimilar lo que me está contando.

—Morí, estoy seguro.

Aparta la mirada de mí por unos instantes.

—Cuéntamelo.

Noto que flaquea, que no desea contármelo en una triste habitación de hospital.

—Sácame de aquí —me pide, y siento un vuelco en la boca del estómago. Nada me gustaría más.

—¿Cómo?

No entiendo a qué viene esto ahora.

—Necesito que me dé el aire. ¿Aún no puedo salir, en serio?

—Pues no. Aún no lo han indicado...

—Hazlo por mí. Quiero contártelo. Todo. Pero aquí no. No estoy cómodo. Siento que me ahogo en esta habitación. Está siendo demasiado duro.

—Me imagino..., pero me la juego mucho, Luka...

—No quiero ponerte en un apuro —dice, aunque veo que la decepción reluce en sus ojos.

—Lo haré.

Lo decido al instante de ver su mirada apagándose. Me da igual lo que pueda pasar. Algo me ha llevado a ayudar a este ser humano y sé que debo hacerlo hasta el final.

—¿Segura? No quiero meterte en un lío…

—Demasiado tarde. Esta madrugada… ¿Puedes esperar?

—Sí, claro…

—Bien. Quiero oír todo lo que te ocurrió y quiero ayudarte a salir de aquí, a que te encuentres bien.

—¿Por qué eres tan buena conmigo? ¿Por qué te la juegas así?

—Porque hay veces en la vida en que lo que se abre ante tus narices tiene mucho más valor que lo que has vivido antes. Es lo que siento ahora mismo.

—No tengo palabras.

—Voy a volver al trabajo. Regresaré más tarde cuando haya cambio de personal. Tú duerme, te despertaré y te llevaré fuera un rato…

—No creo que pueda dormir.

—Sí podrás. Vendré a por ti —le prometo.

—Eres preciosa —dice, y me sorprende de nuevo.

—Luka… Hasta ahora. Gracias por la cena. Repetiremos —contesto sonrojada.

—Hasta ahora…

Salgo de la habitación con más ganas de volver a entrar que nunca. Debo pensar cómo hacerlo, pero hoy sacaré a Luka de esta pesadilla aunque solo sea por unos minutos.

15

@lukka_free: Ya tengo ganas de verte.

@alex.wildwings: Ahora se me hace raro hablarte por aquí, je, je, je.

@lukka_free: No te rías…, que me enamoro.

@alex.wildwings: ¿No lo estarás ya?

@lukka_free: Pues puede ser…

@alex.wildwings: ¿Cómo te encuentras?

@lukka_free: Ahora mismo, mejor que nunca.

@alex.wildwings: Me gusta.

@lukka_free: Sabes que no me has hecho las curas, ¿verdad?

@alex.wildwings: ¡¡¡Mierda!!! Se me ha pasado por completo con la cena.

@lukka_free: Tranquila, a mí también…

@alex.wildwings: Voy enseguida.

@lukka_free: Eso es lo que quería oír.

@alex.wildwings: Que mal, no sé cómo se me ha podido pasar.

@lukka_free: ¿Qué estás haciendo?

@alex.wildwings: Una ronda de vigilancia a mis otros pacientes.

@lukka_free: ¿Todos duermen?

@alex.wildwings: Todos menos usted, que siempre va al revés.

@lukka_free: Verás, es que mi enfermera se ha olvidado de mis curas y no logro dormirme.

@alex.wildwings: Qué mala enfermera…

@lukka_free: Bah, que va. Está muy buena.

@alex.wildwings: Ja, ja. Te dejo. Voy a por el carrito del material y me paso por ahí.

@lukka_free: No te olvides de nuestra cita…

@alex.wildwings: Tranqui, ya lo tengo pensado.

@lukka_free: Te espero.

Entro sin dudar en la habitación de Luka, que está con el móvil en la mano.

—¿Chateando? —le pregunto con ironía.

—No, mirando tu Instagram con otros ojos, desconocida.

—Pues al final no éramos tan desconocidos como creíamos —le digo.

—Parece que no.

Me preparo para las curas con todo el kit de disfraz de astronauta y le empiezo a desvendar la cara. Le miro detenidamente y trato de imaginar el rostro de sus fotos, esa cara de modelo que me dejó embobada hace unas semanas.

—Louis me ha dicho que ya no hacen falta los vendajes, así que vamos a dejar la piel de la cara al descubierto. Es un gran paso —le digo mientras sigo observando su rostro y veo por primera vez su belleza bajo las cicatrices.

—¿Qué ocurriría si no recupero la piel?

—Hay que ser optimista —digo para animarlo.

—Ya, pero te importaría… —vuelve a insistir, y me doy cuenta de que ni me lo he planteado.

Guardo silencio mientras lo miro detenidamente. Por suerte, no tiene ningún rasgo desfigurado. Solo es la piel y está sanando de maravilla. Se da cuenta de que me lo estoy pensando.

—Olvídalo, no tienes por qué contestar —dice.

—No, solo te observaba… Estás mucho mejor y no deberías olvidar que empecé a sentir cosas por Fer hace unos días, cuando no tenías tan buen aspecto. Tranquilo…, no es algo que me preocupe ahora mismo.

—Gracias.

—¿Por qué te sientes tan inseguro en todo momento?

—Pues va a sonar frívolo, pero estoy acostumbrado a no tener problemas con mi físico…

—¿Solo eres una cara bonita o qué? —pregunto mientras le empiezo a limpiar la piel y a secarla.

—No seas mala…

—Ser guapo te ha abierto muchas puertas, ¿no? Sobre todo con las chicas.

—Te mentiría si te lo negara.

—Pues ahora tendrás que desplegar otras armas de seducción durante un tiempo —digo entre risas.

—Me la suda. Lo que quiero es que estés a mi lado.

—Tendrás que empezar a ser más amable… El Fer del principio era un coñazo.

—Estaba asustado —se excusa, y sé que lo hace con el corazón en la mano.

—Lo sé.

Tras aplicarle las pomadas en la cara entre caricias, complicidad y una charla agradable, empiezo con su torso, que está un poco peor que la cara. La verdad es que la piel de la cara ya la tiene casi curada, pero le quedarán secuelas… Es probable que no vuelva a tener una barba densa, pero poco más según mi experiencia.

Paso media hora más curando y acariciándole la piel, pero esta vez en silencio. Luka cierra sus ojos y se deja hacer. Ya no tiene tantos dolores y noto su alivio.

—¿Te me has dormido? —le susurro cerca del oído tras agacharme, casi rozando su piel con mis labios.

—No… —contesta también entre susurros, y siento su aliento casi en el cuello. Me enderezo rápidamente. Nerviosa.

—¿Listo para un paseo?

—Más que nunca.

—¿Puedes sentarte en la silla de ruedas tú solo?

—Sí, hasta ahí llego —dice orgulloso de sí mismo.

—El plan es el siguiente: iremos hasta el ascensor y subiremos a la azotea. Si nos cruzamos con algún enfermero y no nos ve, corremos; si nos pillan, diremos que no te encuentras bien y te he sacado a dar un paseo.

—¿Y si nos pillan en la azotea?

—Pues me despiden y Martha te hará las curas hasta que te den el alta.

Estallamos a reír.

—No, por favor… No sé si quiero que corras ese riesgo —dice ya sentado en la silla.

—Tarde —susurro de nuevo—. Ahora soy yo la que quiere hacerlo.

El corazón me retumba en el pecho y, aunque estoy nerviosa, tengo clarísimo que quiero jugármela por él. No sé por qué, pero es así. Empujo la silla con fuerza y salimos de la habitación con sigilo. El ascensor está en la otra punta, pero parece que no hay nadie y las luces del pasillo están muy tenues. Avanzo decidida hacia allí, pero Luka me indica que hay una puerta abriéndose en una habitación del pasillo. Nos miramos y, como si nos leyéramos la mente, empiezo a correr tirando de la silla hacia el ascensor, que por suerte está parado en nuestra planta. Luka toca el botón y las puertas se abren enseguida. Si fuera una película de Hollywood, estaría sonando una música apoteósica mientras huimos. Entramos y marco la planta nueve. El corazón me va a mil por hora. Me quito el gorro y la mascarilla, y ambos estallamos en carcajadas como locos.

—Lo has logrado, enfermera —me dice a la par que se pone en pie. La silla solo era mero protocolo por si nos pillaban. Luka ya puede andar con normalidad.

—¿Lo dudabas?

—No. En absoluto —dice y me tiende la mano para que se la choque.

Al hacerlo, coge mi mano y nos quedamos agarrados por un instante. Noto el tacto de su piel de un modo totalmente distinto, diría que es como si nadie me hubiera tocado antes. Es mágico y siento una conexión brutal que me remueve las entrañas. Él también la siente y cierra los ojos. Inhalo profundamente y permito que esa conexión se intensifique. Un cosquilleo empieza a trepar por mis costillas cuando la puerta del ascensor se abre en la azotea. Nos soltamos con naturalidad.

—Adelante —digo, y avanzamos despacio hasta el borde, donde nos sentamos a contemplar las luces de la ciudad.

—Aire fresco, al fin —suspira y me siento feliz por él.

—Quiero que me cuentes lo que sentiste… cuando moriste —digo directamente.

He mirado su informe después de que me lo contara y ha quedado reflejado que estuvo clínicamente muerto tres minutos y medio. Pero lograron reanimarlo.

—¿Me crees?

—Absolutamente. Tengo más relación con la muerte de la que te puedas imaginar —digo, y nuestras miradas son tan intensas que se funden en una.

—Lo último que recuerdo es el instante antes del impacto, la adrenalina de tener que esquivar el otro vehículo. Y luego nada. Oscuridad, como si me hubiera quedado dormido. Al cabo de un rato empecé a oír voces, como cuando te despiertas de una buena siesta. «Se nos va». «Se nos va». Las oía lejanas. Sonará a tópico, pero era como si no estuviera en mi cuerpo. —Toma aire—. Y sentía mucha paz, muchas ganas de seguir ahí y no despertar. Era agradable, cálido… Miré a mi alrededor y estaba como en un sueño. No se me ocurre forma mejor de describírtelo, pero es como si todas las dudas de mi vida se hubieran disipado. Pensé en mis padres, en mi ex y nada me ataba, solo quería seguir ahí, en ese espacio sin tiempo en el que nada dolía y todo era paz. Supe sin lugar a dudas que estaba muerto y no daba miedo, no era extraño y no era desagradable. Todo lo contrario a lo que siempre imaginé. Me sentía mejor que nunca. Obviamente, porque el cuerpo siempre es un lastre y yo ya no tenía cuerpo. Oí unos pasos a lo lejos y los seguí a través de ese espacio oscuro. No daba miedo, veía sin luz… Vi a Tristán a lo lejos. Mi perro, ¿recuerdas?

Luka se queda en silencio y yo asiento. Hace años leí una tesis muy interesante sobre gente que había estado clínicamente muerta y todas decían experimentar lo mismo que me está contando él. La manera en la que se sintió me hace pensar que no teme a la muerte.

—Abracé a Tristán tan fuerte que, si me quedaba alguna duda al respecto de si volver o no, lo tuve claro. Me quería quedar con él. Pero, de repente, y como si me arrastrara una fuerza sobrenatural, como si me absorbiera una fuerza mayor, noté que tiraban de mí. Volví a oír a los médicos: «Hay pulso, hay pulso». Mientras la electricidad de la descarga brutal con la que intentaban reanimarme me recorría el pecho. No quería. Te juro por mi puta vida que no quería, Alex. —Derrama una lágrima y se me eriza todo el cuerpo. Me dan ganas de abrazarlo, pero estoy paralizada y muy emocionada—. Y entonces te vi.

—¿A mí? —le pregunto totalmente incrédula.

—Sí, ahora sé que eras tú. Mientras sentía todo eso y se desvanecía la paz, vi a una chica que reía a lo lejos. Era guapa y estaba feliz y en paz. Sobre su cabeza volaba un ave que desconozco. Podría haber pensado que era un alma que también trascendía, pero que conste que jamás he creído en estas cosas. Pensaba que la palmabas y se cerraba el telón, pero ha sido tan brutal la experiencia… Eres la primera persona a la que se lo cuento…

—Me gusta que sea así —digo y logro acariciarle la mano. Me la agarra y sigue mientras me la acaricia con el pulgar:

—Supe que no se trataba de una chica muerta porque era un recuerdo. Un recuerdo que no había vivido, pero un recuerdo. Sé que puede sonar extraño…, pero el tiempo no existe en ese lugar; futuro, pasado y presente se funden y tan cercano es un recuerdo de cuando era pequeño con Tristán como un recuerdo del futuro aún por vivir. Y ahí estabas tú. Sé que eras tú porque lo que sentí al verla es lo que siento al tenerte cerca… Me quedé confuso porque no quería volver y me resistía con ganas a la fuerza que me arrastraba de nuevo hacia mi cuerpo. Pero te miré de nuevo y me atravesaste con la mirada. No me pedías que volviera, no eras absorbente, solo reías y emanabas una felicidad absoluta que me llenaba el pecho, el mismo pecho que sentía arder con las descargas. Estaba realmente entre dos mundos y fue entonces cuando cedí. Me abandoné y dejé de ofrecer resistencia. Lo siguiente que recuerdo es la UCI y todo lo que vino después.

—Joder, Luka…

No sé qué decir, pero todo mi cuerpo está conmovido.

—Los primeros días y semanas fueron duros, porque todo había cambiado para mí. Ya no temía a la muerte, sino al contrario: quería morirme. Todo era dolor, la piel, las entrañas… Mi cuerpo era un lastre y había quedado totalmente calcinado. ¿Qué sentido tenía seguir aquí con lo bien que me sentí al irme? Sentía que todo iba a ser mejor sin cuerpo. Ansiaba irme con todas mis fuerzas y no me importaba nadie de mi vida. No quería ver a nadie y sabía que no me había equivocado al dejar a Catherine; nada me hubiese hecho más daño que verla a mi lado en mis peores momentos y sentir solo su compasión y ni un ápice de amor. Con mi muerte, también murió mi vida anterior. Si algo tenía claro es que, si salía de esta, lo cambiaría todo. Pero también quería cerrar bien todas mis historias pasadas y dar las explicaciones pertinentes. Ahí volvía a entrar Catherine. Ella tenía derecho a saber qué me había pasado y por qué todo había terminado entre nosotros.

Nos debíamos una conversación en reposo, tranquilos. He preparado este encuentro con cuidado, pues tampoco quería que fuese traumático para ella. He tardado porque los primeros días aquí fueron un infierno para mí.

—Debió ser duro… Ahora entiendo que no quisieras enfermeras a tu alrededor. O que te negaras a hacerte las curas.

—Nada tenía sentido… Todo era dolor, y yo no quería… No quiero esto —dice señalando sus heridas.

—Pero ahora es diferente, ¿verdad? —le pregunto con esperanza.

—Algo cambió cuando llegaste con tu energía arrolladora y tu poca compasión hacia mí. No me tratabas desde la pena, era distinto.

Sonrío orgullosa al escucharle.

—Y tu mirada tenía algo. Tiene algo —me dice mientras me acaricia la cara con suavidad. Cada poro de mi ser se estremece bajo la tenue luz de la luna y el aroma del amanecer—. Eran… Bueno, son los ojos de la chica que vi cuando estuve muerto. Los reconocí el primer día que sonreíste. Fue como una conexión. Me transmitiste lo mismo que esa chica y me resultó imposible no quedar cautivado. Ahora mismo, eres lo único que me une a esa vivencia tan potente para mí. Y sé que me crees.

—Por supuesto que te creo. Te creo y me emociona.

Luka se queda en silencio y fija la mirada en el horizonte sin pronunciar palabra. Vuelvo a agarrarle la mano y nos deleitamos con el paisaje nocturno repleto de pequeñas luces, así como de la brisa embaucadora que sopla desde las colinas. Sin darnos cuenta, se hacen las cinco y media de la madrugada y un pequeño atisbo de luz asoma por el cielo. Contemplar la salida del sol desde la azotea de esta ciudad en medio del desierto es una experiencia asombrosa que he vivido y fotografiado algunas veces.

—¿Qué sientes ahora mismo? —me atrevo a preguntarle.

Su mirada profunda y letal se vuelve a posar directamente sobre mis ojos. Tomo aire, pues de repente siento que me cuesta respirar con normalidad. Este instante se está volviendo muy intenso, no como algo negativo, sino como algo difícil de sostener. Luka suelta un suspiro y yo me muerdo el labio.

—Hay una canción que escucho en bucle sin parar. Me gustaría ponértela.

—Claro. Llevo el móvil con los cascos en el bolsillo.

Se los tiendo y veo cómo teclea en mi Spotify el nombre de la canción *Drown* de Seafret.

Me tiende los cascos. Me los pongo y, mientras suenan los primeros acordes, cierro los ojos. Muero de la curiosidad, pero las primeras frases de la canción me destrozan el alma.

What doesn't kill you
Makes you wish you were dead.

Abro los ojos y le devuelvo la mirada, tan feroz como la suya. No quiero que se muera, quiero seguir a su lado. La canción se intensifica, y el cantante se pregunta casi a gritos:

Don't let me drown.
Who will make me fight?
Drag me out alive?
Save me from myself.
Don't let me drown

Siento en cada poro de mi piel que quiero ser yo quien le ayude, quien le salve. Una lágrima se me derrama por la mejilla porque no salvé a mi padre, porque él no me pidió ayuda y porque, de algún modo, todo esto me reconecta con él. Es inevitable darme cuenta de que mi encuentro con Luka es mi gran oportunidad para sanar su pérdida. Nuestra amistad y nuestra conexión es muy importante para mí, pues él sí me da ese espacio íntimo donde puedo abrazar su sufrimiento, acompañarle y ayudarle a transitarlo. Es una oportunidad que se me negó en el caso de mi padre.

—¿Me dejarías tomarte una foto? —le pido con los ojos encharcados.

—Uf… No creo que sea muy buena idea ahora mismo…

Está claro que lo dice por su estado.

—A mí me parece el momento perfecto —confieso mientras guardo los cascos.

—¿Te gusta mucho la fotografía?

—Es mi gran pasión heredada.

—¿Tu padre? —aventura.

—Sí… —confieso, y siento que acabamos de pasar a un tema muy emocional para mí.

—Cuéntame más —me pide, y me gusta.

—A cambio de tomarte una foto.

—Hecho.

Me emociono de nuevo sin poder evitarlo, y Luka apoya la mano en mi hombro por un instante.

—¿Qué te hace llorar?

—Todo… —Cojo aire y empiezo a contarle con el corazón en un puño—. Desde pequeña recuerdo a mi padre siempre con una cámara de fotos analógica encima. No te creas que somos de esas familias con pilas y pilas de álbumes de fotos. Para nada. Él solo tomaba las fotos necesarias, como solía decir. Eso sí, las que tomaba eran sublimes. Recuerdo que siempre me decía: «No poses, saltamontes». Sí, me llamaba así. —Ambos estallamos en carcajadas—. Y yo fingía que él no estaba y seguía con mis quehaceres, ya fuera saltar, pintar o nadar. Entonces se tomaba su tiempo para buscar el mejor instante y disparaba. Luego revelábamos las fotos juntos, en un armario enorme con esa característica luz roja que teníamos en casa, y yo pensaba que eso era magia. ¿Cómo podía ocurrir? Lo que acababa de vivir se plasmaba en un papel e iba apareciendo muy lentamente... Era increíble...

—Es bonito... ¿Haces muchas fotos ahora?

—Solía hacerlas. Ahora he retomado el hábito.

—¿Por qué lo dejaste?

—Tras la muerte de mi padre, cualquier imagen de una cámara me parecía desgarradora.

—Me alegro de que ya no sea así.

—Y yo.

—Tu padre debió ser un gran tipo.

—Ni te lo imaginas.

—¿Por qué murió?

—Porque las cosas buenas duran poco.

—Joder. —Suspira y entiende que prefiero no hablar del tema—. No tienes por qué hablar de ello si no quieres.

—No, tranquilo. Contigo me siento bien...

Tomo aire y me dispongo a contarle algo que no le he contado a nadie.

—Se suicidó.

—Hostia, Alex, lo siento —dice, realmente arrepentido de su pregunta, y luego fija la mirada de nuevo en mí e ignora las vistas del amanecer.

—Y yo lo encontré... —logro pronunciar.

—Ahora entiendo cuando me dijiste que la muerte te había enseñado cosas.

—Mi padre siempre me hablaba como si fuera una adulta. Desde bien pequeña, el sexo, el amor o la muerte siempre fueron temas comunes en casa. Mi madre no es tan asidua a esos temas, pero también comparte las creencias de mi padre.

—¿Qué creía él?

—Que nada muere. —Hago una pausa y retiro la mirada del paisaje para sostener la de Luka. Le brillan los ojos y solo deseo que este momento sea eterno—. Que no somos solo un cuerpo, que todo se transforma y que, sin duda, este cuerpo es el vehículo que nos permite trascender de una vida a otra. Él siempre tuvo recuerdos de vidas pasadas. Tengo tantas anécdotas increíbles juntos… Llegó un día en que nos sentó a mi madre, a mi hermana y a mí en la mesa y nos contó que sentía que su viaje en esta vida había finalizado. Lo tenía claro. Nos dijo que nos amaba y que tenía que irse. Obviamente, pensamos que era una de sus neurosis, pues cuando se apasionaba por algo no había quien le parara, y creímos que se le pasaría igual que se le pasaban sus obsesiones. No me gusta llamarlo así, pero para que me entiendas.

—Pero lo hizo.

—Sí… —Me duele recordarlo porque una parte de mí sigue pensando que fue un egoísta—. Las tres le dijimos que no estaba pensando en nosotras al hacer eso, y él nos dijo sin tapujos que era cierto. Comentó que tampoco pensó en nosotras al nacer. Y se quedó tan ancho.

—Menudo tío —exclama Luka extrañado—. Sin duda era alguien especial.

—Me dolió mucho, ¿sabes? Que mi padre no quisiera seguir formando parte de mi vida, que no quisiera verme madurar, envejecer, tener hijos… Me enfadé bastante con él. De hecho, fui la primera en levantarme de la mesa e irme. Pero no cambió de opinión. Se quitó la vida una semana después. No fue agresivo, ni impactante. Se tomó unas pastillas y nunca más se despertó… Lo hizo solo y lo hizo en paz. Aún me cuesta aceptarlo…, pero estoy segura de que era lo que quería.

—¿No os dejó ninguna carta ni nada? —pregunta Luka realmente intrigado.

—Oh, por supuesto. Mi padre lo tenía todo planeado. Nos dejó tres fotos encima de la mesita de noche con un escrito en el dorso y una carta para mi madre aparte. La carta era una declaración de amor eterno, lo que la destrozó aún más, ya que tenían una relación serena y feliz. No pedía perdón, sino que explicaba que nos amaba tanto que era incapaz de hacernos entender su decisión. No quería herirnos, sencillamente repetía que sabía que su tiempo aquí había llegado a su fin y que no quería hacernos sufrir. También explicaba que las tres fotos que dejaba eran los tres momentos más felices de su vida, y que cada una de ellas era para una de nosotras.

—Entiendo a tu padre —me confiesa Luka emocionado con los ojos vidriosos.

—Sé que le entiendes…

—¿Qué fotos eligió?

—Una de ellas era mi madre desnuda frente al espejo. Era joven, muy joven, de antes de que naciéramos mi hermana y yo. Y en el dorso ponía: «El día que me enamoré locamente de ti y supe que no amaría a ninguna más. Te lo prometí y así ha sido. Eres el milagro de mi vida. Gracias por tantos años juntos y por tanto amor». —Tomo aire. Me sé de memoria, palabra por palabra, lo que ponía en el dorso de cada maldita fotografía—. El amor de mi padre a mi madre siempre me emociona. Siempre la miraba como si la acabara de descubrir, pero vivieron juntos veintitrés años… Era increíble.

—Es precioso. Se fue amándola… No debió ser fácil. ¿Y las otras?

—La otra foto era el nacimiento de mi hermana mayor, y ponía algo así como que gracias a ella vivió el momento más transformador de su vida, convertirse en padre, y que se sentía honrado de que ella le hubiera elegido a él para ser papá. Que jamás olvidaría el flechazo que sintió al verla por primera vez, como si todos los astros del planeta se alinearan en sus pupilas cuando abrió los ojos al mundo. Era todo un poeta…

—No tengo palabras, la verdad… ¿Y tu foto?

—En ella salía yo a los ocho años con su vieja cámara de fotos. Era una que me hizo sin que me diera cuenta, un día que le robé la cámara sin pedírsela y jugué a ser fotógrafa. Al ver la foto, me enteré de que me había pillado, je, je. No tenía ni idea.

—¿Y qué te escribió?

—Que yo aún no lo sabía, pero que tenía un don. Que nos unían muchas vidas juntos y que tenía la total certeza de que era su mayor maestra, que le cambié la vida al nacer porque me reconoció al instante y que, a través de sus muertes, había comprendido que estaríamos unidos siempre, aunque no fuera a través de un cuerpo. Me pidió que siguiera fotografiando la vida, porque eso le haría seguir vivo, y me dijo que seguro que pronto tendría noticias suyas. Aún no he logrado comprender a qué se refería con esto último…

—Uau.

—La verdad es que no entendí nada al principio…

—Quería que siguieras fotografiando porque eso lo mantenía vivo a él.

—Con el tiempo, descubrimos que sufría un tipo de sarcoma muy avanzado y que el doctor le había diagnosticado pocos meses de vida. Encontramos unos informes en su ordenador casi seis meses después de su muerte. Nunca nos lo dijo. Eso nos ha ayudado a entenderle, aunque el proceso para perdonarle ha sido largo y aún continúa. Siento que nuestro duelo está llegando a su fin.

—No quiso sufrir ni haceros sufrir.

—No creo que fuese así, porque su partida nos hizo mucho daño… Él no temía a la muerte y se dirigió hacia ella sin más. Mi madre es la que lo ha llevado peor, pero ya ha pasado bastante tiempo y lo va superando. Se amaban muchísimo.

—Menuda historia, Alex.

—Por eso te entiendo y te creo. Pero quiero que sepas que la vida no te ha regalado una segunda oportunidad para que la tires por la borda.

—Me la ha dado porque tenía que encontrarte.

Al oír sus palabras me da un vuelco el corazón. Trago saliva y asiento.

—Eso es lo que siento yo.

No se lo confieso, pero una parte de mí siente que mi padre me ha enviado una señal. Tiene que ser así. Es una certeza tan fuerte en mi corazón que duele.

Reparo por primera vez en que, con poca luz, su rostro ya casi tiene una apariencia normal. Me atrae su belleza y todo su ser. Luka se levanta y camina hacia el borde de la azotea. El corazón se me desboca y temo que salte. Lo temo con todas mis fuerzas:

«No, él no es como mi padre», me repito incapaz de moverme o pronunciar palabra. Aunque me atemorice su libre decisión de saltar si así lo desea, la respeto. Algo acaba de hacer clic en mi interior, como si de repente lo viera todo más claro. Una catarsis purificadora que purga mi alma de tantos miedos y que renueva mi ser. Todos somos libres, completamente libres, incluso para morirnos. Nadie debería culparnos por ello. Ahora lo entiendo. Cada paso que da hacia el abismo me desboca el corazón con más fuerza y me ayuda a comprenderlo al mismo tiempo.

Termina por agacharse y sentarse con las piernas colgando sobre el abismo, momento en el que yo tomo aire con calma y trato de recuperar el júbilo. Estamos vivos. Y lo estamos compartiendo. Se gira y me indica que me acerque. Camino hacia él con sigilo y me siento a su lado. Sé que lo menos que nos puede pasar es que me despidan, pero todo me da igual en este momento. Lo único que me importa es este instante. Estamos cerca, muy cerca, más de lo que hemos estado nunca. Luka gira la cara para encontrarse con la mía, en silencio y tan cerca que siento su aliento. Ansío tanto que me bese que me tiemblan las piernas, pero no quiero moverme, no quiero tocarlo. Me da miedo hacerle daño, a pesar de que llevo tantos días acariciándole cada rincón de la piel. Ahora es distinto. Me coloca las manos alrededor de la cara, se acerca muy despacio a mis labios y nos fundimos en un beso tan profundo que olvido tiempo y espacio. Levito. Sus labios son tiernos y saben dulces, familiares como si nos hubiéramos besado ya antes y a la vez nuevos, como cuando descubres algo que sabes que te va a cambiar la vida. Tras un largo beso, Luka se separa y suspira.

—No sé qué tienes, Alex, pero tengo claro que eres lo que siempre he querido.

Me deja sin palabras y le abrazo con mucho cuidado.

—No me duele, tranquila.

Hundo la cabeza en su pecho y siento que quiero quedarme así para siempre. Sé que llevamos demasiado tiempo aquí arriba, que podríamos meternos en un buen lío, pero me siento segura y viva, con ganas de retratar este momento. Me separo de él con delicadeza y alcanzo la cámara para inmortalizar el instante. Luka se queda inmóvil y me mira fijamente. Yo extiendo la mano hacia él para que me la coja y fotografío nuestras manos entrelazadas con la ciudad de fondo. Este instante será eterno. Ya nadie podrá quitárnoslo jamás. Luka me tira del brazo y me empuja contra su cuerpo para que vuelva a abrazarle y besarle.

Unas gotas de lluvia sutiles empiezan a caer, y ambos miramos hacia el cielo.

—Adoro la lluvia —confieso.

—Eres la hostia —susurra y extiende sus brazos en forma de cruz para recibir en su piel las gotas primaverales del amanecer.

No puedo evitarlo y le tomo otra foto. Él no se inmuta, o no se da cuenta, porque está tan entregado al instante que es lo único que le preocupa. La fina lluvia se posa en nuestra piel como si quisiera purificarnos, renovarnos. Noto su mirada fiera puesta en mí, cierro los ojos por un instante y una sensación de plenitud se apodera de todo mi ser.

16

He dormido como hace mucho tiempo que no lo hacía. Me desperezo, aún entre las sábanas, y miro por la ventana. Empieza a chispear y me encanta. Últimamente me cuesta dormir bien. Tengo algo de insomnio y no logro dormir más de cuatro o cinco horas, pero hoy sin duda he roto el molde. Nueve horas y me siento como nueva. Inspiro y rememoro el beso de ayer. Me sorprende un leve cosquilleo con solo recordarlo. Cierro los ojos y suelto todo el aire de los pulmones. Estoy enamorada. No me cabe duda. Y feliz. Alcanzo el móvil y veo que Luka me ha escrito. No puedo evitar que se me escape una sonrisa antes de leerle.

@lukka_free: Buenos días, bonita.

@alex.wildwings: Me acabo de despertar y huelo a ti.

@lukka_free: Qué extraño hablarte por aquí sabiendo que eres tú, je, je.

@alex.wildwings: Dormilón.

@lukka_free: ¿Has descansado bien?

@alex.wildwings: Caí rendida.

@lukka_free: Ya somos dos.

@alex.wildwings: ¿Te has dejado hacer las curas?

@lukka_free: Sííí.

@alex.wildwings: Vaaale.

@lukka_free: Je, je Qué extraño.

@alex.wildwings: ¿¿??

@lukka_free: Todo…

@alex.wildwings: Ya… Pero me gusta.

@lukka_free: Y a mí.

@alex.wildwings: ¿Y ahora qué?

@lukka_free: Pues no tengo ni idea, pero despertarme sin ganas de morirme ya es mucho…

@alex.wildwings: Joder… Porfa, no me digas eso.

@lukka_free: Perdón.

@alex.wildwings: Pues ahora lo que venga, ¿no? Tengo ganas de conocerte…

@lukka_free: Y yo, aunque ya conozco algunas cosas de ti ahora que sé que eres la chica de Instagram.

@alex.wildwings: Mmm, cierto. Y yo de ti.

@lukka_free: Vaya dos.

@alex.wildwings: Gracias por dejarme fotografiarte ayer.

@lukka_free: No me diste mucha opción.

@alex.wildwings: Es verdad.

@lukka_free: Quiero besarte.

@alex.wildwings: Y yo…

@lukka_free: ¿Qué planes tienes hoy?

@alex.wildwings: Comida familiar con mamá y mi hermana. ¡Un planazo, vaya!

@lukka_free: ¿No te apetece?

@alex.wildwings: La verdad… Hoy estoy más animada de lo normal.

@lukka_free: Así me gusta…

@alex.wildwings: :) ¿Por qué no llamas a tu madre o a algún amigo para pasar un rato?

@lukka_free: Sí, creo que debería empezar a aceptar lo que me ha ocurrido y…

@alex.wildwings: Lo que te ha ocurrido nos ha unido. No puede haber sido tan malo. :)

@lukka_free: Pues eso es verdad…

@alex.wildwings: Je, je. ¿Quién sabe si nos hubiéramos conocido?

@lukka_free: Pues yo creo que sí, porque me lanzaste la caña antes de encontrarnos en el hospital.

Me muerdo el labio y no puedo negar que tiene razón. Cuando vi su foto, algo me empujó a conocerlo. Al principio pensé que solo era por ser tan guapo, pero ahora me pregunto qué misterios puede encerrar la vida para que ocurran estas casualidades tan mágicas y con tan poco sentido. Sea como sea, me alegro de haberme atrevido a contactar con él.

@alex.wildwings: Halaaa, no fue así.

@lukka_free: Si tú lo dices…

@alex.wildwings: Qué malo eres.

@lukka_free: Tú sí que eres mala.

@alex.wildwings: Mmm…

@lukka_free: Y te gusta jugar.

@alex.wildwings: Contigo sí.

@lukka_free: Me gusta.

@alex.wildwings: :)

@lukka_free: Te dejo que te arregles para la comida familiar. Yo estaré aquí pasándolo en grande en este hospital.

@alex.wildwings: Siempre tan irónico.

@lukka_free: El sarcasmo es de las pocas cosas que no se me quemó.

@alex.wildwings: Hablando del tema, ¿te encuentras bien? ¿Algún dolor?

@lukka_free: Todo bien, Alex. Gracias por preocuparte.

@alex.wildwings: Todo saldrá bien.

@lukka_free: Ahora lo sé.

@alex.wildwings: Te veo el lunes. Cualquier cosita, escríbeme.
@lukka_free: Disfruta.

Me quedo embobada con una sonrisa de oreja a oreja mirando la pantalla del móvil. Lo que vivimos ayer fue demasiado especial. Me encanta Luka y me gusta ayudarle. Me incorporo de la cama. Ya casi es la una del mediodía y, como no espabile, no llegaré a la comida. Quiero pasar por el estudio de Paul a recoger mis fotos reveladas, pero hoy es mi día de descanso y me he ganado un buen desayuno antes de nada.

Me encanta prepararme un desayuno de hotel los días libres. Veamos con qué me deleito hoy. Un buen batido de frutas congeladas con *crumble* casero que hice hace semanas y que rezo para que no se haya puesto rancio. Abro el gran congelador y valoro mis opciones. Siempre tengo fruta cortada y congelada para la ocasión. El plátano nunca falta, es la base esencial de mis recetas. Cojo el plátano y el mango; los frutos del bosque me tientan, pero no puedo ser tan poco original porque siempre lo tomo de frutos rojos. Hoy me decanto por el mango, ya que es un día especial y merezco un desayuno también especial. Merecemos, mi cuerpecito y yo. Preparo la batidora con un buen vaso de leche y lo tengo listo en dos minutos. Le he añadido una pizca de jengibre en polvo y dos dátiles enteros. Lo acompaño con unas tostadas de espelta orgánica y tomates secos. Allá voy. Antes de empezar, saco la cámara y fotografío la mesa en un ángulo que captura mis piernas desnudas. Ahora sí, ¡a disfrutar!

Elijo un vestido estampado de flores cortito y un sombrero estilo bohemio de color cámel y, con todas las buenas energías del mundo vibrando sobre mi piel, tras darme una ducha que me ha dejado nueva y echarme unas gotas de aceite natural de lavanda en las muñecas, salgo de casa tan feliz que bien podría estar dando saltitos. Voy bien de tiempo para pasar por el estudio, así que cojo la bicicleta para llegar antes.

—Buenos días, Paul.

Paul se esconde una vez más tras sus gafas y un libro de técnicas para fotógrafos. Nunca entenderé su obsesión con esos tostones. Teniendo YouTube al alcance de sus manos. En fin, vieja escuela.

—Hola, Alex. Voy a por tus fotos.

—Gracias.

—Muy buen comienzo —me felicita Paul.

—¿Lo dices por los desnudos o por los paisajes? —le pico, y Paul sonríe algo tímido.

—Por la combinación perfecta entre ambos —dice pícaro y, por primera vez, intuyo en él una chispa de vida que no esperaba.

Me río y le entrego un nuevo carrete. Es uno muy especial pues contiene las fotos que le he hecho a Luka.

—Veremos qué tal esta nueva selección.

—No tan calentita, no te emociones —bromeo y le guiño un ojo.

—Si crees que tus fotos son calentitas es porque no has visto lo que me trae la gente normalmente.

—¿En serio? ¿Qué te trae?

Me apoyo en el mostrador superinteresada.

—Nada que puedas saber. Venga, fotógrafa, sigue con tu carrera —dice y me tiende un nuevo carrete antes de que se lo pida, porque sabe que todavía me queda otro.

—Gracias, Paul —comento sonriendo, y me devuelve el guiño de ojo antes de sumergirse de nuevo en el tocho que está leyendo. Qué tipo más raro. Pero siempre me ha caído bien.

—Por cierto…, creo que te gustará saberlo —me dice manteniendo un halo de misterio.

—¿El qué?

—Tu padre siempre revelaba fotos de tu madre desnuda.

—Menudo chollo tenéis aquí montado con los revelados —bromeo, y Paul sonríe—. Fuera bromas, gracias por contármelo, aunque ya lo sabía.

—De nada. No sé si es buena idea decirte esto, pero nunca recogió su último carrete…

—¿Tienes un sobre con las últimas fotos de mi padre?

Se me hiela el corazón y se inunda de emoción al instante.

—Sí… ¿Lo quieres?

—Pues claro. ¿Cómo no me lo habías dicho antes? —pregunto sin ápice de rencor.

—Me pareció algo brusco el otro día, después de tanto tiempo sin vernos… Fallo mío, debí decírtelo.

—Tranquilo…

Paul me tiende el sobre y lo guardo en el bolso. Este lo veré en casa con calma. Cojo los sobres de mis fotos y casi no puedo esperar a verlo más tarde. Tantos años sin revelar… ¿Qué habrá salido? Salgo de la tienda y me dirijo a un banco que hay cerca. Me siento, tomo aire y le dedico este momento a papá.

Las fotos son preciosas. La mayoría tienen un ligero velado natural que las hace mágicas. Me encantan y me veo incluso más guapa de lo que reflejaba el espejo. Me siento más yo que nunca, más fuerte y más bella. Todos mis defectos me importan un bledo, porque me siento segura de mí misma. No soy perfecta, pero soy una mujer. Y eso en sí ya es perfecto. Honro mi cuerpo capaz de crear vida. Discurso de autoestima activado. Me da por sonreír. Tengo el torrente sanguíneo inundado de serotonina y oxitocina, sin duda. El amor. Y, por supuesto, los paisajes, las colinas, la laguna y todo lo demás cobra vida a través de las fotografías. Me alegra ver que las fotos de Maktub han quedado tan bonitas y me reafirmo en que volver a usar la cámara de papá es lo mejor que he podido hacer.

Recibo un mensaje de Joey. Ya están en el brunch café, así que me dirijo hacia ahí con la bici mientras doy un bonito y soleado paseo. Está a escasos diez minutos. Llego y veo a mamá y a mi hermana sentadas tomando un zumo en la terraza. Tenía ganas de verlas de nuevo. Me ven llegar y me saludan con energía.

—Hola, mujeres de mi vida. —Les doy un buen abrazo a cada una, están guapísimas.

—Benditos los ojos, hija mía —me suelta mi madre dramática, con ese tono Almodóvar que la caracteriza.

—Estás guapísima, mamá. ¿Nuevo corte de pelo? Por cierto, no exageres que nos vimos hace nada.

—Bueno, pero a tu hermana la veo más que a ti.

—Sí, claro, porque parece que viváis juntas —bromeo.

—Por mí, aún podríais vivir conmigo las dos. Gracias, me alegro de que te guste el cambio de look. Ayer fui a la peluquería, cositas nuevas…

Uy, eso me suena… extraño… Mi madre suele ser de costumbres y no de novedades.

—Ganas de conocerlas todas, pues. Joey, ¿tú cómo sigues? ¿Todo bien por el trabajo?

—Sí, Alex, todo genial. Lo que te conté el otro día. No tengo novedades como mamá… Y ojalá dure.

—Durará.

Joey ha tenido muchos fracasos amorosos y laborales, pero está estable y feliz por primera vez en la vida. Ha heredado más del aire melancólico y folclore de mamá. Yo siempre fui más liberal e independiente, como papá.

—Cuéntame tus otras novedades, mami —digo con especial atención mientras pido que me sirvan un vaso de agua. Hoy no puedo beber más fruta.

—Joey ya lo sabe…

—¡Qué raro! —bromeo mientras le acaricio la mano a mamá.

—Me cuesta contaros esto, pero… He conocido a alguien especial… En terapia.

Abro los ojos de par en par, pues me esperaba todo menos esto.

—Uau, eso sí es una buena noticia… —digo muy ilusionada por ella.

—Sí, es un buen hombre y tenemos mucho en común. Perdió a su mujer hace cinco años y se quedó con tres niños pequeños de los que cuidar. Ha sido muy duro para él, pero es un luchador.

—Ya imagino. Sigue…

—Pues nada, nos conocimos en una terapia global sobre el duelo y al salir me dijo si me apetecía un café para seguir hablando, ya que durante la sesión descubrimos varias cosas en común. Después hablamos y nos dimos cuenta de que teníamos aún más. Su mujer también se suicidó.

—Qué casualidad, mami.

—Sí, me siento bien. Somos amigos. Necesito ir despacio, pero nos gustamos. Hemos ido a cenar unas cuantas veces y hace que vuelva a sentirme joven.

Se le escapa una sonrisa de emoción, como si quisiera retenerla, como si quisiera ocultar su alegría, como si estuviera traicionando a papá. Sé que es lo que siente en el fondo de su ser…

—Mamá… —digo mientras le cojo la mano—, papá estaría muy feliz de verte tan bien. Sé que es todo lo que quiere para ti.

Me atrevo a romper nuestro tema tabú y miro a Joey para que me eche un cable.

—Sí, mamá. Verte feliz es lo único que queremos todos —anima también Joey—. Lo hablamos ayer, ¿recuerdas?

—Es complicado, ¿eh? —confiesa.

—Lo sé, pero es la vida. Papá fue un precioso capítulo del libro de tu vida, pero tu libro tiene más que merecen estar llenos de sonrisas. Ya llenaste todos los de las lágrimas.

—Tienes razón, hija.

Veo cómo se le humedecen los ojos y nos abrazamos.

—Qué bonito… —dice Joey también emocionada—. Al final, tenían razón con lo de que el tiempo ayuda a curar todo.

—¿Os acordáis de cuando papá se tumbaba al lado de vuestra litera y os contaba todas esas leyendas mayas que siempre os dejaban fascinadas?

—Claro que nos acordamos —dice Joey tomando la mano de mamá.

—Y tú te quedabas apoyada en el marco de la puerta contemplando la escena… —rememoro.

—Me gustaban tanto como a vosotras… Cuando nos conocimos, cuando éramos novios, siempre me contaba esas leyendas. Mi favorita era la del Quinto Sol.

—Esa siempre nos la contaba, aunque no logro recordar muy bien la historia… —digo tratando de hacer memoria.

—Sí, trataba sobre la creación del mundo y todas las etapas por las que ha pasado la humanidad…

—Es verdad, es verdad… —digo al recordarla.

—Vuestro padre era un tipo especial. Deberíamos hablar más de él entre nosotras ahora que ya ha pasado tanto tiempo…

—A mí me encantaría —comento emocionada pero feliz.

—Y a mí también —admite Joey con una sonrisa nostálgica.

—Bueno, ¿y tú qué? Cuéntanos cómo va todo —pregunta mi madre, que cambia de tema drásticamente mientras se seca las lágrimas y mantiene su sonrisa ingenua y pura.

—Pues muy bien. Como ya sabéis, he vuelto a la fotografía y cada día tengo más ganas de llevar mi arte a otro nivel, aunque no sé muy bien cómo. También he conocido a alguien en el hospital.

Suelto lo de que he conocido a alguien con rapidez y bajando el tono de voz, tratando de quitarle hierro al asunto.

—No, por favor. ¡Otro doctor cabrón y casado no! —suelta Joey.

No tenemos secretos entre las tres. Saben toda la historia de James.

—Gracias por reducir mi existencia a cabrones casados —contesto con maldad.

—Jopé, Alex. Es que James fue… tremendo. Fuera bromas, tengo ganas de ver esos primeros revelados. Ahora, cuéntanos. ¿Quién es el afortunado?

—Es un paciente, tiene mi edad y no está casado.

—Eso me gusta —suelta mamá—. ¿Está enfermo? —se interesa.

—Bueno, sufrió un accidente de tráfico con varias quemaduras y está en cuidados intensivos. Pero no, enfermo como tal no está.

—Pues menos mal. Bueno, ya me entiendes. No me alegro por el accidente, sino porque sea algo que puede superar.

—Sí, cierto —contesto.

—¿Nos cuentas más? —pide mamá.

—De momento, no hay mucho más porque es muy reciente. Ya os iré contando según avance…

—Vale, ¿vamos para casa? Tengo ganas de enseñarte los cambios que he hecho. He cocinado vuestra lasaña preferida.

—Adivino que Joey ya los ha visto, pues —bromeo haciéndome la ofendida.

—Sí, tu hermana suele visitar a su madre dos veces por semana, ocupada enfermera.

Ha sido un puñal directo al pecho.

—Gracias, mamá, siempre tan directa.

—¡Tira, anda! Que ya sé que estás muy ocupada.

Mamá nunca me echa en cara cómo soy y creo que lo aprendió amando a mi padre. No se puede domar el viento. Me lo decía siempre de pequeña cuando me portaba mal.

Arrastro la bici mientras ando a su lado y nos dirigimos a casa, charlando sobre cosas cotidianas, los compañeros de trabajo de Joey y sus líos amorosos entre ellos, el nuevo amigo de mamá, mi renovada afición a la fotografía y tantas cosas más.

Ya son las siete de la tarde y, tras una velada genial en casa como en los viejos tiempos, decido tumbarme un rato en mi cama de adolescente después de que Joey se vaya a su casa. Mamá me pide que me quede también a cenar para así estar más rato juntas, y acepto encantada. Pero necesito descansar un poco, ya que tengo el horario cambiado con tantas guardias esta semana.

Por un momento, había olvidado el carrete revelado de papá y siento que es un buen momento para mirarlo. Admito que lo hago algo emocionada y asustada… Abro el sobre con cuidado, como si fuera a salir un hada madrina del interior, y veo que solo contiene cinco fotos.

La primera es un precioso amanecer desde la laguna del Bosque del Apache. Unos tonos ocres y pálidos perfectamente capturados y un grupo de gaviotas revoloteando por encima de las calmadas aguas. La segunda foto es de mamá. De espaldas, sentada en su tocador y maquillándose. La foto está tomada de lejos, detrás de la puerta ajustada. Supongo que ni se imaginaba que papá la estaba fotografiando, porque no podía evitar sonreír siempre que él la retrataba y en esta foto, por el contrario, se la ve seria y concentrada en su delineador de cejas. La tercera y cuarta foto no las entiendo muy bien. Parecen primeros planos de texturas, pero están desenfocadas y no sé qué pueden ser. Quizá una sábana muy de cerca… o algo parecido. No les doy importancia. La quinta y última es de él. A esta sí le presto atención. Es un retrato hecho con autodisparo, seguro; dudo que le pidiera a alguien que le retratara, ya que no lo hacía jamás. Siempre decía que solo el artista puede retratar al artista. Hoy en día lo llamamos selfi.

En la foto, papá tiene el rostro sonriente. No es una foto feliz a pesar de su sonrisa, pero tampoco es una triste. Es una que exuda serenidad. Sí, esa es la palabra. Una sonrisa de seguridad, de amor propio, típica de una persona que confía en la vida y se abre a la experiencia. Me gusta y acaricio sus rasgos.

«Te echo de menos, papá. Nuestras charlas interminables…».

Por primera vez, no me salta una lágrima al dirigirme a él y eso me hace feliz. Imagino que se tomó esta foto como despedida a sí mismo, a este cuerpo que le permitió vivir, amar, disfrutar. Él era así.

Recuerdo el día que hablamos durante horas sobre el autocuidado y el amor propio. Papá siempre decía que la naturaleza es muy sabia y que nos da lo que mejor nos queda. Si alguien es rubio es porque ese tono de pelo es el que mejor casa con sus rasgos. Y así con cada característica de nuestro cuerpo. Si lo analizo, tiene razón. Creo que por ello nunca he querido teñirme el pelo ni cambiar nada de mi físico. Suspiro al recordar todo lo que me ha enseñado y, por primera vez, me siento plena en vez de desolada. Trato de descansar un rato antes de cenar y siento cómo se me cierran los párpados.

Abro los ojos a causa de los rayos de sol que se cuelan y me impactan en la cara. Estoy en mi habitación de casa de mamá y algo descolocada. Trato de alcanzar el móvil y adivinar qué hora es. ¿Me he quedado dormida? Son las nueve de la mañana y sí, efectivamente, me he quedado dormida y mamá no me ha despertado para cenar. Me desperezo en la cama y el olor a pan tostado y cruasanes calientes me abre el apetito. Eso solo lo hace una madre.

Me levanto y, tras pasar por el baño a asearme un poco y hacer pis, me dirijo a la cocina donde mamá prepara el desayuno.

—Buenos días, cariño —me dice y me besa.

—¿Puede oler mejor?

—Estoy horneando unos cruasanes y un poco de pan.

—¿Desde cuándo haces cruasanes?

Pan casero, vale, siempre hacía. Pero ¿cruasanes? Me muero de hambre. Huele delicioso.

—Nuevos pasatiempos para los días libres.

—Me gusta.

Nos reímos y nos servimos un poco de café mientras sacamos las delicias del horno.

—Quiero enseñarte algo —digo. —Ayer fui a revelar mis primeros carretes después de la muerte de papá y Paul, el de la tienda de fotografía, me dio esto. —Le tiendo el sobre con las fotos de papá—. Son las últimas fotos de papá. Creo que te gustará tenerlas.

—Oh… No me sorprende. A ver…

Abre el sobre con el mismo cuidado con el que lo hice yo y sonríe al verlas. Sonríe, y a mí me explota el alma al comprobar que por fin es capaz de hacerlo igual que yo. Es increíble cómo el tiempo es capaz de curar las heridas más profundas y dolorosas.

—Qué guapo era —dice para sí.

—Sí… —contesto mientras miro el autorretrato.

—Sois iguales. Lo sabes, ¿verdad?

Nos reímos y le doy un fuerte abrazo.

—No voy a encontrar en la vida un amor como el que sentí por tu padre. Eso lo sé de sobras, pero a día de hoy me siento agradecida y honrada de haber amado de ese modo. No todo el mundo puede decir eso.

—Es cierto, mamá. Papá y tú teníais algo muy especial. Se sentía en el aire.

—Lo tenemos. Allá donde esté.

—Sí… Te quiero mucho. Te lo digo poco.

—Ay, Alex. Me vas a hacer llorar ahora que trato de evitarlo.

—Nah… —digo y le doy un beso en la mejilla esta vez.

Después de un largo desayuno y de ver juntas las fotos de papá, me despido y prometo que la llamaré pronto. Ya son las once de la mañana y me apetece pasear un poco antes de volver a casa. Llevo la cámara, pues anoche fotografié las reformas que ha hecho mamá en casa y saqué un selfi de las tres. Ahora es un momento perfecto para acercarme a Río Grande y robar algún instante más al tiempo antes de comer. ¿Por qué solo pienso en comer y comer? Me sale una sonrisa y pedaleo hasta el río con la bici.

Al llegar a casa tras acabar un nuevo carrete de fotos, llamo a Luka para ver cómo lleva el día y me alegra notar que su tono de voz sigue animado. Menos mal. Me cuenta que le acaban de quitar los vendajes definitivamente y que es probable que le den el alta en diez días. Me cuesta creer lo rápido que se está recuperando y que se está resolviendo todo. Me siento muy feliz por él. Y por lo nuestro. También me comenta que ha llamado a su madre y que vendrá en unos días. No se ha tomado nada bien la noticia y mucho menos enterarse tan tarde, pero me da que no le quedará otra que aceptarlo y perdonar. Al fin podré entrar en su habitación del hospital sin taparme de arriba abajo. Es un gran cambio. Me miro al espejo antes de acostarme temprano. Veo un rostro tranquilo, casi diría que plenamente feliz. No puedo haber tenido un domingo mejor. Me acuesto y sé que tengo la energía suficiente para enfrentarme a una nueva semana.

17

—¿Se puede? —pregunto con educación, por si estuviera acompañado.

—Solo si estás desnuda —contesta animado desde el otro lado de la puerta.

Me da por reír y entro con energía. Estoy feliz y muy animada. Antes de entrar a ver a Luka, he estado en la reunión de equipo y no han podido darme mejores noticias. ¡Se acabaron las curas como las hacíamos hasta ahora! Ya solo tendremos que aplicarle las cremas adecuadas. No habrá más desinfecciones ni vendajes. ¡Estoy tan feliz por él! He dejado a Luka para el final, no porque no me apetezca verlo, sino porque así puedo estar más rato con él.

—Te he traído algo de postre, confórmate con eso —bromeo cariñosamente.

—Algo es algo… Oh, vaya, cruasanes. —Se le ilumina la cara—. ¿Tú no eras de las saludables? —dice con una sonrisa.

—Hechos por mi señora madre.

—Me gusta tu madre —dice mientras se incorpora. Después da un bocado al cruasán y se levanta.

Le observo detenidamente. No había reparado en que ya no lleva vendajes en ninguna parte de su cuerpo ni en que, en vez de la típica bata, lleva una camiseta holgada de color beis y un pantalón de chándal. Nunca le había visto vestido normal, ni de pie sin vendajes… Me permito observarle sin hablar un instante. Está realmente bien. Con la puerta cerrada a mis espaldas, Luka tira de mi mano hacia él y me da un beso en los labios. Como si fuera algo habitual, como si lleváramos tiempo haciéndolo.

—Mmm…, sabes a chocolate —bromeo y le doy un mordisco al cruasán también.

—Tenía tantas ganas —dice, y noto cómo le ha cambiado el humor desde que está sin los vendajes.

—Se te ve bien —comento con sinceridad—. Muy bien.

—No soy yo del todo aún, pero empiezo a tener esperanzas de que volveré a serlo.

—La calidad de la cicatrización indica que no te quedarán secuelas graves. Tienes la zona algo enrojecida aún, pero ya no hay costras. Es un gran avance.

—Uf… —suspira aliviado—. Se me ha hecho eterno el fin de semana sin ti.

—Pues vengo dispuesta a desnudarte y acariciarte todo el cuerpo.

—Soy todo tuyo —susurra mientras se tumba para dejarse hacer. Por primera vez, siento su cuerpo diferente, como si una parte de él fuera solo para mí.

Observo su cuerpo desnudo de cintura para arriba. La piel del pecho es la más afectada, pero ya no hay infección y está bastante cicatrizada. Le aplico las nuevas cremas del tratamiento. Disfruto de su piel, del contacto, de su cara de tranquilidad y alivio…

—¿Seguirás tocándome así?

La pregunta me arranca del trance ritual que estoy llevando a cabo.

—Siempre —confieso.

Vuelvo a concentrarme en su piel, no como un paciente, sino como una parte de mí.

—Bésame —me pide.

Y, sin dudarlo, me acerco a sus labios y nos fundimos en un beso cálido y húmedo. Nos deleitamos en besos y caricias que hacen que lo desee más y más, con la oscuridad que trae el ocaso y la intimidad de la puerta cerrada tras nosotros. Pero desde luego no es el momento ni el lugar.

—Eres medicina para mi alma —susurra.

—¿Te duele? —pregunto mientras apoyo mi pecho en el de él.

—Ya no… Podría hacerte el amor ahora mismo. —Su confesión hace que las mejillas se me pongan de un tono rosado—. Me encantaría —insiste.

—Y a mí —confieso, pero me alejo para que la situación no se nos vaya de las manos.

—Me darán el alta en unos días…

—Sí, eso he visto. Tendremos tiempo para todo.

—Me gusta oírlo de tu boca —me dice y me muerde levemente el labio inferior. Me excita y sé que debemos parar. Esto es arriesgado.

—Como me pillen se me cae el pelo.

—Lo sé, lo sé. Ya paro.

—¿Te apetece dar un paseo a última hora?

—¿En la azotea?

—Por ejemplo —digo picarona.

—Claro, pásate cuando tengas el descanso. Pero piensa que, si te apetece, podemos salir al exterior. No durante tu turno claro, sino algún mediodía antes de que entres a trabajar esta semana.

—Ostras, pues claro que sí. ¿Te apetece ir a algún lugar especial? Imagino que estás sin coche. Puedo acercarte donde necesites.

—No necesito nada. Solo estar contigo. Llévame donde quieras.

—¿Donde yo quiera?

—Sí…

—Hecho... Mañana al mediodía comemos juntos. ¡Sorpresa! Quiero presentarte a alguien —digo, y su rostro extrañado me hace sonreír.

—Tranquilo, no te presentaré a mi madre aún.

Las sonrisas se apoderan de nosotros mientras acabo las curas, y Luka se incorpora para luego colocarse bien la ropa. Ya se le nota la belleza e irradia buen humor. Ha dejado atrás a ese chico de aura oscura que conocí en esta habitación hace semanas. Le guiño un ojo y salgo a regañadientes para seguir con mi trabajo. Pero, en cuanto lo hago, me sorprende ver a su exnovia andando hacia la puerta con decisión. Me pregunto qué hará ella aquí.

—Hola —saluda simpática. No tiene ni idea, claro.

—Buenas tardes —respondo educada.

—¿Luka está despierto?

—Uhm, sí, sí. Adelante.

Me alejo de la puerta y veo cómo entra y la cierra tras de sí. Nudo en el estómago y muros que se derrumban en mi interior. ¿Qué hace aquí? Me dirijo a la sala de descanso y le cuento todo a Martha, que está merendando. Tranquila y serena, me dice que no me preocupe, que en nada él estará fuera y podremos tener una relación normal. No flipa con todo lo pasado, sino que se lo toma como lo más normal. Es la hostia. Me alivia no tener que escuchar ni un reproche u opinión en contra de lo nuestro. Me centro en mis otros pacientes y las horas me pasan volando. Ya son las tres de la mañana y decido ir a visitar a Luka de nuevo, con un poco de incertidumbre. Noto cómo una mano se me posa en la espalda mientras avanzo por el pasillo.

—James. —Me sobresalto—. ¿Estás de guardia?

Está guapísimo. Lleva una barba perfectamente afeitada y huele a él.

—No me gustó cómo acabó todo la última vez.

—James...

Lo miro con cansancio.

—No lo entiendo, ¿sabes? Querías que me separara. Y ahora que me tienes todo para ti me ignoras —susurra mirando de lado a lado.

—Sí. Eso era lo que quería hace un año. No, qué carajo, hace tres años...

—No fue fácil, ¿sabes?

—Lo sé, lo viví. Y ya hemos tenido esta conversación. Es tarde para lo nuestro. Lo siento.

—Maldita sea. Vamos a dar una vuelta.

—No, tengo que visitar a un paciente.

Me zafo de la mano que me ha puesto en el hombro.

—Pues cuando acabes tomamos un café. No aguantaré así el resto de la noche.

—No pienso ir a tu despacho. ¿Qué te pasa? Tú no eras así.

—¿De verdad crees que solo me interesa eso?

—Pues sí.

—Pues te equivocas. Veámonos en la cafetería anda, ¿te hace?

—Si tengo un rato, te aviso.

—Perfecto. Estaré esperando.

Me dirijo a la habitación de Luka con un nudo en el estómago. James me excita mucho aún hoy, maldito sea. Pero ya no es lo que era. Nunca tuve nada profundo con él, a diferencia de lo que tengo con Luka. Pico a la puerta de la habitación con cuidado y oigo una voz de chica que susurra:

—Adelante.

¿Es ella? ¿Aún está aquí? Dudo si abrir, pero lo hago con suavidad. La joven se incorpora de la cama de Luka en la que estaba acurrucada junto a su cuerpo, y veo que él se desvela adormilado.

—Disculpad —digo avergonzada y cierro la puerta.

Salgo pitando hacia el pasillo e intento asimilar lo que acabo de ver. ¿Qué hacen durmiendo juntos? Acto seguido, mi cerebro recobra la compostura y acabo preguntándome por qué me extraña tanto. Yo misma me besé con James hace escasos días. Ellos eran pareja hace apenas un mes, y ella aún lo quiere. A saber qué sentirá él. Debe tener un cacao mental absoluto.

No conozco mucho a Luka, pero lo que hemos vivido es real… Lo sé. Bueno, esperaré a que me explique.

En ese instante, recibo un mensaje de James:

Hay pizza recién hecha en el bar
Te cojo un trozo y te espero

Qué oportuno. Antes de irme a casa me voy a permitir cenar algo en compañía. Y no pienso volver a entrar en la habitación de Luka. Creo que me va a venir bien hablar con James. Me quito la bata y bajo al primer piso. Necesito pizza y Coca-Cola.

—Dame ese pedazo de pizza. Lo necesito.

Me abalanzo sobre el plato y la devoro.

—Fiera…

—Estoy hambrienta.

—Ya veo… —susurra James y sonríe.

—Estás guapo.

—¿La barba? ¿Te gusta?

—Te hace sexy y menos serio.

—No soy serio.

—Sí lo eres. Eres el típico cirujano del que te fías.

—Me lo tomaré como un cumplido —me dice con su sonrisa irresistible.

—¿Cómo va tu nueva vida?

—Pues empiezo a acostumbrarme.

—¿Chicas?

—Ninguna que me llene.

—Suele pasar. Tiempo al tiempo. Encontrarás…

James me mira fijamente mientras cruzo las piernas como una india encima de la silla. Sé lo que está pensando, que soy una niña.

—¿Sabes lo que más echo de menos? —pregunta.

—Sorpréndeme.

—Tus cosas de niña. Como sentarte así sin que nada te importe. Muchas chicas no hacen eso. O tus saltitos cuando algo te emociona. O que salgas corriendo en medio de la calle y me pidas que te siga…

—Tendrás que buscarte a otra de mi edad, entonces.

—¿Por qué?

—¿Por qué qué?

—¿Por qué no me quieres ahora?

—Joder…

Suspiro, un poco cansada de su insaciable insistencia.

—Joder, nada. Dímelo.

—Me doliste demasiado y ya se me pasó.

—Ahora me duele a mí.

—Un poco tarde, ¿no?

—Te hace sentir bien ser la que manda ahora, ¿verdad? La que decide.

—No, James. No me divierte verte mal ni que me eches de menos. Bueno, que me eches de menos sí me hace sentir un poco bien… Me hace sentir que fui buena contigo. Pero no, no me gusta la situación en general. Esto es lo que quería hace unos años, ahora no..

—Hay otro, ¿verdad?

—Sí.

—¿Alguien importante?

—Nos estamos conociendo, pero estoy bastante ilusionada.

—Me alegro por ti. Mereces un buen tipo. ¿Lo es?

—Espero que lo sea —contesto, y la imagen de su ex en su cama no me gusta en absoluto.

Miro el móvil de reojo y nada de nada. Como mínimo, podría enviarme un mensaje con una pequeña explicación… Pero nada.

—Tenías razón. Solo soy un desastre.

—¿Cómo va tu nuevo piso?

—Uf…, montañas de ropa, platos apilados en la cocina…

—Tienes pasta. Contrata a alguien que te limpie la casa.

—Sí, lo haré. —Estallamos en carcajadas pues yo siempre le decía que sería un desastre si se quedaba soltero, y él afirmaba que no—. Tú también estás guapísima.

—He vuelto a hacer fotos.

—Ostras. Tu madre estará contenta.

—Sí, le gusta.

—Me alegro, Alex. A pesar de todo, quiero que sepas que te quise de verdad. Solo quédate con eso, ¿vale?

—Lo sé. —Por primera vez no siento rencor. Le creo y comprendo que no fue fácil para él. Tenía toda una vida que perder. Y ahora que la ha perdido, se le nota—. ¿Ella se enteró?

—No soy tan hijo de puta. Al final se lo conté, no podía seguir mintiendo a la madre de mis hijas.

—Eso es bueno y dice mucho de ti.

—La quiero, ¿sabes? No estoy enamorado de ella y no quiero ser su pareja, pero es una mujer increíble que se merece todo mi respeto. La cagué, pero bien, y lo estoy pagando. Merece alguien mejor.

—¿Cómo se lo tomó?

—Ya lo sabía. Dice que lo sabía, pero que no se atrevía a preguntarme. Tenía miedo de perderme. Fue un alivio para ella cuando se lo confesé, pues le estaba pasando lo mismo con otro tipo. Ahora trabajamos para tener una relación cordial y de buen rollo. Por las niñas. Ella está bien con el otro. Parece feliz y las niñas también. Con eso me basta.

—Hubo un tiempo en el que pensé que eras un capullo. Ahora veo que no —confieso.

—Pues me alegro.

Lo veo con otros ojos. Me dan ganas de abrazarlo y de besarlo… ¿Por qué el amor es tan complejo? No lo entiendo.

—Tengo que seguir con el trabajo —digo para huir de este momento que me está haciendo tambalear.

Me enamoré tan profundamente de él, fue tan duro… No estuvo a mi lado cuando ocurrió lo de papá y eso… Eso no lo puedo olvidar. Me faltó tanto en un momento tan vital para mí…

—Gracias por este rato.

—Gracias a ti por tu honestidad. Siempre ayuda, James.

—¿Amigos? —pregunta con la verdad en llamas.

—Amigos —le digo y le doy un buen abrazo ahora que me siento en paz conmigo misma y nuestra relación.

18

No entro al hospital con el mejor humor, pues no sé muy bien qué me voy a encontrar. La incertidumbre está presente y, aunque estoy segura de mis sentimientos hacia Luka, no puedo evitar sentir la sombra de la duda. He aprovechado para hacer varias cosas en casa y, cuando he querido darme cuenta, tenía una llamada perdida suya, pero he preferido esperar a verlo cara a cara. No sé por qué he decidido ponerme un bonito vestido de flores rojas, muy primaveral. Me apetecía estar guapa. Raro en mí. Entro veinte minutos antes, así que decido hacer una visita a Martha, que está en un momento de descanso. Me relaja estar a su lado. La verdad es que las dos necesitamos una charla de amigas sin mirar el reloj.

Ya no puedo retrasar más el momento. Me sitúo delante de la puerta de Luka con todo el material que necesito, pero veo que ella está ahí otra vez cuando abro la puerta. No sé ocultar mis emociones, y mi cara debe ser un poema. Luka me mira con cariño, pero se da cuenta de mi confusión y congoja y se dirige a su exnovia:

—Mira, ella es Alex. La chica de la que te he hablado…

Un vuelco en el estómago. ¿Cómo? ¿Le ha hablado de mí? No sé cómo actuar. Alzo el brazo en un gesto similar a «culpable» y veo una tristeza muy profunda, muy fuerte y muy familiar para mí en sus ojos. Miro a Luka acto seguido y me percato de que tiene la vista fija en mis ojos. Ya no es un enfermo, ya no lleva bata y lo comprendo todo.

—Me voy, os deseo lo mejor. Cuídalo. Parece un engreído, pero es un gran tipo —dice con sinceridad.

Me encantaría contarle que he estado en su situación, que yo también dejé ir a un gran amor, James, a otra mujer; que todo pasa y que conocerá a alguien mejor. Pero no me salen las palabras. Solo asiento y sonrió con amabilidad. Ella sale por la puerta sin un resquicio de ira, y yo suspiro sonoramente mientras miro a Luka.

—Alex, lo siento por lo de ayer y esta mañana. Yo…

Le interrumpo de inmediato.

—No tienes que disculparte ni que darme explicaciones —digo totalmente serena—. Teníais algo muy grande y no es fácil cortarlo de golpe. No entendía que no me dijeras nada, pero ahora lo comprendo. Gracias por… por contarle lo nuestro.

—Queríamos tener una buena despedida. No dejarnos nada sin decir y empezar de cero.

—¿Estás seguro?

—Nunca he estado tan seguro de nada en toda mi vida.

Se me conmueve hasta el alma. Me dan ganas de darle un beso, pero no es el momento, es momento de sincerarse.

—¿Recuerdas al cirujano que mencionó Louis para el tema de la posible reconstrucción?

—Sí. ¿Se llamaba John?

—James. Es mi ex…

—Vaya… —suelta.

—Estaba casado. Fui su amante durante tres años. Terminamos hace un año, pero estuve muy enamorada, mucho. Y también me dolió muchísimo. He tardado en sanar, pero estos días, le he estado viendo y también he podido pasar página. Ahora somos amigos.

—Me alegro. Y gracias por tu sinceridad, por ser siempre tan franca. Tampoco tienes que darme explicaciones.

—Solo quiero que no haya secretos ni malentendidos. Nunca te voy a mentir, eso lo aprendí de mi padre. Bueno, con matices.

Ambos nos reímos y nos entendemos sin hablar, pues en algo sí que nos mintió. Es la primera vez que me río de la enfermedad que llevó a mi padre al suicidio, porque ya no siento rencor.

—Entonces, ¿quedamos mañana por la mañana y me llevas adónde ibas a llevarme hoy?

—Eso está hecho. Te recogeré a las doce.

—Necesito salir de aquí.

—Te hago las curas y sales un rato.

—Sí…, eso haré.

Luka se desnuda y yo lo miro detenidamente. Cada día que pasa está mejor, y algunas de sus cicatrices empiezan a parecerme sexis, heridas de guerra de un superviviente. Le acaricio cada rincón de su cuerpo con todos mis sentimientos e intención y veo cómo se le eriza la piel. Cierra los ojos y suspira, y yo me muerdo el labio para no lanzarme a sus brazos. Cada día me cuesta más salir de esta maldita habitación.

19

Lo veo sentado en un banco frente al hospital y reparo en que es la primera vez que lo percibo como un hombre libre, libre de las dependencias de una enfermera o un hospital. Siento un cosquilleo en el estómago y, cuando me ve y me sonríe, un ejército de mariposas me erizan la piel. Me encanta. Luka sube al coche y me besa con pasión. Estoy totalmente lista para nuestra excursión. Llevo unas mallas negras de deporte, una camiseta desteñida del Parque Nacional de Yosemite y unas botas de montaña. También una maleta con mis objetivos y las baterías a tope, así como otra bolsa con bocadillos y fruta.

—Buenos días, desconocida.

—Buenos días…

Me muerdo el labio inferior. Joder, me encanta.

—¿Y esa mirada? —pregunta.

—Creo que me he enamorado.

Luka estalla a reír y es la primera vez que le veo tan cómodo y feliz.

—Juegas con ventaja a todas las chicas que he conocido. Me has visto en pelotas mucho antes que yo a ti y sabes mucho de mí. Tiene mérito enamorarte en estas condiciones.

No puedo evitar reírme.

—Sí, sondarte fue un antes y un después —bromeo.

—No me lo recuerdes, que incómodo era…

—¿En serio?

—Que una tía como tú me desnude y me toque mientras estoy incapacitado… Sí, ha sido horrible.

—Pues ha valido la pena —digo y arranco el coche hacia mi lugar seguro.

Recorremos las carreteras solitarias que conducen a Bosque del Apache en silencio, deleitándonos con el paisaje árido y calizo que lleva hacia la laguna. Suena música folk en la radio y nos cogemos de la mano.

Llegamos al lugar, y Luka observa el paisaje fascinado. Nunca había estado aquí. Sus ojos se iluminan al ver la laguna, que hoy está repleta de gansos de nieve y grullas. No pronuncia palabra. Observa.

—La vida ha seguido su curso… —suelta de sopetón en referencia a su accidente y a las semanas que ha pasado en el hospital.

—Siempre lo hará. Somos totalmente prescindibles.

—Y que lo digas. —Fija la mirada en la mía por un instante. Ya no me parece una mirada letal, sino cálida y con incendios en las pupilas—. Cuando oía hablar de este lugar, pensaba que era un lago con patos, sin más. Qué imbécil.

Sonrío y me doy cuenta de lo desconectado que ha estado toda la vida.

—Pues prepárate para lo mejor —digo cuando veo a Maktub volar hacia nosotros. Luka abre los ojos de par en par.

—¡Cuidado! —dice de repente, a la par que trata de alejarme del golpe de Maktub. Seguro que ha pensado que nos atacaba un aguilucho.

Maktub redirecciona el aterrizaje con una precisión aérea perfecta, y Luka no sale de su asombro cuando Maktub se me posa en el hombro.

—¡¿Qué coño…?!

No le salen las palabras, está asustado.

—Te presento a Maktub, es un águila de cabeza blanca. Aún es joven y por eso es del todo marrón.

—¿Cómo has conseguido esto? —dice mientras señala a Maktub y lo mira con fascinación.

Le cuento nuestra increíble historia, y Luka nos mira fascinado.

—Siento que me he perdido tantas cosas en mi vida —comenta con un halo de nostalgia.

—¿Por qué?

—Porque te veo, me cuentas estas cosas, observo este lugar tan cerca de casa… ¿Cómo es posible que haya vivido tan ajeno a la naturaleza toda mi vida?

—Bueno, le pasa a la mayoría de las personas. Nuestra sociedad tiende a la desconexión y a vivir ajena a ella.

—Ya, pero mírate a ti. Tú y yo siempre hemos vivido cerca, y nuestras vidas han sido tan distintas…

—Bueno, yo nunca he conducido un coche de lujo ni he viajado en velero.

—Ya, por eso nunca te has estrellado.

Nos reímos de nuevo. Maktub alza el vuelo y empieza a planear sobre nuestras cabezas para mostrarnos sus nuevas técnicas de vuelo, que cada día son más fascinantes, más precisas y más salvajes. Hubo un tiempo en el que creía que nunca lograría volar, pero verle ahora así me hace sentir muy bien.

—Quiero que sigas mostrándome todo tu mundo.

—Y yo quiero meterme en líos en el tuyo —digo, a sabiendas de que ha sido un tipo duro durante demasiado tiempo.

Empezamos a recorrer el sendero que envuelve la laguna.

—He navegado mucho durante mi vida, Alex, pero siempre lo he hecho desconectado. Ahora lo entiendo. Tenía el mar por algo que estaba debajo de mis pies, algo que dominar y que hasta podía llegar a domar. ¿Te puedes creer que nunca reparé en la infinidad de vida que había bajo mis pies? He probado más de cincuenta barcos, he visto delfines e incluso ballenas en el estrecho de Florida, pero nunca me he sentido parte de ello.

—¿Cómo es tu vida, Luka?

—Triunfé demasiado joven en el ámbito profesional, lo que me llevó a saborear los logros y éxitos efímeros como si fueran lo prioritario en la vida. Mucha vida social, muchas relaciones, pero poca profundidad. Poca calma.

—¿Y qué sientes ahora?

—Ahora te siento a ti.

—Explícate…

—Todas nuestras charlas, tus fotografías, el modo en que se te ilumina la mirada ahora mismo… Nunca me han mirado así. Es como si estuviéramos conectados y sintiera a través de ti. Soy capaz de intuir tu conexión con la naturaleza. ¿Te viene de familia?

—Pues de familia no lo sé, no conozco a mi familia paterna, pero mi padre siempre me ha inculcado que todos somos uno, que no hay separación ni diferencia entre un petirrojo, un colibrí, una mariposa, un castor, un coyote, un lobo, un oso, un árbol, la hierba y nosotros.

Luka asiente en silencio y me mira como si nunca hubiera visto a otro ser humano en su vida. Me da la risa y le doy un empujón. Salgo corriendo y no duda en seguirme.

—Vuela, vuela —le digo a la par que corro y dibujo líneas en el aire con los brazos, imitando a Maktub. El día está nublado y hace mucho viento; noto cómo la brisa húmeda me golpea la cara, el cuerpo, y oigo detrás de mí las risas de Luka corriendo para alcanzarme mientras doy saltos corriendo. Feliz, feliz de nuevo al fin.

Luka llega hasta mí y me rodea con los brazos por detrás, me gira con fuerza y mi pecho estalla contra el suyo. Hace tanto viento que el pelo se me enreda con el suyo. Las grullas alzan el vuelo a la vez al sentir el cambio de temporal e intuir la lluvia, que parece estar a punto de descargar. Nos deleitan con uno de los espectáculos más bestias de la naturaleza, pero no lo miro. Tengo la vista fija en los ojos de Luka, que gira la cabeza para contemplar las grullas pegado a mí. En sus pupilas, veo el reflejo del aleteo multitudinario y le beso la mejilla, el cuello, la clavícula. Él se gira y se queda muy cerca de mi boca. Siento cómo su aliento se acelera a la par que se muerde el labio inferior, y muero por volver a fundirme en su boca. Le lanzo un beso fugaz en los labios, y su lengua me busca al instante, me atrae y nos fundimos en un beso digno de una película de Hollywood.

—Me vuelves loco. No sé qué tienes.

—Mmm…

Suelto un suspiro pegada a sus labios. Me agarra con más fuerza y me sienta en sus caderas.

—No quiero hacerte daño —susurro mientras le acaricio la cara y retiro el mechón de pelo oscuro que se cuela entre sus ojos.

—Tranquila, ya casi está superado —me dice en referencia a sus cicatrices. Aún le deben doler, son muy recientes—. No dejes de besarme.

Me ansía y me apoya la espalda contra el gran árbol, el mismo que siempre me hace soñar. En ese momento, me doy cuenta de que ya tiene algo más que guardar, que atesorar: este amor que ha surgido despacio, desde el cuidado, desde lo desconocido, entre dos personas tan distintas. No puedo pensar. Nos besamos con tanta pasión que temo que haremos el amor aquí mismo.

—Tengo que hacerte el amor —susurra entre jadeos de excitación, como si me leyera la mente.

—Estás loco, ¿aquí? —pregunto muerta de ganas.

—Ahora —suplica—. ¿No querías cometer locuras?

Me tira de la mano para que le siga. La hierba está muy alta detrás del gran árbol y es imposible que alguien nos vea, aunque a estas horas y entre semana tampoco suele venir nadie. Si alguien se acercara, lo oiríamos a tiempo y, con la hierba que casi nos llega a la altura del pecho, sería imposible que nos viesen. Luka se quita la camiseta y la tiende en el suelo.

—Siéntate —pide.

Y yo le hago caso, como hechizada en un dulce conjuro de amor. Me siento, y Luka se arrodilla frente a mí. Me tiende ambas manos y las alza sobre mí. Nos tumbamos, él encima de mí, y empieza a recorrer mi cuello a besos para luego deslizar la lengua por el lóbulo de mi oído. Me excita tanto que siento que me tiemblan las piernas.

—Estás temblando —dice.

Yo soy incapaz de hablar. Le acaricio la espalda con la yema de los dedos y siento las quemaduras en su piel, recorro sus cicatrices con tanta suavidad que me da la impresión de estar acariciando la cosa más delicada del mundo.

—No me duele —asegura.

Hace un gesto con el que pide permiso para desnudarme, y yo asiento. Estoy segura de que mi expresión es de suma excitación, porque no vacila. Me quita la camiseta y, acto seguido, el sujetador. Está sentado a horcajadas sobre mí, del todo tumbada, y me observa. Se detiene a mirarme los pechos desnudos y luego pasa a mis ojos, con intensidad, para después bajar por mi cuello hasta el pecho otra vez. Suspira. Me acaricia los labios con el dedo índice mientras me mira de nuevo, implacable y directo al fondo de mi alma. Siento cómo su tacto se desliza de mis labios hasta mis hombros, para seguir entre mis pechos, mi ombligo y volver a subir, despacio y con paciencia, hasta llegar a mi pezón, que recorre en círculos. Se me eriza toda la piel, y le pido piedad con la mirada. Me está matando. Matando de ganas. Mientras recorre ambos pezones y pechos con la yema de los dedos, me vuelve a besar y siento su lengua más intensamente que nunca. Quiero más. La desliza, esta vez con más brusquedad que antes, hasta llegar a mis pechos y succiona, besa y muerde con sumo cuidado. Arqueo la espalda bajo sus caderas, y a Luka se le escapa una risa. Es cruel, y me gusta. Sin pedir permiso esta vez, me tira de las mallas hasta quitármelas y me quedo en braguitas bajo su cuerpo escultural. Oigo el ulular de las aves bajo la luz tenue de este día nublado y con temporal; el viento lo llena todo mientras el pelo se me enreda en la cara y Luka desliza los labios por mi ombligo hasta las ingles. Después, rodea mis braguitas con la lengua para acabar besándome mi zona más íntima por encima de la tela.

—Hazme el amor, por favor —suplico, y su risa me muestra por primera vez al chico seguro de sí mismo, experimentado y sin miedos al que no había conocido aún. Al chico guapo y malo al que estoy segura de que todas las chicas adoran, ese en el que yo no me hubiera fijado jamás y que ahora mismo me roba hasta el oxígeno.

—Muero por hacerlo —susurra y tira de mis braguitas con la boca.

Estamos a solas, rodeados de una hierba tan alta y espesa que podría visitarnos un coyote en cualquier momento y aún se sorprendería de nuestra presencia; las briznas se contonean con el viento, y yo cierro los ojos para entregarme a la experiencia más feroz que he tenido en mi vida. Me da igual que esté bien o que esté mal. Solo quiero quedarme aquí. Apartada del mundo, entregándome a él. Todo se me hace pequeño, la rabia ya no me parte el pecho y me sobra el tiempo. Solo estamos él, yo y este instante. Me incorporo suavemente y me quedo sentada encima de él. Nuestro amor es animal. Deslizo sus pantalones como puedo, y mi cuerpo del todo desnudo se posa encima del suyo, tan conocido para mí, pues no es la primera vez que le toco ni la primera que lo veo. Cada rincón de su cuerpo me resulta tan conocido que le siento mío y me acomodo sin preguntar sobre él para que se hunda en mí. Nuestro aliento se mezcla entre jadeos de deseo cuando le siento por completo en mi interior y se me corta la respiración cuando me penetra. Sentirlo ahí es algo brutal, nuevo, como si nadie me hubiera hecho el amor antes. Y así, sentada encima, me deslizo en busca del placer. Siento que voy a desfallecer con cada movimiento, no solo por el placer, sino también por el huracán de emociones que se arremolina cerca de mi garganta. Luka me posa la mano en el cuello con fuerza mientras con la otra me acaricia el cabello con suavidad, una mezcla perfecta entre pasión y ternura que me hace jadear mientras me tapo la boca con la mano que tengo libre. La otra la uso para apretar su cuerpo contra el mío. Luka me gira y vuelve a dejarme debajo de él, para luego empezar a moverse con más fuerza sobre mí.

—¿Te hago daño? —pregunta debido al cambio de ritmo e intensidad.

—Sigue —suplico casi sin aliento, mientras un ápice de dolor muy suave se entremezcla con el éxtasis más increíble que he sentido nunca. Sé que se debe a la extraña conexión y química que nos precede desde el primer instante—. Hay algo muy bestia entre nosotros —digo como puedo entre gemidos ahogados.

—Yo también lo siento —asegura mientras doma su instinto por culminar el acto.

Gimo mientras lucho para detener el sonido que sale de mi garganta y él hace lo propio. Tomo su mano para que me ayude a llegar al orgasmo con los dedos y, sin dudarlo, me acaricia mientras sus embestidas se apresuran para conseguirlo. Llego sin dificultad, algo extraño en mí, y acto seguido le toca el turno a él, que acaba fuera de mí mientras le ayudo con la mano. Su expresión se transforma al instante: de algo bestial a algo pacífico, sereno y feliz.

—Dios… —suelta aún con la respiración entrecortada, para luego tumbarse a mi lado con el pelo alborotado y la piel erizada.

Le tomo la mano y, mientras contemplamos el cielo tumbados, retomamos el ritmo normal de nuestras respiraciones, todo al tiempo que Maktub nos corona surcando el cielo sobre nuestras cabezas. Sonrío y, sin darme cuenta, Luka se apaga. Cierro los ojos para relajarme después de este huracán de emociones y se me hiela el alma cuando siento la mano de Luka escurrirse entre mis dedos sin vida. Me incorporo de golpe, con el mayor vacío que he sentido nunca en el estómago, y trato de despertarlo.

—¡Luka, Luka! —Lo zarandeo sin cuidado para que se despierte. Estoy asustada. ¿Qué coño? ¿Otra parada cardiorrespiratoria? ¡No puede ser! ¿La medicación?

Le acerco la oreja al pecho para comprobarle el pulso y una parte de mí se relaja al oír que el corazón le late con normalidad, pero sigo asustada, preocupada y sin saber qué hacer. Parece que ha perdido la conciencia. Será un desmayo. Tiene pulso y respira con normalidad. Trato de calmarme, pues sé cómo actuar frente a un desmayo, pero que sea aquí y con él me crea un malestar desconocido para mí.

Los desmayos se producen cuando no llega sangre suficiente al cerebro en una situación de hipotensión transitoria en la que fallan los mecanismos reguladores que se encargan de redistribuir la sangre hacia el cerebro para mantener el oxígeno. Lo que origina la pérdida de conocimiento es la falta de tensión cerebral, que provoca una hipotensión que dura escasos segundos o minutos. Solo debo esperar a que recupere la conciencia. Me visto con rapidez, le acaricio la cara y le hablo con normalidad.

—Luka, estoy aquí… —digo a la vez que le levanto un poco las piernas para facilitar la circulación de la sangre hacia el cerebro.

Veo que parpadea al instante y siento que el aire vuelve a fluir, que vuelvo a respirar con normalidad. Menudo susto…

—¿Qué ha pasado? —pregunta confundido mientras trata de incorporarse.

—No te muevas. Quédate tumbado un poco más. Todo está bien.

Le tomo la temperatura con la mano y me extraña que esté tan caliente. Tiene fiebre, y eso no está relacionado con una bajada de tensión.

—¿Me he desmayado? —pregunta avergonzado.

—Demasiadas emociones —bromeo ya más tranquila, aunque confusa por la fiebre. Le doy un beso en la mejilla.

—Joder, lo siento. No sé… —dice para tratar de excusarse.

—Shhh. —Le pido que calle apoyando mis labios en los suyos y dándole un beso suave—. Te ha bajado la tensión, es un efecto secundario de la medicación. Es normal. Todo va bien, pero me has dado un susto de muerte.

—Pfff.

Suelta todo el aire de los pulmones, y a mí me dan ganas de sonreír. Esto no pasa en las películas, me digo. Le contagio la sonrisa y no puede evitar bromear.

—Mira lo que me haces.

—Te salvo y te mato —comento para seguirle el rollo.

Estalla en carcajadas y se incorpora poco a poco.

—¿Estás bien?

—Un poco mareado… Lo normal después de una primera cita.

—Al menos así no me cabrá duda de que te gusto. Hasta te desmayas.

—Qué mala eres. —Veo cómo se avergüenza ligeramente de lo ocurrido—. Menos mal que estoy con mi mejor enfermera.

—Visto así, parece que estás a salvo.

—Moriría las veces que hicieran falta para verte de nuevo, Alex. Mil veces más.

Sus palabras no suenan a ironía ni a broma graciosa, suenan reales, contundentes y sinceras.

Lo miro y se me escapa una lágrima. No puedo obviar el momento de tensión que acabo de vivir al sentir que lo perdía.

Había pensado, por un instante fugaz, que había tenido otra parada cardiorrespiratoria. Trato de disimular la lágrima colándola entre los labios. Se posa frente a mí y me la seca con el pulgar.

—¿Me has oído? Mil veces más.

Su voz, sus ojos, el viento de este lugar…, no sé qué es, pero se me escapa otra.

Me besa el rastro de la segunda y cerramos los ojos para luego apoyarnos frente con frente.

—Gracias por aparecer —digo sincera.

—Gracias a ti por salvarme —asegura entre susurros, y sé que se refiere a esa ECM en la que presenció mi llegada.

Nos quedamos en silencio y nos damos un abrazo de esos que transmutan vidas, como si acabáramos de reencontrarnos tras mucho tiempo, tras muchas existencias y a través de las raíces del tiempo, por los siglos de los siglos, quién sabe… Quizá eso solo pase en los cuentos de hadas o en los manuscritos de un metafísico chalado, pero también es posible que sea real. Quizá sea lo que tenía que ocurrir. Como bien dice el nombre de Maktub, que se posa en su hombro esta vez, encima de nuestro abrazo. Cuánto quisiera fotografiarlos, pero no es el momento.

—¿Va a morderme? —pregunta entre sonrisas tratando de no moverse.

—Los pájaros no muerden, pican.

Luka se ríe, y el aguilucho abre las ya grandes alas haciendo gala de su presencia. Aletea un par de veces antes de saltar a mi hombro y hurgar en mi cabello con el pico. Terminamos de arreglarnos la ropa, como si estuviéramos solos en el mundo y nadie pudiera encontrarnos, nos cogemos de la mano y empezamos a pasear mientras dejamos atrás el lago.

20

Volvemos a la realidad cuando entramos en el hospital. Asqueados de estar ahí y no en el Bosque, pero también felices de tenernos el uno al otro.

—Cuéntale a Louis lo de tu desmayo para que te haga un chequeo.

—Buena idea. Le diré que he perdido el conocimiento mientras le hacía el amor a una de sus enfermera. Qué viril.

—No seas imbécil. —Le doy un codazo con cariño mientras subimos al ascensor—. Te dan el alta en un par de días y no está de más que te revisen para descartar que no sea algo grave.

—Has dicho que era por la medicación, ¿no?

Noto un atisbo de preocupación.

—No soy médico, solo es algo probable, pero descartemos que no haya complicaciones. No tienes el mejor historial, Luka…. Quiero que estés bien.

—Vale. Se lo comentaré ahora que tengo visita con él.

—Pórtate bien. Te veo en unas horas, que hay que hacer las últimas curas a ese cuerpo antes de que te vayas a casa.

Le sonrío y me guiña un ojo. Trato de no asustarle, pero una parte intuitiva y para nada pragmática de mí me dice que algo no va bien.

Me cambio de ropa y, antes de que empiece mi jornada, trasteo el ordenador del hospital en busca de los efectos secundarios de su medicación. Tras siete minutos de página en página, compruebo que la hipotensión y los desmayos no aparecen en ningún prospecto. Mierda. He de hablar con Louis. Aquí hay algo extraño, me digo algo preocupada.

La jornada pasa con tranquilidad. Hablo con Martha, pero no le cuento todo lo ocurrido. Me limito a las partes bonitas porque siento que necesita hablar. Me confiesa que está pasando una mala racha en casa, así que la escucho y nos centramos en ella. Cenamos juntas y la noche pasa rápido. Apenas me da tiempo de visitar a Luka, porque se complica una paciente que había ingresado hace unos días por varias fracturas. No paro en toda la noche. Al final de la jornada, le dejo un mensaje a Luka por si duerme. No quiero despertarlo.

> **@alex.wildwings:** Pliego ya.
> ¿Has hablado con Louis? ¿Le has contado?
> Ya te echo de menos.

Llego a casa muerta de sueño y con la cabeza algo aturdida después del día de hoy. Necesito dormir. Miro el móvil y me alegro de que Luka duerma. No me ha contestado. Mañana es mi último día de curro de la semana, así que a ver qué dice Louis. Quiero hablar con él, ya que hoy no he podido verlo. Noto cómo los ojos se me cierran solos.

Llego al hospital a toda prisa, me he pasado toda la mañana investigando la relación entre los desmayos, la fiebre y los efectos secundarios por quemaduras graves y lo que he encontrado me preocupa demasiado. Quiero reunirme con Louis y contarle lo ocurrido. Bueno, solo el desmayo… Luka no me ha escrito en todo el día ni ha cogido el teléfono el par de veces que lo he llamado, así que salgo para el hospital dos horas antes de mi turno. Empiezo a preocuparme. Aparco en mi plaza de siempre y entro apresurada. Me paso por la habitación de Luka antes de nada y, al ver la persiana bajada y su cuerpo dormido en la cama, me queda claro que algo no va bien. Me siento culpable, muy culpable y, por un instante, me pregunto si nuestra salida y todo lo demás ha tenido la culpa. Martha me sorprende por detrás y me da un buen susto.

—¿Qué haces aquí tan temprano?

—¿Qué le pasa a Luka?

—No tengo ni idea. ¿Qué ocurre? —pregunta, pues no es su paciente y si hay cualquier cambio me lo tendría que comentar Louis a mí, en todo caso.

—¿Has visto a Louis?

—Sí, está en su despacho preparando la reunión de cambio de turno. Tienes mala cara, Alex. ¿Qué ocurre?

—Creo que Luka sufre SIRS —comento en nuestra jerga, y ella lo traduce al instante.

—Respuesta inflamatoria sistémica... Podría ser, es habitual en pacientes con quemaduras de alto grado —dice mientras se asoma por la rendija de la puerta para mirar a Luka.

—Duerme. Voy a hablar con Louis.

Martha me acaricia el hombro. Sabe de mis sentimientos por él y asiente con la cabeza mientras me ve marchar por el pasillo a toda prisa. Golpeo la puerta del despacho de Louis y trato de que no parezca algo personal, pero me cuesta.

—Alex, es pronto aún. ¿Todo bien? —pregunta sorprendido.

—Creo que Luka no está bien. Perdona, me refiero a Fer, el paciente de la habitación...

—Sé quién es Fer —interrumpe—. Justamente estoy viendo sus analíticas e iba a comentártelo en la reunión de hoy.

—¿Puedo verlas?

—¿Ocurre algo, Alex? ¿Entre Fer y tú?

Su pregunta me hiela la sangre. Me gustaría decirle que sí, que me he enamorado de él, que quiero cuidarlo, pero no sé si eso podría traerme problemas, así que improviso.

—Me importa su salud y ayer lo vi mal. Se me desmayó.

—¿A ti? ¿Otra vez? —pregunta confuso—. Me comentó que fue cuando salió a dar una vuelta. No me dijo nada de un segundo desmayo en el hospital.

Mierda, acabo de delatarme.

—Sí. No, no… —balbuceo como una imbécil—. Estaba conmigo, dimos un paseo juntos.

—Ah…

Louis se sorprende, pero no le da importancia.

—Pedí unas analíticas, ya que al parecer todo estaba bien y la medicación no da esos efectos secundarios. Tenía la tensión estable, pero presentaba fiebre.

Louis ha dado con todos y cada uno de los síntomas que llevo analizando desde ayer. Será un engreído, pero es un buen doctor.

—Sí, lo sé… ¿Cómo están los leucocitos? —pregunto tratando de que me deje ver la analítica.

—Veo que tienes buen ojo, Alex —dice sorprendido—. Eso mismo quería saber yo. Los tiene por los suelos. Presenta una respuesta inmunológica comprometida.

—Mierda —suelto sin poder evitarlo—. ¿Y ahora qué? ¿Sigue con fiebre?

—Lleva todo el día descansando. Hemos logrado bajarla por ahora, pero hace años que no veía una analítica tan descompensada. En las anteriores estaba más estable.

—¿El riesgo de infección puede ser causa de su salida al exterior?

—No, para nada. Estos niveles analíticos son marcadores que llevan tiempo desajustados. La salida de ayer no ha causado la posible sepsis.

—¿Entonces?

Trato de averiguar qué está ocurriendo en su cuerpo.

—Lo efectos secundarios pueden ser complejos en un paciente con quemaduras de tal grado, aunque la piel ya esté cicatrizada. Los principales trastornos inmunológicos tras lesiones como las de Fer se centran en la anergia a antígenos y mitógenos, cambios en las subpoblaciones linfocitarias, deficiencias en los mecanismos de fagocitosis, alteraciones en la expresión y producción de citocinas y sus receptores, moléculas de adhesión y presentación de antígenos leucocitarios asociados a disminución de proteínas plasmáticas como las inmunoglobulinas, factores del complemento y a la peroxidación lipídica con producción de radicales libres del oxígeno. Todas estas alteraciones hacen del paciente quemado un posible enfermo inmunocomprometido, propenso a la instauración y desarrollo de un síndrome de respuesta inflamatoria sistémica que puede llevarlo a la muerte.

Abro los ojos de par en par, con una brecha en el pecho y sin poder respirar. Louis se da cuenta de que esto va más allá de un simple paciente, pero no comenta nada.

—¿Está en peligro de muerte?

—Alex, todos lo estamos a cada instante. Pero sí, Fer más. Su cuerpo no está reaccionando a las agresiones de patógenos.

Trato de traducir toda la jerga médica para comprender lo que Louis acaba de comentarme. No tengo experiencia en pacientes quemados, pero si de algo sé es de infecciones graves, pues mi trabajo de final de carrera se centró en la sepsis, la infección generalizada como motivo de muerte en pacientes afectados. La piel es mucho más de lo que vemos. Es una cubierta protectora de otras vísceras más delicadas y de funciones más sofisticadas. En la actualidad, se ha confirmado que es un órgano complejo en el que las interacciones celulares y moleculares controlan muchas respuestas importantes frente al medioambiente.

Los trastornos en los mecanismos defensivos se inician con la pérdida de la integridad de la piel, que es uno de los órganos más extensos del cuerpo y la principal barrera física entre el organismo y el exterior. Dicho órgano no solo cumple funciones protectoras, sino que está estrechamente vinculado a la generación y desarrollo de reacciones inmunitarias e inflamatorias locales.

—¿El desmayo fue debido a un *shock*?

Ahora sí que me siento culpable, ya que aunque nuestra salida no haya ocasionado su nueva patología, una situación de estrés o exceso de actividad sí que puede ocasionar un *shock* en el sistema.

—Sí, demasiados meses sin moverse. Quizá fue demasiado esfuerzo para él salir tanto rato la primera vez.

—Joder…

La culpa me corroe y, por algún motivo, Louis me lee la mente.

—Alex, no sé qué hicisteis ayer por la mañana, pero gracias a ese desmayo hemos podido diagnosticar una patología oculta que se hubiese complicado mucho sin una actuación temprana.

Oír las palabras de Louis me calma y me quita un poco la sensación de culpa que me corroe.

—Uf… —suspiro—. ¿Qué tratamiento le has puesto?

—En eso estoy. Llevo toda la mañana valorando su caso. Por ahora solo hemos bajado la fiebre. Su sistema inmune está fuera de juego y hay una infección grave. Lo que no me cuadra es que, con lo grave que está, no haya presentado síntomas antes. Es un milagro que haya estado tan bien con lo delicado que se encuentra. Mira.

Me tiende las analíticas, que sé leer a la perfección gracias a mi tesis sobre sepsis en enfermos terminales y se me encoge el estómago.

—Es como si una fuerza superior tirara de él —comenta Louis sin sarcasmo. Que alguien tan dogmático tenga un pensamiento tan espiritual me extraña.

Pero tiene razón. Hay pacientes a los que la fe, por ejemplo, les hace superar situaciones que otros no superan con los mismos síntomas. Hay una parte emocional compleja detrás de cada paciente.

—Sí, ha habido otros síntomas, Louis —digo cuando me viene a la mente la parada cardiorrespiratoria que sufrió hace varias semanas—. ¿Cuando estuvo en la UCI no se le hizo analítica?

Louis no duda ni un instante.

—No. Afirmó haber tomado mal la medicación y dimos por hecho que era el motivo del parón.

Detectar un posible fallo médico en el diagnóstico de Luka me genera una frustración tan fuerte que me dan ganas de llorar, de gritar.

—¿Cómo es posible? ¿No se supone que aquí controlamos sus dosis de medicación? ¿Y ahora qué? —pregunto y me delato del todo.

—Alex, sabes mejor que nadie que no metemos las pastillas en la boca a los pacientes. Si al recibir sus píldoras decide tirarlas por el retrete, poco podemos hacer —contesta algo molesto—. Además, con este sistema inmunológico Fer ya no puede hacer vida normal como creíamos. Tenemos que empezar un tratamiento paliativo a ver cómo responde, y tendrá que pasar otra vez una larga estancia en la UCI. Voy a trasladarlo.

«No, por favor, por favor…», suplico para mis adentros.

No lo superará, volverá a hundirlo. Su mayor motivación era salir de aquí, volver a hacer vida normal. ¿Qué se supone que fue lo de ayer? ¿Un puto espejismo en medio de un desierto arrollador que va a acabar con nosotros? Tengo miedo. Ahora sí, porque sé la gravedad del asunto. Hay una medicación contrastada y probada en enfermos inmunodeprimidos, como en el caso de pacientes de sida, pero no creo que haya tanta evidencia científica para el tipo de sepsis que presenta Luka por perdida de proteínas de la piel. De hecho, la mortalidad tras un accidente como el suyo es muy alta. Cierro los ojos por un instante y trato de acallar mi voz interior.

—Gracias, Louis.

No sé qué más decir.

—Déjame una horita y en la reunión te cuento el tratamiento. Aún estoy dándole vueltas.

—No estás seguro, ¿verdad? —pregunto, ahora sí, dejando de lado la formalidad profesional y esperando que él también lo haga.

—Nunca he tenido un caso como el suyo. Conozco la evidencia científica que hay con dos fármacos que podrían irle bien, pero ya sabes... es una lotería.

Suspiro y, como profesional sanitaria, me doy cuenta de que las personas depositan toda su confianza en nosotros cuando nosotros, al fin y al cabo, no somos más que seres humanos como ellos, muy capaces de fallar. No obstante, siempre debemos mostrar seguridad para que el paciente no se dé cuenta de que el cuerpo humano es una máquina perfecta que la ciencia y la medicina no han logrado controlar aún. La naturaleza está muy por encima de nuestros descubrimientos. Muchas veces, la esperanza es una gran aliada para la salud.

Salgo del despacho de Louis y trato de serenarme. Es un golpe muy duro ahora que todo empezaba a ir bien. Mi vida, la suya, la nuestra... que empezábamos a construir con la idea de poder hacer ya vida normal...

Cuando Louis se lo cuente, creo que Luka va a dar un gran paso atrás en su estado de ánimo y, en un caso como el suyo, perder el entusiasmo puede ser letal. Me dirijo otra vez a su habitación y abro la puerta con cuidado. Sigue durmiendo a oscuras. Me siento a su lado y poso mi mano en la suya, sin apenas moverme. Me acomodo en la butaca para esperar junto a él que empiece mi turno. La expresión de su cara mientras viaja por otros mundos en sueños es apacible, bella y serena.

Me dan ganas de acariciarlo y besarlo con ternura, pero no quiero que se despierte. Me quedo en silencio a su lado mientras trato de encontrar las palabras para explicarle lo que Louis le va a comunicar en breve, mientras disfruto de los últimos instantes antes de volver a la UCI. Observo el contorno de sus labios, carnosos y simétricos, bajo la suave luz que se cuela por las persianas. Pararía el tiempo ahora mismo, me quedaría aquí, contemplándolo, abrazada a su cuerpo herido injustamente. Una lágrima fugaz se me escapa de lo más profundo de mi ser y me doy cuenta de que le amo. Solo siento amor y quisiera decírselo. Quiero hacerlo, creo que es algo que nadie debería callarse. El ruido de la puerta al abrirse despacio me arranca de ese momento y suelto su mano para enderezarme y secarme las lágrimas.

Una mujer de mediana edad a la que no conozco pide disculpas y permiso para pasar.

—Claro, pase, pase.

Me levanto y le cedo el asiento.

—Hola, soy Claris. La mamá de Luka.

Me alegro de que sea ella, de que esté aquí.

—Hola, encantada. Soy Alex, su enfermera. —Claris abre los ojos por la sorpresa. Imagino que esperaba que fuera una amiga—. Y amiga de su hijo —digo para que comprenda mejor la escena.

—Encantada. ¿Duerme? —pregunta flojito.

—Sí... Yo les dejo, que empieza mi turno.

—Gracias, querida.

Se lanza a mis brazos, en un acto desesperado por comprender qué está pasando con su hijo, y me da un cálido abrazo de despedida.

—¿Se encuentra bien? —pregunta

—No está siendo fácil. Que esté aquí es muy importante para él, aunque no se lo demuestre —añado.

Claris me sonríe y salgo de la habitación con sigilo para no molestarlos.

21

Empiezo mi turno con la cabeza hecha un lío. Me alegra que haya venido su madre al fin, pero lo que les va a contar hoy Louis va a cambiarlo todo.

En la reunión, comenta la nueva situación de Luka y su traslado a la UCI para estabilizarlo entre un montón de otros pacientes a los que soy incapaz de atender. Empiezo la jornada en piloto automático sin ganas de conectar con nadie. Me limito a mirar el reloj a la espera de que sean las seis para que Louis le comunique todo a Luka y pasar a hablar con él acto seguido. Antes tengo diez minutos muertos, por lo que me dirijo a la cafetería. Martha me está esperando para tomar un café.

—¿Cómo lo llevas? —pregunta, pues se lo he contado todo antes.

—Pfff… No te voy a mentir. Estoy asustada.

—Sé que es muy importante para ti, pero no debes olvidarte de ti, Alex

—Lo intento, de veras.

—Quiero lo mejor para ti, para vosotros. Cuenta conmigo para lo que necesites, cariño.

—Gracias, Martha.

—Ven mañana por la mañana a desayunar a casa —dice Martha.

—Acepto. Tengo ganas de ver a tus peques. ¿Cómo están?

—¡Enormes! Se alegrarán mucho de verte.

—¿Todo bien por casa?

—No demasiado… Este turno de tardes y noches me está haciendo mella, y Tom va desbordado con los niños y la casa. Ya verás cómo está todo mañana. No nos da la vida.

—¿Por qué no te planteas cambiar de turno? —le pregunto, algo que yo también me planteo constantemente.

—Pues porque no llegamos si no.

Económicamente, se refiere. Me apena que esté tan atrapada y me doy cuenta de que cada uno tiene lo suyo. La vida nunca es perfecta.

Charlamos sobre el matrimonio durante un buen rato hasta que me suena la alarma del móvil. Ya es la hora. Louis ya ha visitado a Luka.

—Voy a ver a Luka —digo y le doy un abrazo cálido y sincero.

—Vale, desayunamos mañana.

—Voy directamente al salir. Duermo en tu casa, ¿sí?

—Claro.

Martha me acaricia la mano y salgo disparada hacia la habitación de Luka. Al llegar y verla vacía, me da un vuelco el estómago. Otra vez. Me dirijo a la UCI, donde veo a Clarice cabizbaja en las sillas contiguas a los habitáculos.

—¿Cómo está Luka? —me atrevo a preguntarle.

Alza la mirada, del mismo color que su hijo, y acto seguido se seca las lágrimas.

—¿Puedes creerte que no tenía ni idea del accidente? —comenta desbordada por las emociones.

—Lo siento… —logro pronunciar.

—Nadie me había avisado. Ni siquiera él.

Se la ve afectada. Me siento a su lado y, de forma automática, apoyo la mano en la suya.

—No ha sido fácil para él. Ha negado lo ocurrido durante mucho tiempo…

—No hay derecho. Una madre merece saber todo de sus hijos.

Empiezo a incomodarme y no sé muy bien qué decir.

—Si me disculpa, voy a hablar con Luka.

Le aprieto la mano en un gesto de apoyo antes de levantarme.

—No quiere hablar —dice.

«Maldita sea, otra vez no», digo para mis adentros.

—Voy a intentarlo —insisto.

Me escabullo por el pasillo de la UCI y me asomo al ventanal de la cama de Luka. Tiene la mirada clavada en el techo. Lleva puesta una vía con antibiótico y suero, pero por lo demás se ve estable. Una falsa estabilidad que temo que estalle contra nosotros. Luka se percata de mi presencia, gira la cabeza hacia mí y yo, a modo de saludo, apoyo la mano y la frente en el cristal. La situación me sobrepasa, pero debo ser fuerte por él. Le dedico la mayor sonrisa que soy capaz en una situación así, y Luka niega con la cabeza. Entro y le doy un abrazo, largo e intenso.

—Otra vez… —susurra.

—Shhh, estoy aquí.

—Dime la verdad. ¿Estoy jodido?

—¿Qué te ha dicho el doctor?

—Un montón de tecnicismos sobre el sistema inmunológico y la gravedad del asunto. No entiendo nada… —comenta pidiendo entre líneas que le explique.

—Hace semanas que sufres una bajada inmunológica importante. No lo habían detectado aún. Es común en quemaduras de tan alto grado como las que sufriste.

—Pero si están de puta madre. Ya casi está todo cicatrizado, vuelvo a ser yo…

—Me temo que esto ya no tiene nada que ver con el estado de tu piel actual. Ocurrió después del accidente. La piel es el mayor órgano que tenemos y está implicado en muchas funciones más…

—¿Y ahora qué?

—Hay que esperar a que el tratamiento haga efecto.

—Voy a pedirte algo. —Luka me toma la mano. Tiene la piel fría—. No me mientas nunca.

Trago saliva, pues como enfermera estoy demasiado acostumbrada a hacerlo para calmar al paciente.

—Nunca lo he hecho —le digo honesta.

—Alex, no quiero compasión ni medias verdades para animarme. ¿Voy a salir de esta?

—Espero que sí con todas mis fuerzas.

—¿Eso es un no lo sé?

Traduce mi frase a la pura y ridícula realidad.

—No lo sé —me sincero.

—Buah…

Aparta la mirada cálida de mis ojos un instante y veo cómo se le llena de lágrimas que logra retener.

—Estaré siempre a tu lado, pase lo que pase.

—No quiero hacerte esto. No quiero otro enfermo para ti, ni otro muerto.

—No digas eso. Estás aquí y te elegiría mil veces más.

—No temo a la muerte, lo sabes, ¿verdad? —pregunta volviendo su mirada a mis ojos. Una sincera y llena de valor.

—Lo sé…

—Pero me jodería mucho perderme lo nuestro —dice y suelta una risa contradictoria.

Sonrío y le acaricio el pelo.

—Ha venido tu madre, al fin —comento para cambiar de tema.

—Sí… Debí haberla llamado antes.

—Sí, eres un cabezón.

—Intentaba evitarle el disgusto. Si me hubiera visto los primeros días, hubiera sido fatal para ella. Es muy sufridora.

—Como casi todas las madres —bromeo.

—Desde que se separó de mi padre, la mía sintió una responsabilidad brutal por protegerme y dármelo todo.

—¿Por qué se separaron?

—A mi padre le quedaba grande la paternidad y la vida familiar, por lo que dejó a mi madre. Actualmente no tenemos relación. Nos felicitamos los cumpleaños y poco más.

—¿Y tú cómo lo llevas?

—Me he criado así. Ya hace más de quince años de su divorcio… Para mí es lo normal.

—Veo que te cuesta expresar tus emociones…

—Esta es la Alex que me gusta, la que intenta removerlo todo.

—La que no se compadece —acabo la frase por él.

En realidad me compadezco por todo lo que está pasando, pero sé que debo ser fuerte y positiva.

—Me ha dicho Louis que ya no necesito que me hagan curas, que ya puedo aplicarme las pomadas yo solo. Me parece injusto —me suelta con una mueca pícara mientras cambia de tema con brusquedad.

Me alegro de que sea capaz de seguir bromeando en una situación así. Ya habrá tiempos mejores para ahondar en su infancia.

—Dámela, yo te la pongo —le pido. Quiero cuidar de él.

—Gracias, enfermera.

Desnudo a Luka muy despacio, a excepción de la ropa interior. Estamos en penumbra, pues empieza a oscurecer.

—Cierra los ojos —le pido muy cerca de su oído y acto seguido le doy un suave beso en los labios.

Le unto la crema por los hombros, el pecho y el abdomen, con tanta delicadeza como soy capaz y sintiendo cada poro en la yema de los dedos. Se le eriza la piel, y yo me siento tan plena.. Cuidar de él se ha convertido en mi mayor antídoto. Lo hago más como una masajista que como lo haría una enfermera. Sigo por los muslos, las piernas… Le pido que se gire y sigo por la espalda, las caderas… Podría quedarme horas así, dándole placer aunque solo sea con caricias.

—Alex… Lo del otro día fue una puta locura.

Me sorprende y me arranca del trance en el que me encuentro. No puedo evitar sonrojarme levemente mientras se gira y se incorpora para quedarse frente de mí.

—Bf… —suspiro y los ojos se me inundan de lágrimas.

—No llores —dice.

—No lloro. Es que fue demasiado, es demasiado… Todo lo que siento… —digo para tratar de explicarme, pero no logro encontrar las palabras. Estoy demasiado emocionada.

—Jamás en la vida podré agradecer el haberte encontrado en esta situación y todo lo que estamos viviendo juntos.

—No has de agradecerme nada. Es mutuo.

—Lo sé.

Baja la mirada. Sé que la situación no le agrada y le incomoda. Apoyo la mano en su mentón para volver a alzarle la mirada hacia mí, para que vuelva a levantar la cabeza.

—No me arrepiento de nada y nada me pesa. Haría lo que fuera, y si ha tenido que ser así, aquí… —digo señalando con la cabeza el hospital—, que así sea.

Luka aprieta la mandíbula y me besa. Se lo devuelvo y nos fundimos en un abrazo entre besos cálidos y calmados. Mi cuerpo se estremece entre tantas emociones.

—Prométeme que no volverás a hundirte como al principio —le pido, y al instante me doy cuenta de que pedirle algo así es muy egoísta.

—Te lo prometo.

Sonríe, y sé que esta vez es diferente.

—Yo también haría lo que fuera por ti —dice, y me doy cuenta de que soy su fe y que quizá eso pueda salvarlo.

Paso un rato más a su lado preguntándole cómo se siente, charlando de cosas sin importancia y contándole anécdotas estúpidas del hospital. Debo seguir mi turno y le prometo que volveré antes de irme. Ya no necesita curas, solo supervisión de la vía y cambio de antibióticos, pues le han recetado un buen cóctel. Si supiera lo que le están metiendo por vena saldría corriendo. Pero no seré yo quien se lo diga. Litros de antibióticos entran cada hora en su torrente sanguíneo y arrasan con lo bueno y lo malo.

22

La jornada de hoy ha sido extraña y se me ha hecho lenta y pesada. He podido visitar a Luka en tres ocasiones más y he charlado un rato de la vida con Clari. Ella no tiene ni idea de la gravedad de la situación; demasiada información para un primer día. Me quedo hecha polvo, para qué mentirme. Cojo el coche y me dirijo a casa de Martha. Sí, hoy me va a venir bien la compañía.

Me abre la puerta en pijama, pues acaba su turno un par de horas antes que yo, como siempre. Me invita a entrar y me acompaña a la habitación de invitados. Su casa huele a familia: a restos de comida horneada, ambientador y colada. Me gusta. Me acuesto en ropa interior y desconecto de este mundo por unas horas.

—¿Qué hora es? —le pregunto a Martha al despertarme y ver que estamos solas en la casa.

—La una, bella durmiente. En nada llegan los peques a comer.

—Tengo ganas de verlos. ¿Café, por favor? —pido y me quedo embobada con su casa.

Es verdad que no está muy recogida, pero es una casa bonita. Es de esas típicas de las afueras de Albuquerque, con las paredes rebozadas en arcilla color crema, arcos en vez de puertas, excepto en las habitaciones, claro, y un sinfín de recuerdos familiares: fotos de cumpleaños, de vacaciones, juguetes apelotonados en las esquinas… No imagino una vida así para mí. Me gusta, pero se me hace remota y lejana.

—¿Eres feliz, Martha? —pregunto mientras tomamos café en el sofá.

—No, creo que ya no.

—¿Es por Tom?

—No creo que sea por él. Es por la vida… Las situaciones… Siento que paso mis días cuidando de personas que no me importan y que desatiendo mi auténtica vida.

Asiento y la dejo continuar. Pero no puedo evitar reflexionar sobre el asunto. A mí me pasa igual.

—Es extraño, ¿sabes? Te casas, tienes hijos y esperas al fin de semana y a las vacaciones para disfrutar. Te crees la pantomima de que la vida es esto, trabajar mucho, para tener muchas cosas que luego tampoco tienes tiempo de disfrutar y así sigues en la rueda. Me estoy perdiendo a mis hijos, solo los veo por la mañana media hora, me despierto para hacerles el desayuno, vuelvo a la cama, me despierto para prepararles la comida y ya está. Hasta el día siguiente o el día de descanso.

—Eso suena fatal.

—Pues esta es mi vida. Y a Tom ni lo veo, claro… Cuando llego de madrugada me acurruco en la cama a su lado y él ni se entera. Me despierto por la mañana para poder desayunar con mi familia después de haber dormido solo cuatro horas, pero es que si no… ¿cuándo los veo?

—Te has planteado…

No me hace falta acabar la frase. Martha me interrumpe.

—Un millón de veces, pero no llegamos. Solo con que cambie el turno ya no llegamos.

—Pero Tom también trabaja, ¿no?

—Sí, pero la hipoteca de la casa y los créditos que pedimos para el coche y la reforma son demasiado altos. De verdad que no llegamos. Estoy atrapada.

—Joder, Martha. Nunca me lo habías contado así.

—¿Y qué más da? Tú eres joven, no voy a meterte mis mierdas en la cabeza. ¿Ves esa pila de ropa por doblar? —Señala dos cestas llenas de ropa que caen de lo llenas que están—. Pues ese es mi plan antes de volver al trabajo.

Oigo a los niños tocar el timbre, y Martha se levanta de un salto para atenderles. Tiene la comida lista, bueno calentada, pues parecen los restos de la cena de ayer. Me siento una privilegiada a su lado.

Aunque, si analizo mi situación, yo también trabajo por dinero, no por vocación, pues el hospital empieza a saturarme. Lo que quiero es salir a fotografiar y pasear junto a Maktub, pero voy tan cansada en el día a día que apenas tengo tiempo. A veces, una debe ser franca consigo misma en la vida, y tengo que admitir que no me veo mucho tiempo más llevando mi vida actual. Quiero ser libre del todo, sin horarios y sin jefes.

Comemos los cuatro juntos y, por un instante, veo a una Martha feliz y plena, charlando con sus niños y compartiendo el poquito rato que tienen. Jakie tiene seis años, es una niña rubia preciosa y risueña, muy parlanchina y parece que no tenga miedo a nada. Boby es el mayor, tiene ocho y, al contrario que su hermana, parece cauto y tímido, pero cuando lo conoces descubres a un niño con una sensibilidad muy bonita. Les tengo mucho cariño y los he visto crecer a pasos agigantados estos últimos años. No puedo evitar sentir un poco de pena por esta familia que, aunque tiene una vida estable y salud, carece de lo más importante: el tiempo.

De camino a casa, no dejo de dar vueltas al tema del tiempo. ¿Cuánto tiempo tenemos realmente? Ahora mismo tengo tres horas antes de entrar a trabajar. ¿Qué significa algo así?

¿Qué puedo hacer que me llene en estas tres horas? Poca cosa si no quiero llegar tarde al trabajo. Le envío un mensaje a Luka.

@alex.wildwings: El tiempo es lo más valioso que tenemos.
No nos damos cuenta, pero esa es la riqueza de verdad.
No es más rico el que más tiene, sino el que tiene tiempo para disfrutar.
Te quiero.
No pienso perder más el tiempo sin decírtelo.

Sonrío, pues sé que sabe de sobra lo que siento por él, pero nunca se lo había dicho. Al instante recibo la respuesta.

@lukka_free: Yo sí que te quiero.

Al llegar a casa, reviso el buzón y veo una carta sellada de otro condado. Me extraña y trato de averiguar qué hay en su interior. Me siento en el sofá y veo la pila de ropa sucia que tengo esperándome, pero decido que hoy no pienso hacerla. Abro la carta y los ojos se me ponen como platos al leer la primera frase.

Señorita Alex Aguilar:

Su obra fotográfica ha sido seleccionada para ser expuesta en la conocida y valorada galería de arte Modern House, en México. Será el próximo 4 de noviembre.
Quedamos a la espera de que nos envíe las obras que desea exponer en alta definición para empezar con los trámites.
Felicidades.
Esperamos verla pronto.

Doy vueltas al sobre tratando de encontrar una pista, pero no hay ninguna. ¿Quién ha enviado mi obra? ¿Qué fotos habrán visto? No entiendo muy bien de qué se trata todo esto, pero me emociona de verdad porque conozco esa galería. Busco el teléfono en internet y llamo sin dudar. Tras cinco minutos al teléfono, descubro quién es el responsable: Paul, el chico de la tienda de fotografía. ¿Cómo es posible que se haya atrevido a mandar mis fotos? Es algo privado, es denunciable. ¿Cómo ha sido capaz? Me visto con una mezcla de enfado y euforia y pongo rumbo a la tienda. Ya tengo plan para mis dos últimas horas antes de entrar a trabajar.

—Buenas tardes, Alex —saluda detrás de sus gafas de intelectual y pelo sucio de friki aburrido.

—¿Cómo te atreves? —digo a la par que lanzo la carta sobre el mostrador. Me percato de que hay una pareja esperando y bajo el tono—. ¿Me explicas de qué va todo esto?

—Dame diez minutos que acabe con esta pareja y estoy contigo, fiera —se atreve a responderme, y ardo de impotencia.

Me ruborizo al ver que la pareja me mira de mala gana y me resigno a esperar. Paul sale por la puerta en menos de cinco minutos y me tiende una carta. Tan hablador como de costumbre. Es de Rober, mi padre. ¡Joder, cómo no me lo imaginé! ¿Cuántos secretos más tendrá papá? Abro la carta sin ningún cuidado y la leo de cabo a rabo.

Estupendo. Mi padre me cuenta escuetamente que le ha pedido a Paul que, si algún día vuelvo a sacar fotos, presente un carrete a la galería de arte de moda de la ciudad de Guadalupe en México. Al parecer, tenía clarísimo que retomaría mi afición, que le tomaría el relevo de un modo u otro y que mis fotografías estarían a la altura. No sé qué siento ahora mismo. Que mis fotografías se expongan en una galería de las de verdad es un sueño hecho realidad, por supuesto.

—¿Hay algo más que deba saber entre mi padre y tú?

—Si lo hubiera, te lo diría a su debido tiempo...

—Paul… —suplico ahora que la rabia se ha esfumado.

—Pero no, no hay nada más. Y, para tu información, las fotos de los desnudos no las envié.

—Oh, qué detalle —agradezco con sarcasmo.

—Eran buenas, estuve tentado —me suelta y me guiña un ojo—. Aprovecha la oportunidad. No es fácil que acepten una obra en una galería de tanto renombre.

—No me esperaba esto…

—Rober era un tipo peculiar —afirma sin mirarme volviendo a su nueva lectura.

—Sí, hasta después de muerto tiene que meterse en mis asuntos —bromeo, pero ya he perdido su atención—. ¿Tienes mi último carrete revelado?

—Pues estaba secando. Voy a comprobar si está listo y te lo preparo.

Me siento en una butaca marrón llena de polvo que tienen al fondo de la tienda, nerviosa por ver las primeras fotos que he tomado de Luka, y hojeo un libro que seguro es de Paul. Mientras, él prepara mis fotos.

Salgo de allí con el sobre en la mano, ansiosa por abrirlo y con los nervios típicos de estar a punto de descubrir si han quedado bien los revelados. Es algo que solo ocurre con la fotografía analógica, ya que no hay opción a edición o a elegir la foto. La foto es la que es y punto. Una parte de mí tiene una nueva ilusión, una nueva oportunidad. La conversación con Martha de esta mañana me ha dejado algo cabizbaja y no le veo mucho sentido a la vida tal cual la tenemos montada. ¿Me gusta realmente mi trabajo? ¿Me apasiona? Una vocecita muy flojita en mi interior trata de hacerse eco:

«No. Desde luego, ser enfermera es algo que siempre me ha gustado, pero la vocación es muy diferente a seguir los horarios y las directrices de toda una institución».

Ahora mismo trabajo por dinero y tengo claro que, si no me hiciera falta, me pasaría el día haciendo incursiones en la naturaleza en busca de fauna para fotografiar. ¿Cómo es que nunca me he atrevido a probar suerte con mis fotos? Jamás pensé que alguien podría estar interesado en verlas.

Decido abrir el sobre junto a Luka. Nunca enseño mis fotos a nadie y estoy segura de que le animará hacer algo diferente. Tengo claro que descubrirlas juntos es la mejor idea, hayan salido como hayan salido.

Entro en la habitación de la UCI aprovechando que tengo una hora de descanso, ya que no es mi departamento y ya no soy su enfermera. Hoy Luka tiene un mal día, está apático y, aunque finge estar de buen humor con todas sus fuerzas, a mí no me engaña. Parece que le gusta la idea de descubrir juntos cómo han quedado las fotos y abre el sobre con ilusión. Mis desnudos, sus fotos, los paisajes y Maktub se apoderan de nosotros y veo que algo cambia en su estado anímico.

—Me encantan. Tienes un don —dice con todo el amor que es capaz de sostener.

—¿Te encuentras bien? —pregunto esperando que sea sincero.

—No quiero quedarme aquí encerrado, Alex. Le he estado dando vueltas.

—Ya lo sé…, pero es importante que hagas el tratamiento y que te controlen de cerca.

—¿Y si es mi última oportunidad?

—¿Tu última oportunidad de qué? —pregunto.

—De vivir. De vivir de verdad.

—No digas eso…

—Escúchame, por favor —pide con la necesidad real de que alguien le haga caso—. No quiero seguir aquí. Me estoy consumiendo. ¿Ves esta foto? —Me muestra la imagen de la azotea, de nuestras manos con la ciudad de fondo—. Esto es lo que necesito.

—Luka, yo… tampoco quiero seguir aquí —confieso, y ambos nos quedamos mudos.

—Pues fuguémonos.

Me hace sonreír.

—No voy a permitir que te pase nada. Acaba el tratamiento y en unas semanas seguramente podrás salir.

Trato de animarle.

—Es que no quiero. No quiero más.

—Por favor —suplico en voz baja mientras le acaricio la cara.

—¿Puedo elegir? —pregunta, y lo tomo como una llamada de auxilio.

—Sí puedes. Puedes pedir el alta voluntaria bajo tu responsabilidad, eximiendo de responsabilidad al hospital de lo que pueda pasarte.

—¿Crees que si lo hago… saldrá mal?

—Sí, sin duda.

Le soy sincera.

—Si lo hiciera, ¿me apoyarías?

—Sí… —Es un sí rotundo, aunque me joda reconocerlo—. Pero aguanta un poco, veamos si mejora tu sistema inmune… Dale un poco de tiempo.

—Lo estoy intentando, pero no te aseguro que pueda aguantar mucho más.

—¿Qué tal con tu madre?

Trato de cambiar de tema antes de que cometa una locura de la que sin duda puede arrepentirse mucho.

—La verdad que muy bien. Hemos hablado mucho. Nos lo debíamos.

—Me alegro de que su estancia aquí te sirva de apoyo.

—Sí. El otro día me trajo comida de verdad, como haces tú de vez en cuando.

—¿Te trajo pizza?

—No, mi madre es más de caldo y canelones —dice con fastidio y se le escapa una risa.

—Qué suerte, la mía es de verduras y pescado —confieso para que se sienta afortunado.

—Me está mimando mucho.

—¿Se está quedando en tu casa estos días? —pregunto intrigada.

—Si. Así me hace una buena limpieza a fondo de la casa. Le encanta poner todo patas arriba y reorganizarlo —dice, otra vez con sarcasmo, y me alegra que use el humor en esta situación.

—Dile que, si quiere, puede echarme una mano con la mía —comento para devolverle la broma.

Después de este ratito tan agradable junto a él, vuelvo a mi rutina laboral. Desde que Luka no está en mi planilla, no le veo ningún sentido a seguir aquí. Me doy cuenta de que mi trabajo ya no me llena como antes. No puedo más que pensar en Martha y darme cuenta de que no quiero acabar como ella en la vida. Quiero perseguir mis sueños. Ser enfermera ya no es uno de ellos y eso lo cambia todo.

23

Lentas, rutinarias, vacías… Así van pasando las jornadas laborales. Termino mi horario y me voy directa a la UCI con Luka. Los días libres también los paso junto a él, ya que es lo único que me ilusiona ahora mismo. Las horas al lado de su cama, darle la mano, contarle historias o inventarnos los dos toda una vida por disfrutar. Y así pasan semanas. Y esas semanas se convierten en meses.

Luka no muestra mejora, no está respondiendo al tratamiento, y lo que se suponía que serían unas semanas ha terminado por alargarse. Empiezo a sentirme culpable por no apoyarle en su decisión de abandonar el hospital.

En unos minutos tengo reunión a solas con Louis para hablar de su caso. Ya sabe que estamos juntos y ha cedido a reunirse conmigo de forma extraoficial para hablar. Quedamos en su despacho. Llevo un par de cafés y mucha esperanza.

—Buenos días, Alex. Tienes mala cara —dice.

—Demasiados días durmiendo poco.

—Te pasas los días aquí. Me preocupa que baje tu rendimiento en tu jornada laboral.

—Rindo, pero no estamos aquí para eso. Tranquilo, soy responsable —recrimino molesta—. ¿Cómo avanza Luka, Louis?

—No avanza —espeta con la misma frialdad con la que hablaríamos si se tratara de otro paciente sin implicación emocional.

—Sigue —pido.

—Llevamos cuatro cambios de antibióticos, los dos últimos combinados, pero su cuerpo no reacciona. La infección sigue. No ha empeorado por el momento porque algo están haciendo, pero cuando acabe esta última tanda, me temo que no tenemos más opciones. Su sistema inmune está demasiado dañado. Le faltan ladrillos para reconstruir.

—¿Entonces?

—Ya lo sabes, Alex. Se muere.

Se me hiela la sangre. No porque vaya a morir un paciente, sino porque tengo todo pendiente con él, porque no quiero perdérmelo, porque estoy enamorada, porque no es justo.

—¿Hay algo que se pueda hacer?

—¿La verdad? —Se saca las gafas y se apoya en el respaldo de la butaca—. Que viva sus últimos días fuera de aquí.

—¿No es peligroso? El contacto con más patógenos fuera de la UCI…

—Sabes que no soy de dar el alta a pacientes terminales, pero… Es joven, merece un final distinto a las cuatro paredes de una UCI.

—Lo tienes muy claro.

—¿Que se muere?

—Sí…

—Todos nos estamos muriendo, él lo hace más rápido…

—Pero ¿y cómo estará fuera? Si sale.

—Pues estable mientras los antibióticos y los corticoides sigan haciendo el mínimo efecto que hacen… Pero cuando esto pase… seguramente su cuerpo no lo aguantará. Debe evitar estar cerca de personas enfermas, mantenerse activo y tener un buen estado de ánimo.

—¿Se lo has dicho? —interrumpo.

—No, pero voy a hacerlo hoy. Se lo contaré a él y a su madre.

—No siempre se lo contamos al paciente…

—Ya, pero ¿vas a contárselo tú? —pregunta.

—No… Me pidió que nunca le mintiera.

—Justo por eso es más fácil que se lo diga yo. Algo mantiene vivo a este chico y te aseguro que ahora mismo no son los fármacos. No sé qué tenéis ni es de mi incumbencia, Alex, pero sabes que hay unas normas. No he querido entrometerme dada la situación tan delicada, pero conoces las consecuencias de algo así.

—Sí. Las conozco y las asumo.

—Creo que lo mejor será que cojas tus vacaciones lo antes posible, las que te queden pendientes, y nos reunamos a tu vuelta. No quiero ser duro contigo ahora, pero has roto varias normas del hospital.

—Nuestra relación nunca ha sido demasiado fluida, pero quiero agradecerte de verdad todo lo que estás haciendo por Fer y por nuestra situación.

—No soy tan capullo como crees. Solo quiero hacer bien mi trabajo.

—Lo haces —digo con una mezcla de orgullo y rencor—. No cambiaría nada de lo ocurrido con Fer, tenga las consecuencias que tenga —afirmo segura de mí misma

Louis asiente con una media sonrisa. Ambos sabemos que tendrá consecuencias, que ya las tiene… demasiadas.

—Bueno, se supone que por amor se hacen locuras.

Vuelve a mostrarse humano y cercano.

—Eso dicen.

Sonrío y encierro entre mis labios toda la tristeza del mundo.

—¿Cuánto tiempo le queda?

—No lo sé… Pueden ser días, semanas, meses… Puede ocurrir un milagro. No lo sé, Alex.

Suspiro y los ojos se me inundan de lágrimas.

—Si está fuera, las infecciones pueden ser mayores, ¿no?

—Ya hay infección, ya hay sepsis... Alex, en casos así, el único antídoto que existe es vivir.

—Tengo miedo.

—Lo sé...

Por primera vez, siento la empatía en su mirada y me atrevería a decir que un poco de cariño hacia mí.

—Ya no quiero ser enfermera... —confieso como si fuera mi amigo, abatida.

—Tómate las vacaciones que te quedan. Hablamos a tu regreso.

Salgo del despacho con el alma arrastrando tras los talones, con tantas dudas que no me atrevo a visitar a Luka. Necesito dormir. Le van a dar la peor de las noticias esta tarde, y no sé si estar o no estar a su lado. No sé qué sería lo mejor... Estoy tan cansada que la cabeza me va a estallar, que la que va a caer enferma soy yo. Le mando un mensaje a Luka.

> **@alex.wildwings:** Me voy a dormir unas horitas.
> Te veo luego.
> Pienso en ti...

Luka no contesta. Yo desaparezco.

Vuelvo al hospital sabiendo que será el día más duro de toda mi carrera. Louis ya ha hablado con Luka, él sigue sin contestarme a los mensajes y yo no he dormido ni de lejos lo que realmente necesito. Martha ve mi cara de agotamiento y me da un abrazo largo, cálido y fuerte. No puedo más.

—Imagino por lo que estás pasando. Me tienes para lo que necesites, cariño.

—Lo sé, Martita. Gracias por todos estos meses de charlas, confesiones, café con miel y canela y mucha escucha.

—Tú también me escuchas y me apoyas en todo, Alex. Ha llegado el día, ¿verdad?

—¿Cómo lo sabes?

—Por qué lo dice tu mirada. O porque te conozco demasiado… Tu paso por este hospital se ha acabado.

—Sí… No puedo más —confieso.

—Hazlo tú que puedes. Vive la vida, pequeña.

Nos damos otro abrazo, esta vez más fugaz. Nos lo decimos todo sin decir nada.

Tomo aire y golpeo la puerta de la UCI. Lo que veo a continuación me deja confundida.

—Hola, Alex —saluda Luka con buen ánimo.

—Luka… —No logro arrancar palabras de mi garganta—. ¿Qué haces?

Verlo vestido de calle y cerrando una bolsa con las pocas cosas que tiene aquí me sorprende.

—¿Cuándo es tu exposición?

Abro los ojos de par en par. Esperaba un Luka totalmente abatido, pero no es así.

—Pues… En una semana debería ir para México a prepararlo todo y…

—Voy contigo.

Sus palabras hacen que el corazón me dé un vuelco.

—Me encantaría, no me veo haciéndolo sola. Miedo escénico. —Trato de amoldarme a su estado de ánimo—. ¿Cómo estás?

—Vivo, que ahora mismo ya es mucho.

—Lo es todo —respondo y sonrío.

Me acerco más a él y me lanzo a sus brazos. El contacto con su piel me hacía tantísima falta… Los protocolos del hospital eran muy estrictos, y ahora ya nada importa.

—Solo te pido, que esto no sea un tabú. No me da miedo morirme, Alex.

—Lo sé… No lo será…

Mientras sigo en sus brazos, me cae por la mejilla una lagrima que no logro contener y, aunque trato de disimular lo mejor que puedo, se me acelera la respiración y Luka se da cuenta.

Se separa despacio y me seca la cara con el pulgar. Después, me besa en la marca húmeda que me ha tatuado la lágrima y me susurra:

—Yo morí el día del accidente, todo esto es un regalo.

—Un *bonus track* —bromeo muerta de pena.

—Uno de los buenos —contesta y clava esa mirada tan suya en mis pupilas.

—¿Y ahora qué? —pregunto desorientada.

—Si por mí fuera, nos fugamos ahora mismo.

Y, como si un misil impactara en mi pecho, sé que eso es lo único que quiero hacer ahora mismo. Como una verdad que se desploma después de muchos meses ocultándola.

—Pues nos vamos —contesto, y me es inevitable dibujar una sonrisa, renovada y cansada, pero con atisbos de ilusión.

—¿Y tu trabajo?

—Ahora mismo, todo me importa un bledo. Nos vamos.

—Alex…

—Shhh.

Le doy un beso en los labios para que no siga, y salimos de la mano.

PARTE II

Día de Muertos

24

Ponemos rumbo de Albuquerque, a mi casa. Hago una maleta rápida con cuatro cosas: la cámara, varios carretes, un trípode, mi sombrero viejo y desgastado y el neceser. Salimos por el portal igual que si fuera un viaje muy planeado, rebosantes de ganas. Es como si nuestra realidad no fuera del todo real, valga la redundancia y el sinsentido. Me voy antes de lo previsto; tengo que estar en México, en la ciudad de Guadalupe, dentro de cinco días, pero vamos a lanzarnos a la aventura, a la carretera y a todo lo que nos depare la vida sin mirar atrás. Eso sí, primero llamo a Louis y le lanzo la granada:

—Lo dejo, dimito. Lo siento.

Y él, por primera vez, se queda en silencio y, unos segundos después, dice:

—Os deseo algo largo y bueno.

Y con esta frase que ambos entendemos sin añadir más, cuelgo y pierdo mi trabajo.

Le mando un mensaje a Martha para confesarle que lo acabo de hacer y, al instante, me responde lo mucho que se alegra por mí y la envidia sana que tiene de que haya sabido poner punto final a tiempo. Han sido muchas las charlas sobre el tema y parece que ella lo tenía incluso más claro que yo. La echaré de menos en mi día a día, pero seguiremos viéndonos a menudo porque no pienso dejar de cultivar nuestra relación.

Ahora tengo un largo viaje por delante. Son casi veinte las horas que nos separan de nuestro destino, de mi gran oportunidad, de la exposición que puede cambiarme la vida. Luka está recuperado de las cicatrices a nivel físico, aunque su cuerpo se desintegre por dentro por momentos. Está claro que aferrarse a la vida está sobrevalorado ahora mismo, porque me temo que vamos a quemar hasta el último cartucho.

—¿Puedo conducir? —pregunta catapultándome fuera de mis pensamientos.

—¿Te conformas con un utilitario? —bromeo, aludiendo al cochazo que solía conducir.

—Preferiría ir a por mi coche.

—¿Tu coche no había quedado siniestro total?

—Uno de ellos sí. Llévame aquí —pide al tiempo que me enseña el mapa en su móvil.

La caja de sorpresas de Luka se abre de nuevo ante mí. Llegamos a lo que intuyo es su apartamento, pero no hago preguntas. Cuando abre el garaje, me quedo boquiabierta con un viejo Mustang descapotable de color granate, demasiado bonito para estar encerrado.

—¿Te atreves? —Me guiña un ojo y me olvido de la realidad.

—Me encantaría.

Y, sin decir mucho más, me doy cuenta de que ahora sí voy a conocer a Luka de verdad, dure lo que dure.

—¿Alguna excentricidad más que deba conocer?

—Pues unas cuantas.

—Intuía que tenías pasta, pero… ¿tanta? —digo al maravillarme con su apartamento. Me fascina lo bonito que es.

—La pasta no me dio la felicidad…, pero contigo a mi lado ya no me falta de nada —suelta, y me desarma con su indomable mirada.

Saludamos a su madre, a la que no le queda otra que aceptar la decisión de su hijo, aunque no esté de acuerdo en absoluto. Me mira agradecida de que esté a su lado, pues confiesa que la idea de que su enfermera viaje con él le da seguridad. Luka le pide que no se preocupe, que él ante todo se siente feliz y pleno, y que eso es lo más importante en la vida. Su madre, algo abatida, niega con la cabeza y hace un gesto de rendición. Todo está decidido. Ella también regresa a casa.

Luka y yo hemos tenido muchas charlas de horas y horas estos últimos meses. Y, al final, es el espíritu de una persona lo que define su ser, no sus pertenencias materiales, su trabajo o toda su fortuna. Todas las anécdotas de su pasado, su infancia y su peculiar ritmo de vida le definen en cierta manera, pero ya no le limitan. Ahora quiere romper con todo y centrarse en las cosas más sutiles y pequeñas. Quiere vivir un poquito más despacio. He presenciado un gran cambio en él con respecto a cómo era su vida, según todo lo que me ha contado; y sé cómo quiere que sea a partir de ahora. Empieza un nuevo capítulo para los dos.

Ponemos rumbo a México en su increíble Mustang, que ruge como Dios, y hacemos una parada obligatoria en Las Cruces, aún en Estados Unidos, para comer algo y comprar provisiones.

—Este lugar es brutal —dice señalando las montañas escarpadas que destacan estrepitosamente en medio de la planicie desértica de este condado.

—No había estado. Tengo que fotografiarlo —comento.

—No lo dudaba —dice y, sin que se dé cuenta ni me dé permiso, le disparo dos fotografías. Me temo que la segunda será la buena, pues al verme ha soltado una carcajada y ha tratado de taparse la cara. Saldrá con las feroces montañas a sus espaldas y esa aura tan atrayente que le caracteriza.

Está guapo, muy guapo. Todo vestido de negro y sin atisbo de enfermedad, una falsa realidad que nos podría estallar en la cara en cualquier momento. Pero ahora mismo la ignoramos.

De nuevo en ruta, me doy cuenta de que Luka ha sido siempre un seductor con las chicas. Nunca había conocido esta versión de él, lejos del hospital como si de otra vida se tratara. Sus miradas, que siempre me han atraído de un modo inexplicable, ahora se tornan más seguras, más directas y más pícaras.

—Tú has sido un rompecorazones, ¿no? —le suelto mirando lo sexy que está al volante de este Mustang que atraviesa el desierto mientras nos acercamos a El Paso, la frontera con México.

—¿Qué te hace creer eso? —contesta sin apartar los ojos de la carretera.

—Lo déspota que fuiste los primeros días en el hospital, como si perteneciéramos a mundos diferentes. También tus lujos, lo guapo que eres…

Estalla a reír y si ya estaba sexy ahora me derrite.

—Entonces ¿es un cumplido?

—Puede, pero a mí no me hubieras seducido jamás —digo con sinceridad.

Deja de mirar la carretera y me mata con su mirada.

—¿Por qué?

—Porque nunca me han ido los tipos malos.

—No soy un tipo malo —contesta enseguida.

—Pero lo pareces.

—¿No crees que me faltan tatuajes para eso? —se burla.

Me hace reír, y ambos sabemos que pertenecemos a mundos muy distintos.

—No te rías así… —pide al tiempo que se muerde el labio inferior. Le puede mi risa; me lo ha dicho en varias ocasiones. Le enamora.

Sube el volumen de la radio que acaba de sintonizar una cadena mexicana y me siento en una puta película de las que sabes que nunca te ocurrirán a ti. La inconfundible voz de Alejandro

Fernández y su banda con instrumentos típicos de la zona llena el coche con su canción *Caballero*, que conozco bien, y empiezo a cantar a todo pulmón mientras el aire me enreda el pelo.

Y, si no fuera un caballero,
te robaba,
y no un beso,
sino toda la semana
para hacerte el amor
hasta que te cansaras.
Pero soy un caballero,
y mejor...,
mejor no te digo nada

Luka me dedica miradas fugaces mientras canto, como si estuviera en su propio videoclip. No puede evitar reír, reír como un bobo. Entramos en México mientras suena la canción, bordeando La Escondida y desierto y más desierto, uno arcilloso lo envuelve todo. Los temas mexicanos siguen sonando en la radio, y me doy cuenta por primera vez de que mi padre estaría orgulloso de mí si me viera. Acto seguido, me percato de que he de llamar a mamá y a Joey. Bajo la radio y tecleo el número de mi madre.

—Mami ya estamos en ruta —digo.

—Qué alegría, hija mía. Me hace especial ilusión que estés emprendiendo este viaje y que lo hagas en tan buena compañía. Estoy feliz por ti.

—Ay, gracias, mami.

—¿Sabías que el pueblito donde nació tu papá está muy cerca de Guadalupe?

Me sorprende que me lo diga ahora.

—No, mamá. No tenía ni idea de que estaba cerca, pero teniendo en cuenta que él ha organizado este viaje, no es de extrañar.

—He estado dándole vueltas al tema de todo esto que preparó tu padre y, conociéndolo, me da la sensación de que todo tiene que tener un sentido más profundo del que parece a simple vista.

—¿A qué te refieres? —pregunto pensativa

—¿Recuerdas la leyenda maya del Quinto Sol de la que nos acordamos el otro día?

—Sí, claro.

—Pues he estado investigando sobre la zona últimamente, por si podía ayudarte un poco con los preparativos y el viaje, y he descubierto que tu exposición en la galería coincide con el festival del Quinto Sol. Bastante cerquita...

—Ajá. No lo pillo mamá —admito.

—Algo me dice que todo está conectado. Que tu papá tiene una misión para ti. Sé que se fue con una espina clavada en su corazón por no haber podido reencontrarse con su familia, con su tierra, y algo me dice que te está conduciendo a ti a ello. Lo hace para que conectes con esas raíces olvidadas tan importantes para él, así como para Joey y para ti, pues también son las vuestras.

Me quedo sin palabras por un momento y me pregunto cómo no había caído antes. Tiene todo el sentido.

—¿Y qué se supone que debo hacer, mami?

—Como diría tu padre si estuviera aquí... Solo tienes que seguir las señales, cariño.

—Cierto. —Trago saliva de la emoción—. Así lo haré.

—Te quiero, pequeñita.

—Y yo a ti, mamá. Prometo pasarte fotos de todo.

—¿Fotos digitales hechas con el móvil? No te creo —se burla, pues sabe que lo detesto.

—Síí. Te lo prometo.

Nos despedimos alegres y con ganas de compartir más.

—Te mantendré informada de todo, a ti y a Joey.

—Disfruta, hija mía. La vida es frágil.

—Y que lo digas...

Colgamos, y una sensación de serenidad se apodera de mi ser. Seguir las señales. Eso haré, sin duda.

No he dejado de preguntarme cómo alguien sigue guiando mi camino después de muerto, y una parte de mí se ilusiona más si cabe. Siempre he querido conocer mis raíces, que provienen de Teotihuacán y no tenía ni idea de que estuviera tan cerca de nuestro destino. Chafardeo en el mapa de papel a cuánto está de Guadalupe y saco el rotulador para marcarlo como posible destino antes de la exposición, si llegamos bien de tiempo. Quién sabe con qué otra sorpresa me puedo encontrar. Tratándose de mi padre, cualquiera.

—Hay algo que no te he contado —dice Luka, que me saca de mi ensimismamiento.

—Dime.

—Cuando Louis vino a decirme que los fármacos iban a dejar de funcionar, tuve una corazonada.

—¿Una corazonada?

—Sí… Supe que quería que esto sirviera de algo una vez se acabara.

—No te pillo… —confieso.

—Le pedí a Louis que me inscribiera en el Registro de Voluntades Vitales Anticipadas como donante de órganos.

El estómago me da un vuelco y noto como si estuviese a punto de salírseme por la boca.

—¿Crees que serán funcionales? —pregunta como si fuera una pregunta fácil, tipo si puede ir calentando la cena en el microondas.

—Bueno, todo depende de la causa de la… —Hago una pausa— de la muerte.

Me cuesta. Me cuesta no convertirlo en tabú, porque no me apetece hablar del tema ahora, pero logro seguir la conversación con total normalidad.

—Es una manera de seguir… aquí.

Nos quedamos en silencio.

—Siempre seguirás aquí —digo tocándome el pecho e intuyo un ápice de vértigo en su tierna sonrisa.

—No me quiero dejar nada por vivir —dice mientras me mira.

—Vamos a quemar todos los cartuchos de tu recámara. Te lo prometo —me atrevo a contestarle, y me doy cuenta de que este viaje va a cambiarlo todo—. ¿Hacemos una lista?

—¿Una lista tipo cosas que hacer antes de morir? —se burla.

—No te rías…

—No, me parece un tópico. Apunta —dice señalando mi cuaderno con la cabeza sin sacar la vista de la carretera—. Lo que nos queda por hacer. Dos puntos.

Me río.

—Eres un romántico.

—Apunta. Hacerte el amor bajo la lluvia.

—Uhm… Me gusta —susurro.

—Emborracharnos en alguna fiesta mexicana.

En ese punto nos tronchamos de risa los dos.

—Pero tienes que cantarme una balada mariachi en un karaoke —propongo.

—Te has pasado. Pero dale, si es tu voluntad, apúntalo.

—No me puedo creer que esto vaya en serio —admito.

—Más de lo que crees. Ya se me irán ocurriendo cosas mejores —dice pensativo y rompe sus pensamientos al instante—. Hacerte fotos.

—¿Tú a mí?

—Claro, de esas que te haces desnuda.

—No sabes nada, ¿eh?

—Quizá algún día valgan una fortuna —dice totalmente en serio.

Niego con la cabeza y me apoyo en el reposacabezas que acabo de estirar para tumbarme un poco más. La experiencia de viajar en este descapotable es algo de otro mundo y, en otro momento, me daría vergüenza. No soy de dar la nota, pero ahora quisiera que todo el mundo se girara a mirarnos y gritaría al viento que la vida es una farsa, un préstamo, una renta barata que en realidad es muy valiosa, demasiado. Es algo que me da que pensar, que mi vida está muy vinculada a la muerte y que esto tiene que significar algo, aunque aún no sé el qué. Luka apoya la mano en mi pierna y seguimos levitando.

Pasamos varios pueblos pintorescos de Chihuahua como Delicias, La Cruz, Los Reyes…, y cuanto penetramos en este país desconocido y familiar para mí, más nos percatamos de que todas las calles están decoradas para el gran festejo del Día de Muertos. Es una tradición que celebrábamos con papá de una manera muy especial. Era un día alegre para él y para su país, pues los mexicanos lo celebran de una manera muy particular. Son varios días de fiesta y ritual para recordar a seres queridos y familiares cuyas almas, según la costumbre, vuelven por una noche a compartir con el mundo de los vivos. Al ver las decoraciones florales llenas de faros, velas, fotos de antepasados, cruces, corazones en llamas y color, mucho color, me embriaga una sensación de que nada de esto está ocurriendo porque sí, como si tuviera que ser así. Viajo hacia esta gran fiesta, guiada por mi padre desde el otro lado y de la mano de alguien que está a punto de marcharse a ese lugar.

«Joder».

Me detengo a mirar las grandes calaveras hechas con algo parecido a cartón pluma o algún tipo de pseudoplástico, pintadas a la perfección y decoradas con los típicos motivos de la calaveras mexicanas, coronadas con banderolas de colores llenas de mariachis y trompetas.

También vemos altares de muertos al lado de las puertas de las casas y catrinas, las típicas figuras de calaveras de colores. No faltan las flores como el cempasúchil, las típicas flores naranjas intensas de pétalos pequeños y rizados sobre sí mismos, esas que lo llenan todo de color y alegría y hacen que la muerte parezca un lugar bonito y cálido. También nos encontramos bares que ofrecen el típico pan de muertos que mi padre nos había hecho alguna vez. Es un pan dulce que tiene como ingredientes principales la harina, el azúcar y el huevo, sin olvidar el aroma a naranja y anís. No puedo evitar que me entren ganas de comprar uno y compartirlo con Luka.

—¿Sabes la historia del Día de Muertos en México? —pregunto a Luka, que también contempla la escena de este remoto pueblo.

—No…

—La historia de esta fiesta se remonta a la época prehispánica, el culto a la muerte era muy venerado en su cultura —explico—. Celebraban la vida del fallecido en vez de llorar su muerte. Y sigue habiendo pueblos que aún desentierran los huesos y los sientan, que les ofrecen bebidas, manjares y flores…

—Esa parte no me parece tan alegre —comenta.

—No, da un poco de cosa. —Me río—. Pero tienen un enfoque genial de todo este asunto. Hacen una fiesta de la muerte. Me parece brutal.

—Y aquí estamos —dice dejándome claro, una vez más, que se muere.

—Podría ocurrir un milagro Luka. No se sabe.

—Mi milagro has sido tú. No espero mucho más. Y estoy en paz así.

25

—Quiero tacos —balbuceo como una niña pequeña.

—Qué original, mi niña.

Me pellizca el muslo y después me acaricia el pelo.

Llevamos unas cuantas horas en coche y el cansancio empieza a hacer mella. En realidad, no tenemos prisa por llegar a Guadalupe, pero hoy nos hemos dado un palizón, quizá para alejarnos de casa y de lo conocido. Ahora toca disfrutar. Está oscureciendo y no tenemos ni idea de dónde dormiremos, pero ya va siendo hora de buscar algún lugar.

Acabamos de cruzar el pueblo del Saucillo, y veo un gran cartel luminoso que señala que en el pueblo siguiente hay un restaurante de tacos. Se lo señalo a Luka con cara de súplica y da un volantazo para no pasarse la salida.

—Apunta: comer tacos hasta acabar vomitando —bromea, y yo me quito el cinturón a la par que le doy un mordisco en la mejilla.

El mordisco se convierte en un beso apasionado tras aparcar el coche en el restaurante, que está excesivamente iluminado para estar en medio de la nada.

—Uf… Cuando me besas, me pones demasiado —confiesa—. Y tengo muchas ganas de hacértelo en una cama.

Me muerdo el labio y le guiño el ojo para luego tirar de su mano para que me siga. Tengo hambre. Salimos corriendo del aparcamiento como si nos fuera la vida en esta cena, como dos adolescentes que acaban de escaparse de casa.

El local es tan hortera que mola: la música que suena, los neones, el intento de parecer un local americano cuando la gracia está en que es tan típico que es casi un insulto que pretendan lo contrario… Son esas cosas las que lo hacen especial. Siempre llevo la cámara colgando del brazo cuando viajo, así que lo inmortalizo para la prosperidad.

—¿Y esta parejita linda qué va a querer cenar hoy, aparte de besos? —interrumpe una camarera rechoncha, con acento mexicano y también aspecto: morena, con demasiado *eyeliner* y unas gafas de pasta que le quedan fenomenal y también disimulan su espantoso maquillaje. Lo ha dicho mientras nos besábamos.

—Tacos. Picantes —pide Luka.

—Este gringo es un hombre fogoso —me dice y me guiña un ojo a la par que gira sobre sus pasos para dirigirse a la cocina.

—¿Cómo me ha llamado? ¿Gringo? —pregunta Luka.

No puedo evitar mearme de la risa.

—Te ha llamado gringo.

Trato de vocalizar el modo exacto en el que se pronunciaría la palabra en inglés.

—¿Y eso? ¿Me lo traduces?

—Así llaman los mexicanos a los americanos. Se empezó a usar durante la guerra en la que Estados Unidos arrebató gran parte del territorio de Norteamérica a los mexicanos, incluidos Texas, Nuevo México, California y otros estados actuales adyacentes que antes eran mexicanos. Parece ser que la palabra «gringo» proviene de una abreviación de la expresión *green, go home*. Creo que era lo que les gritaban a los militares por el color de su uniforme, como un grito de exigencia a estos para que abandonaran la invasión.

—Pues no se fueron… —acaba por mí.

—Parece que no lo suficientemente rápido…

—No tenía ni idea de que esos estados pertenecieran antes a México.

—No creo en las fronteras, así que toda guerra por el territorio me va a parecer absurda.

—Tienes razón —concluye, y nuestra nueva amiga nos sirve una bandeja llena de tacos.

Tomo aire y le doy un bocado a uno, instante en el que empiezo a ver las estrellas. Me tapo la boca al momento para no gritar, cojo el agua fría que nos acaba de servir y empiezo a beber con los ojos rojos y llorosos.

—Está insoportablemente picante —digo como puedo, con fuego entre las muelas, la lengua y hasta la garganta.

—¿Pero tú no eras la mexicana aquí? —dice mientras se ríe y muerde otro taco como si nada.

—Tierra, trágame. Esto no me lo puedo comer. —Alzo el brazo para que venga la camarera—. Por favor, ¿me puedes traer a mí unos sin picante?

Asiente y le guiña un ojo a Luka, como felicitándolo por su osadía con el picante. Sigo sin sentir nada en ningún punto de la boca. Luka me quita la cámara y, sin permiso y sin tener ni idea, me hace una foto, así con los ojos en llamas y entre jadeos. Me hace gracia su iniciativa, porque seguro que la foto es un desastre. Tengo ganas de revelar este carrete.

Por suerte, la ración convencional esta riquísima, aunque he tardado quince minutos en notar el sabor de los alimentos. Esta me la apunto.

«México y picante, en la misma frase… Mala idea».

Le hemos preguntado a la excéntrica camarera por algún motel, y nos ha recomendado uno a diez minutos. Ponemos rumbo al motel mientras en la radio suena rock. Luka me apoya la mano en el muslo, peligrosamente cerca de la ingle, y yo siento mariposas en el estómago porque sé lo que ocurrirá en la habitación de aquí a un rato. Estoy nerviosa, muy nerviosa. Nuestra primera vez fue extraña, rápida y con un mal susto al final. Es algo que también me preocupa, así que se lo digo.

—Luka, no quiero que vuelva a pasar lo de la última vez… —comento como si viniera al caso, y él lo pilla a la primera.

—No ocurrirá. La medicación aún me mantiene estable… Aunque me pones tanto que no puedo asegurarte lo que va a pasar.

Me fijo en su mirada y tiene las pupilas algo más dilatadas de lo normal. Sé que hablar del tema, que mencionar siquiera la idea de acostarnos le excita. A mí también. Aprovecha para deslizar su mano de mi muslo a la ingle y rozarme la entrepierna por encima del vaquero.

—Relájate —pide al notar cómo se me tensan las piernas.

—No es fácil… Me muero de ganas… —confieso.

—Uf… —suspira.

Nos aguantamos las ganas hasta llegar al motel. Luka me agarra la mano con fuerza en todo momento y entramos por la puerta de la habitación antes de lo que esperábamos. Es un motel de mala muerte, de esos tan cutres que hasta son guais para hacer unas fotos y quedar como dos aventureros en ruta por un país desconocido. El hotel es una mala imitación de la casa de Frida Kahlo, con paredes azul eléctrico, cactus, flores fucsias, estampados mexicanos y alguna que otra cruz y decoración del Día de Muertos. Hay varias velas y cirios en la mesita del televisor, lo cual me parece una mala idea con tanta moqueta. He de fotografiarlo, pero ya será mañana. Nos acomodamos y me dirijo a la ducha; necesito un baño antes de acostarme. El contacto de mi piel con el agua tibia me reconforta, ya que tengo la espalda algo entumecida de tantas horas de coche. Cierro los ojos y echo la cabeza hacia atrás para dejar que el agua me dé en la cara. Suelto un suspiro y, en ese momento, noto una presencia detrás. Me giro y veo a Luka

apoyado contra la puerta, sin camiseta, solo con sus *jeans*.
Tiene la mirada fija y recorre mi cuerpo. Siento un remolino
de emociones, de ganas en la boca del estómago. Cuando me
mira así me mata, y cada vez es como si fuera la primera.

—No me mires así que me enamoro —digo.

—Uf... —suspira y sigue clavando esa mirada tan fiera
en mis ojos, en mis pechos, en mi vientre, en mis muslos y en
todas partes.

Le hago un gesto con el dedo para que se acerque. Duda por
un instante, pero lo hace. Se queda pegado a la mampara de la
ducha y apoya la mano en el cristal. Apoyo la mía encima de
la suya por el otro lado y trato de respirar. Luka separa un
poco la mano y deja el dedo índice apoyado para luego desli-
zarlo por el cristal, como si me acariciara, siguiendo mi figura
a través de la transparencia. No ha apartado los ojos de los
míos. Como si de un truco de magia se tratara, siento su roce
en la piel, como si el cristal no existiera, y me estremezco.
Tiemblo con solo imaginar que me recorre con las manos.
Cierro los ojos un instante para acallar todo lo que me viene a la cabeza y, cuando los abro, Luka está debajo del chorro
de agua y pegado a mi cuerpo, con los tejanos empapados y
los labios peligrosamente cerca de los míos.

—Te deseo —le suelto sincera y desarmada.

Luka aparta muy despacio el pelo que me tapa la boca por el
impacto del agua y me da un beso en el cuello. Es un beso tierno, lento y que me hace cerrar los ojos y sentir que me tiemblan
las piernas. ¿Qué es esta energía tan fuerte que hay entre nosotros? Es una química que me pareció como electricidad desde
el primer día que me miró, una energía que nos ha mantenido
unidos todo este tiempo, necesitándonos, reclamándonos, im-
pacientes, conectados. Conectar, esa es la cuestión. Encontrar a
alguien con quien puedas conectar. Así, como si fuese una co-
rriente eléctrica, claro, sin decidirlo y sin intentarlo. Sin forzar-
lo. Esa urgencia por estar cerca de él, porque te roce su cuerpo...

Luka vuelve a besarme, esta vez más cerca de la boca, y yo sigo rememorando todo lo que ha pasado en los últimos meses. Todos los días que me moría por ir a visitarlo a la habitación, aunque no me diera ni las buenas tardes, solo para que me mirara y sentir ese todo que me removía entera, que me hacía sentir viva otra vez, que me aseguraba que la vida merece la pena solo por momentos así.

Hay miradas que lo cambian todo. Miramos a muchas personas a lo largo del día, de la semana, de la vida, pero algunas te atraviesan, se clavan, te conmueven, te cambian... Recuerdo el primer día que se cruzaron nuestros ojos. Él tan enfadado, tan distante, tan coraza; yo tan perdida, tan vacía, tan nada. Él tan todo y, de repente, nos miramos fijamente, como si ahí dentro hubiera algo más, algo intenso por vivir, como cuando enciendes una cerilla, que pasa de cero a cien con el típico chispazo y fervor de la llama. Es lo que sentí cuando me miró. No me lo esperaba. Era un paciente más, uno cualquiera, uno insoportable, mejor dicho, pero clavó su feroz mirada en la mía y se hizo la luz. Entré en un nuevo universo por un instante. Y ahora, meses después, aquí estamos... No me imagino lejos de él, no me imagino que esto acabe si no ha empezado siquiera, no quiero...

Luka me ha girado y me besa la nuca, la espalda... Mientras con las manos me dibuja, me descubre, me disfruta... Me doy la vuelta sin poder contenerme más y me lanzo a sus labios, al borde del abismo para saltar de nuevo sin importarme lo que haya debajo. Viva, así es como me siento. La vida me hierve en las extrañas, curiosamente ahora que estamos tan cerca de la muerte. Nos fundimos en un beso apasionado bajo el agua, su lengua, sus manos, mi pecho, su cuerpo, mis nalgas, todo se entremezcla con el agua y, tras muchos besos cada vez más urgentes e intensos, acabamos empapados en la cama riéndonos el uno del otro y con ganas de entregarnos. Encendemos las tropecientas velas y cirios que hay encima del tocador y convertimos el motel en algo similar a la escena de la iglesia de la película *Romeo + Julieta*. Es mágico.

—Eres un puto regalo —susurra.

—Hagámoslo despacio, por favor —suplico sin miedo, pero con ganas de que todo salga a pedir de boca—. ¿Te encuentras bien?

—Nunca en toda mi existencia me he sentido mejor —comenta, y a mí me tiembla el alma.

Trato de respirar despacio mientras Luka se desabrocha los pantalones empapados y se los quita para quedarse desnudo. Vuelve a ser un chico normal. Es increíble la manera en la que se le ha regenerado la piel. Se acerca despacio y me susurra muy flojito al oído:

—Voy a hacértelo despacio, para que no se acabe nunca.

Ejército de mariposas. No, de mariposas no, de luciérnagas que invaden cada rincón de mi cuerpo. De luciérnagas con sus luces a todo trapo iluminándolo todo.

Su lengua empieza a descender de mi cuello hasta mi ombligo, húmeda, caliente, despacio. Cuanto más baja, más despacio se mueve. Me humedezco los labios y ardo en deseo. Vuelve a mis labios y, con una mezcla perfecta de ternura y pasión, me los lame para acabar fundiéndonos en el beso más apasionado que me han dado jamás. Le clavo las uñas en la espalda para que frene, para que baje la intensidad... No quiero que nada se tuerza. Lo quiero, quiero que esté bien por encima incluso del deseo irrefrenable que me arrasa la piel.

Luka se separa un instante para mirarme, tan cerca que apenas le veo.

—Estoy mejor que nunca —susurra, y me relaja.

Volvemos a besarnos apasionadamente y, en un arrebato, nos damos la vuelta y yo me quedo encima de él y siento su erección entre mis piernas. Deseo con todas las fuerzas del universo que me haga suya, entregarme, sentirle en mi interior y unirme a él a través de la piel, de la vida y de las raíces del tiempo, sea lo que sea que nos retiene en este embrujo de atracción fatal del que no he podido escapar en ningún momento.

Me lame el contorno de los pezones antes de succionarlos con pasión mientras me agarra el culo con fuerza. No sé cómo frenar esto. Solo me sale susurrarle:

—Quiero desaparecer contigo.

Porque es la verdad, ahora mismo moriría por y con él. No me importa nada más. Siento que estoy tan enamorada de él, que es tan intenso lo que me embarga, que seguir viviendo ya no merece la pena. Nos sorprenden unos fuegos artificiales a lo lejos por la ventana. Parece que las celebraciones por el Día de Muertos empiezan en algún lugar cerca de nosotros y, de repente, empieza a sonar, también a lo lejos, algo parecido a un bolero mexicano. No puedo evitar levantarme y abrir la ventana.

—Ni la luz de esos fuegos artificiales es comparable a esto —le digo señalándonos.

—Ven —me pide ardiendo en deseos desde la cama.

Obedezco y me siento a horcajadas sobre él. La música, las velas y los fuegos artificiales de fondo me ayudan a contonear las caderas para facilitar que entre en mi interior, suave y lentamente. Me deja sin aliento y se me escapa un gemido ahogado y salvaje por la boca. Después, Luka me coloca bien para que pueda empezar a moverme, a hacerle el amor. Esta vez voy a ser yo la que está arriba. Me muevo despacio, pero sus manos me agarran con urgencia y me ayudan a hacerlo cada vez más rápido, con más ritmo y más fiereza, más yo que nunca, más libre, viva y cerca de la muerte que en toda mi existencia.

Hacemos el amor de varias formas distintas y olvido incluso la fragilidad de su estado, la de mi corazón y la de la situación en general. Nos fundimos en uno jadeando, sudando, lamiéndonos, besándonos, arañándonos, follando mientras hacemos el amor a pecho descubierto. Terminamos casi al unísono mientras suena lejana una canción que conozco, *Bolerito de la Isla* de Cheche Alara, delicada, rítmica y deliciosa como el acto que acabamos culminar. No puedo evitar que me salga el instinto de enfermera y, cuando logro recomponerme de este flujo energético tan brutal que acaba de ocurrir, me abrazo a su cuerpo y le busco el pulso sin disimular. Al parecer él está en la gloria, pero quiero quedarme tranquila.

—¿Sigo vivo, enfermera? —bromea y me muerde la yugular.

—Sí… Te voy a fotografiar.

—¿Desnudo?

—Mmm… Vale la pena.

Le guiño un ojo y voy a por la cámara. Las luces de las velas le iluminan ligeramente la espalda. Está tumbado boca abajo, y el encuadre es sublime. Me atrevo a pedirle que se gire y, mientras lo hace, le tomo una en movimiento, para que su cuerpo no salga del todo nítido y disimular así lo explícito de la imagen.

Me muerdo el labio inferior. Quiero hacerle más, pero me contengo.

—Yo también quiero —me dice, y le tiendo la cámara ya bien configurada con la luz de la habitación para que me retrate.

—¿Y cómo quiere usted que me ponga? —bromeo.

—No me hagas ser creativo. —Se ríe—. Ponte como te dé la gana.

Es la primera vez que alguien va a retratarme desnuda. Me pongo de rodillas sobre la cama con las piernas ligeramente abiertas y tapándome un pecho con el pelo. Extiendo un brazo hacia él, como si quisiera cogerle la cámara y me acaricio la cadera con la otra mano. Luka resopla y dispara.

—Muévete —ordena.

—Me vas a acabar el carrete.

—Te compro los que hagan falta. Estás preciosa.

Me hace sentir tan sexy que me atrevo a ponerme en posición leona y sonreír a la cámara. Estas sin duda las mandaré a revelar por internet. Me moriría de vergüenza si Paul viese este carrete.

—¿Te puedo comer? —pregunta al tiempo que deja la cámara a un lado y tira de mí para que caiga encima de él.

Nos volvemos a besar, pero le pido que pare cuando la intensidad vuelve a incendiarnos. Quiero, quiero con tantas ganas que estaría toda la noche haciéndole el amor, pero soy sensata y me importa más de lo que me excita.

Le freno, le calmo a besos tiernos y le pido que descansemos un poco. Suspira, suspira fuerte, pero él también quiere seguir aquí, a mi lado, a este lado de la piel y de la vida. Por lo que se rinde al sueño y nos dormimos abrazados.

26

Abandonamos el hotel como el que abandona un pueblo en llamas, devastado por el calor, dejando atrás las cenizas de lo que acabamos de vivir, de sentir. Nos dirigimos al coche, lo descapota y me guiña un ojo para que suba. Adoro saber que aún tenemos muchos kilómetros por delante y que eso nos traerá buenas conversaciones. Hay tanto de él que quiero conocer. Saco la cámara y le tomo una foto espectacular con las montañas de fondo. Arranca y conducimos en silencio durante los primeros minutos.

—Lo has dejado todo sin mirar atrás… El hospital… —dice, y saca un tema que apenas hemos abordado aún.

—La vida es tan corta… —respondo.

—Dímelo a mí —comenta sin ningún ápice de miedo.

—Lo veo constantemente en el hospital. Llegan pacientes y, de repente, se van. Se acabó. Se cierra el telón. Con tanta facilidad, tan rápido… Te hace planteártelo todo. ¿Vale la pena vivir una vida que no te llena, que no te hace temblar? Para mí no. Y con Maktub el aprendizaje ha sido brutal.

—¿Por qué?

—Buah, por el modo en el que mata, sin piedad y a la vez sin ápice de maldad. La naturaleza nos lo enseña. Es así y no puede ser un error. La muerte no es un error. Por más que me joda admitirlo.

Él asiente con solemnidad.

—La muerte no es un error —repite.

—No… Pero claro luego te dicen que alguien que quieres se muere y no lo puedes soportar.

—Tú lo soportarás —dice.

Noto que tiene ganas de entrar en esa herida y hurgarla.

—No estoy tan segura…

—La conoces bien…, la muerte.

—Sí, pero… aunque la comprenda, aunque entienda que no existe en sí, no significa que no me vaya a destrozar.

—Cuando te pasa algo parecido a lo mío, te das cuenta de que todo lo que dabas por sentado es una farsa. Las normas, los horarios, lo que se supone que es correcto…

—Por eso he mandado a la mierda el hospital. Porque ahora mismo estar aquí, hacer este viaje, acompañarte en tu proceso y cumplir mi sueño con la fotografía le da mil patadas a la estabilidad.

—Hay una cosa que me jode mucho… —dice con un halo de tristeza en la voz.

—¿Qué? —pregunto interesada.

—Perderme lo nuestro. Todo lo que podría ser.

—No me digas eso…

—Necesito hablarlo, normalizarlo y sincerarme. No puedo irme con tantas cosas dentro … Si es mi último viaje, si me queda poco tiempo, quiero soltarlo.

—Sigue…

—Haberte conocido y saber que me quedaré a medias sí me putea, porque quiero seguir cometiendo locuras a tu lado, quiero verte crecer y convertirte en esa fotógrafa que ya eres. Lo quiero todo contigo.

—En realidad, el mañana no existe. Solo existe el ahora, este instante. Podría ser yo la que se muriera ahora mismo.

—Pues sí… Por eso cada momento es tan real y tan importante. Pero no solo para mí, que me voy, sino para todos. Y no tenía ni puta idea.

—Suele pasar.

—¿Te da miedo morir? —pregunta.

—No, nada… Nunca me lo ha dado.

—A mí tampoco. Nunca.

—Bueno, al menos en eso estamos de acuerdo. Cuando Maktub me trajo a su primera presa, aún vivía y quise hacer lo que fuera para salvarla, pero él me la arrancó de las manos de nuevo y acabó con ella. Mi mente, con todo lo que me contaba a mí misma, se horrorizó, pero vi la mirada de ese ganso y no había una pizca de miedo, ni siquiera dolor. Cuando se iba…, estaba completamente entregado a la experiencia presente, al suceso de su muerte. Presenciarlo fue increíble. Sentí tanta paz… La vida es jodida, pero no está equivocada, por muy paradójico que suene. Nacer también es jodido; ese trance en el que te arrancan de las aguas calmadas para salir al mundo frío y hostil.

—Cierto…

—No estás ahí cuando mueres. Nunca he visto a nadie sostenerme la mirada cuando muere. Desconectan antes de irse. Siempre pienso que es como si el alma hiciera un clic y ya no estuviera vinculada al cuerpo que la mecía. La vista se nubla y no responden. Aunque el corazón siga latiendo y el cuerpo se resista, el alma va por otro lado. Siempre he sentido mucha paz y calma cuando he presenciado un final…, tanto en el hospital como con Maktub.

—¿Y tu padre?

—Lo de mi padre fue otra cosa… No fue natural, ¿sabes? Fue injusto cómo lo hizo, pero imagino que para él fue coherente.

—¿Qué crees que hay después?

—Justo lo que me contaste en la azotea, un trance… Calma y trascender a lo que sea que haya que trascender. Tampoco me ofusco en entender. Ya llegará. ¿Tú qué crees que hay?

—Yo creo que, de alguna manera, siempre estaré aquí. Anclado a los que me han querido, a los que me sigan pensando —confiesa.

—Eso no lo dudes jamás… —confirmo.

—¿Será una mala muerte, la que me espera?

—Eh, Luka… Louis no te contó mucho, ¿verdad? Los médicos no suelen hacerlo.

—Solo quiero entenderlo… Por favor, hazlo como si fuera un colega del hospital, no el paciente. No te preocupes por mí. Quiero estar preparado cuando empiecen los síntomas…

—La grave infección que tienes se extiende por todo tu cuerpo y crea una respuesta inflamatoria que puede llevarte a un choque séptico. No duele… A medida que la septicemia empeora, disminuye el nivel de consciencia y el estado de alerta. Te baja la tensión, como una sensación de desmayo, y disminuye el flujo sanguíneo…

No es fácil hablar de esto.

—Pero ¿realmente qué ocasiona la muerte?

—Al final fallan los tejidos, el corazón, los pulmones… Pero el cuerpo se prepara antes, de ahí la sensación de desmayo, la tensión baja, la debilidad… Es probable que te sientas muy cansado, relajado… Luego cada persona es un mundo.

Me resulta inevitable no ponerme triste.

—Pequeña, mientras eso no pase, viviremos a tope. No nos dejaremos nada. Tenemos una lista, ¿no? Sácala —pide, porque ve como mis ojos se van humedeciendo.

Intento salir de la nube nostálgica en la que me he sumergido y le sonrió. Saco el cuaderno y se lo tiendo.

—Hacer el amor bajo la lluvia, bailar en una fiesta mexicana, cantar en un karaoke, hacerte fotos desnuda, comer tacos hasta acabar vomitando… Bueno estas dos últimas ya podemos tacharlas, porque creo que lo de anoche fue demasiado con los tacos picantes.

—Pero ¿a ti no te picaban? —pregunto alucinada.

—Sí, mucho, pero tenía que hacerme el valiente. Soy un gringo —se burla, y los dos soltamos una buena carcajada—. Ahí.

Señala un cartel grande a lo lejos en el que pone: HACIENDA, RANCHO Y KARAOKE.

—Es una combinación extraña, ¿no? —me burlo.

—Yo creo que es una señal —dice a la vez que da un volantazo y nos desviamos de la ruta—. Vamos bien de tiempo, ¿no?

—Sí…

Subo los pies al asiento para esconder la cara entre las rodillas. No me puedo creer que vaya a cantarme en un karaoke.

—Canto fatal y quizá eso te ayude a olvidarme rápido. No sabes lo que has pedido…

—Estoy preparada.

Nos reímos y aparcamos delante del extraño antro. Es la hora de comer e imaginamos que no habrá nadie un día entre semana al mediodía en un karaoke, pero al entrar por la puerta nos quedamos alucinando con el ambientazo.

Pedimos unas cervezas y unos nachos en la barra. Nos dirigimos a unas mesas que hay cerca del escenario y alucinamos con el grupo de adolescentes que cantan *Volví a nacer* de Carlos Vives a pleno pulmón. Aplaudo y silbo para animarlos. Una me sonríe y me alza el pulgar como agradecimiento. Parecen universitarias que se han saltado la clase, y me doy cuenta de que hay tantas vidas, tantas personas… Y aquí estamos, coincidiendo… Qué loco.

—¿Puedo elegir la canción por ti? —pregunto.

—Pero bueno, eso ya es demasiado. Nunca he cantado en un karaoke…

—Quiero saber más de ti. Eres como un universo expandiéndose para mí —aseguro—. ¿Qué música te gusta, Luka?

—Vamos a tener que conocernos en tiempo récord. Me gusta la música electrónica y el rock.

—Bien, pues me temo que aquí todo son baladas mexicanas.

Nos reímos y vemos cómo un señor gordo, calvo y con muy mal aspecto sube al escenario.

Le doy un codazo a Luka para que se fije. No puedo perderme este espectáculo. Soy cruel al juzgarlo, pero me cierra la boca cuando empieza a cantar *Me dediqué a perderte* de Alejandro Fernández. Tiene una voz bonita y canta bien. Hace que me olvide de que estoy en un karaoke y me uno a él desde el público en voz baja. Luka me mira embobado y yo sigo cantando y animando al señor, como el resto de las colegialas y los otros grupos de gente.

—Te toca —digo para animarlo.

—¿Qué has decidido? —pregunta.

—Mmm… *Contigo en la distancia*, de Andrea Bocelli.

—Eres cruel, pero la conozco.

Levanta la mano y me sorprende lo decidido que se dirige hacia el escenario. Se me escapa una risa tonta, nerviosa y me temo que me hará seguir riendo. Veo que le susurra algo a la chica que elige las pistas y ella asiente.

Luka se acerca al micro, lo agarra y carraspea para aclarar la voz. Me quedo de piedra cuando empieza a hablar en vez de cantar.

—Buenas tardes. —Alza la mano un poco avergonzado—. Disculpen la interrupción, pero hay una señorita entre el público que merece unas palabras. —Abro los ojos como platos y me tapo la cara al notar que todo el mundo me mira cuando me señala—. Sí, es esa chica tan bonita que está sola en la tercera mesa. No la conocéis, pero es una pasada. Alex, te amo y voy a hacer el ridículo por ti. No lo olvides nunca.

Se ríe con esa media sonrisa sexy y le pide a la chica que ponga la canción.

Me muerdo el labio para contener la sonrisa de tonta que se me escapa y lo paso en grande escuchándolo cantar mal la balada. No es que cante feo, es que es una situación muy divertida hasta que decide bajarse del escenario cogerme la mano y arrastrarme arriba con él justo cuando empieza el segundo estribillo. Niego con la cabeza, pero soy incapaz de decirle que no. Y, antes de subir, le tiendo la cámara a una chica y le pido que nos tome una foto. Acto seguido, subimos al escenario, tomo aire y lo suelto...

Contigo en la distancia, amado mío, estoy.
Más allá de tus labios, del sol y las estrellas.
Contigo en la distancia, amada mía, estoy.
Porque te has convertido en parte de mi alma

Suenan las trompetas, y Luka me abraza fuerte. La gente estalla en aplausos y vítores, y yo me muero de vergüenza y de amor. Nos damos un beso y escondo la cabeza en su pecho mientras siento en cada poro de mi piel que siempre estaremos juntos en la distancia.

Después de este subidón importante, comemos algo rápido mientras nos reímos junto al público de las siguientes actuaciones y volvemos a nuestra ruta antes de que caiga el sol de la tarde.

Hace poco que ha empezado a oscurecer temprano y parece que le han robado horas al día. Me relajo en el respaldo reclinado del asiento del maravilloso Mustang de Luka y caigo en la cuenta de que no me ha dejado pagar nada.

—Luka, creo que tienes un nivel de vida más alto del que intuía —suelto de sopetón.

Estalla en carcajadas.

—Bueno... Ya te he dicho que tenía un buen trabajo y una buena educación financiera...

—Se te nota tanto...

Siento volver a sacar el tema, pero es que no me acostumbro.

—¿Por qué?

—Nunca dudas en pagar, pero no lo haces para parecer un caballero, sino por defecto. Es como si estuvieras acostumbrado a ser el que saca la cartera siempre. Y este coche… Tu ropa. No sé. Son cosas que se notan.

—Muy observadora… Sí, Alex. He ganado dinero en los últimos años, pero ya ves, no me va a salvar.

—Ya.

Me hace pensar en lo inservibles que son los billetes en ciertas situaciones y me dan ganas de quemarlos.

—Oye, mira ahí. Parece que están tocando música en vivo. ¿Son mariachis? —dice señalando la plaza de un pueblecito que estamos cruzando, ya muy cerca de Guadalupe.

—Eso no son mariachis. —Le doy un codazo—. No te enteras mucho, ¿no?

—No sé, Alex. Míralos, van tan bien vestidos…

—Parece una orquesta. Podría ser la fiesta donde colarnos, emborracharnos y tachar algo más de la lista, ¿no?

Cruzamos una mirada silenciosa que, sin decir nada, lo dice todo. Y nos lanzamos a la aventura.

27

El cielo está estrellado y caminamos de la mano. Hemos aparcado cerca de la plaza y nos metemos en el barullo. Son casi las nueve de la noche, una noche que parece plácida y tranquila, más allá de los festejos característicos de este país en esta época del año.

—Cuéntame más de tu día a día antes del accidente.

—Me levantaba a las seis de la mañana para entrenar todos los días, domingos incluidos… —Pone los ojos en blanco como si eso ya no tuviera importancia—. Iba al despacho a trabajar o visitaba clientes, hacía horas extras para que me ascendieran y, por la tarde, solía hacer algún plan como visitar a mi novia, ir a comprar o quedar con algún amigo. Pero muchas veces me iba a casa y seguía trabajando…

—Jolín…

—Soy algo ambicioso, sí.

—¿Y no te mueres ahora sin trabajar?

—Pues no… Al morir y volver me di cuenta de que no sirve de nada trabajar tanto si luego no tienes tiempo de disfrutar…, como era un poco mi caso.

Asiento un par de veces.

—Estoy totalmente de acuerdo contigo.

—Mi padre me inculcó desde pequeño la importancia del trabajo duro. Era severo conmigo, exigente, no me pasaba ni una. Yo era un niño y no le hacía mucho caso, pero cuando se esfumó me convertí en todo lo que él siempre había esperado de mí. Creo que creía de forma inconsciente que así se sentiría orgulloso de mí y volvería.

—Siento lo de tu padre...

—No me puedo quejar. He tenido una infancia bonita junto a mi madre, mi abuelo y Tristán, mi gran compañero fiel. A él sí que lo echo de menos. Hemos estado muy unidos. En cuanto a mi padre, no sientas pena por mí. Me programó y poco más. Luego se fue. A veces, me pregunto si sigo haciendo todo lo que hago por él o por mí. Y a ti, ¿qué te gusta hacer aparte de fotografiar y estar con Maktub?

Me hace reflexionar sobre las cosas que me llenan.

—Adoro estar con los que quiero. Soy de poca gente, pero muy allegados. Mi madre, mi hermana, mi amiga Martha... El arte también me encanta. El cine independiente, la música folk, leer me puede..., leería un libro tras otro. Y, aunque nunca tengo demasiado tiempo para hacerlo, tengo una larga lista de libros, películas y planes pendientes para completar con la gente que quiero. Y el teatro, el teatro también me fascina. Me atrapa por completo que alguien cuente historias en vivo.

—Escuchar la pasión con la que cuentas las cosas que te gustan me llena de vida —confiesa, y yo sonrío como una boba—. Y esa sonrisa... es irresistible —dice y me lanza un beso desesperado.

Llegamos a la plaza eufóricos, y la alegría me inunda el torrente sanguíneo al ver este maravilloso sitio de cerca. Es la típica plaza mexicana entre edificios de viviendas bajitos que conforman un cuadrado, la plaza en sí. En ella cuelgan banderolas de un balcón a otro con motivos típicos del festejo; hay muchas plantas, mesas con sillas, gente contenta bailando y color, mucho color. También muchas lucecitas que me recuerdan a una feria o a Navidad, y la orquesta toca música tradicional. Las luces, a pesar de haber muchas, son pequeñitas y tenues, y todas las velas están encendidas. Es una plaza mágica, y pasamos desapercibidos entre tantísima gente.

—Me encanta bailar —digo tratando de hacerme oír entre el gentío y le arrastro sin dudar al centro de la plaza.

Me sigue, sonriendo como un bobo y sin apartar la mirada de mi cuerpo. Intuyo que ahora mismo haría cualquier cosa por mí, y yo por él.

—Me encanta que te encante bailar. Déjame la cámara —responde pícaro mientras señala la máquina, que llevo como siempre colgando como si fuera un bolso.

Suena música alegre en directo y no puedo evitar animar a Luka a moverse conmigo. Le cojo las manos y me muevo para que me siga y, para mi sorpresa, se anima y no lo hace nada mal.

—A mí me encantan los tíos a los que no les asusta salir a la pista a bailar.

Se ríe y me da una vuelta antes de acercarme más a él para que mi cuerpo se roce con el suyo a cada movimiento. Nos reímos, disfrutamos, bebemos algo y seguimos el ritmo de la fiesta. Según la canción, bailamos saltando, abrazados o contoneándonos con sensualidad. Luka me toma un par de fotos mientras bailo canciones más sexis, y estoy segura de que saldrán todas borrosas, pero me gusta. Seguimos hipnotizados con la fiesta, hasta un momento en que el cantante pide silencio y atención para decir unas palabras:

—Mi abuelo solía ser el chamán de nuestro poblado, era sabio y siempre andaba feliz. Un día me dijo: «No temas la muerte, hijito mío, pues la gente buena no se entierra, se siembra». Y ahí empezó mi delirio por escribir esta canción para todos ustedes, hermanitos. Para todos sus muertos, para su propia muerte y para las muertes de los que aún están por llegar. Vivan siempre bailando, que la vida es un contrato de renta. Allá vamos, México lindooo.

Y con su aullido, mi piel de gallina y los ojos de Luka empapados por la emoción causada por sus sabias palabras, empieza a sonar la canción *La fiesta*, de Pedro Capó. No la conocía, pero la letra me deja sin aliento. Luka me abraza y baila. Lo hace como si la canción la hubieran escrito solo para nosotros… y, tras dos estribillos, el tercero se lo sabe y me lo canta:

> *Cuando me vaya que no me lloren,*
> *compren vino no quiero flores…*
> *Si me voy a morir solamente una vez,*
> *me merezco la fiesta…*

Siento que esta canción va a convertirse en mi banda sonora, y bailamos como si fuera la hostia y nos diera la vida, cuando en realidad es nuestra primera despedida, una declaración de intenciones y una hostia de realidad brutal. Pero bailamos, porque como bien dice la famosa frase «Si se acaba el mundo, que nos pille bailando».

Tras el subidón de la fiesta, me entra mucha sed y nos acercamos a la barra de un bar de la plaza a pedir un par de cervezas con limón. Oímos el cambio brusco de música y parece que la fiesta empieza a llegar a su fin. El cantante quiere ir bajando revoluciones, y la gente está feliz, festejando y compartiendo con sus seres queridos. En ese momento, empieza a sonar un clásico del mundo de las baladas: *Bésame mucho*, de Consuelo Velázquez.

Le pongo ojitos de cordero a Luka y es infalible. Ahora es él quien tira de mí hacia la pista y quien se abraza a mi cintura mientras la canción lo llena todo. ¿Qué tendrá este país que todo suena a despedida? ¿Es una casualidad haber viajado juntos hasta aquí justo en estas fechas? Quizá sea la mejor despedida de todas. Estaba claro que en un hospital, en la UCI y con protocolos de seguridad hubiese sido la peor que uno puede llegar a tener. Me olvido por un segundo de lo que está por venir y bailamos abrazados al ritmo de sus palabras.

Piensa que tal vez mañana
Yo ya estaré lejos
Muy lejos de ti
Bésame, bésame mucho
Como si fuera esta noche la última vez
Bésame mucho
Que tengo miedo a perderte, perderte después

Y nos fundimos en un beso que dura más de lo normal, con los ojos cerrados y los cuerpos entrelazados. Es curioso haber coincidido, con la cantidad de tiempo que atraviesa nuestra galaxia, la cantidad de continentes, de momentos, de personas… Es tan extraña, la vida…

Pasamos el resto de la noche en un motel del pueblecito de la fiesta. Mientras los pueblerinos siguen sus ceremonias y sus festejos, nosotros nos vamos a descansar. Demasiado para el cuerpo… Nos desnudamos y nos tendemos en la cama exhaustos, mirando al techo con tanto por decir, tanto por conocer…

—¿Sabes qué es lo que más me jode perderme? —susurra a la par que aparta los ojos del techo y me mira. Hago lo mismo.

—¿El qué?

—Perderme tus buenos días por las mañanas, perderme lo que hubiéramos podido llegar a ser, perderme el verte triunfar, verte volar, estallar, reír más, llorar a veces, enfadarte… Me pregunto si me dará tiempo de verte cabreada, de verte temblar… Me pregunto en qué lado de mi cama dormirías… Si eres más de series o de películas. —Sus ojos se humedecen por primera vez al hablar de este tema—. Si no fuera por ti, no me resistiría, pero me mantienes vivo. Me jode perderme todo de ti. Saber que seguirás existiendo y yo no estaré para partirme la cara por ti cuando haga falta. Creo que seríamos la hostia.

—Lo somos —corrijo con un hilo de voz.

Me aparta un mechón de la cara sutilmente. Siento un escalofrío, como si me tocara por primera vez. ¿Qué tendrá nuestro vínculo que lo llena todo? Siento la dopamina, oxitocina, vasopresina y serotonina por toda mi sangre y sé que esto va más allá de la casualidad.

—Somos un cóctel de química que lo dificulta todo —dice Luka.

—Dios, eres una droga.

—Pero se nos acabaría pasando, a la larga.

Latigazo de realidad directo desde sus labios.

—Lo sé… Pero no siempre se siente esto en los principios. Contigo está siendo, uf… Seremos un principio infinito —digo y me giro para besarle.

Me devuelve el beso y nos abrazamos piel con piel.

—Quiero hacerte el amor una y otra vez —confiesa.

—Despacio… —suplico.

No quiero que termine. Nuestros cuerpos se funden en uno solo y nos entregamos como si nos estorbara hasta la piel. Una vez tras otra hasta caer rendidos. Me quedo despierta un rato más acariciando su espalda, memorizando su cuerpo, sus lunares, el olor de su piel… Hasta que me vence el sueño y desaparezco.

28

Hoy nos espera un gran día. Llegaremos a Guadalupe porque
mañana he quedado con los de la galería. Estoy nerviosa y
prefiero ir con tiempo, así dormimos allí y mañana me despertaré con calma para prepararlo todo e ir a la reunión. Me
fijo en que hoy Luka no está muy hablador e intuyo que no
se encuentra bien. Demasiadas horas intensas, demasiada vida
loca para su salud precaria. Luka me recuerda a los gatos: vi-
ven a tope… hasta que ya no pueden más. Noto que tiene la
piel más caliente de lo habitual y algo enrojecida, lo que indica que la infección está empeorando, y me temo que los fármacos han empezado a dejar de funcionar. Mantengo la calma
y prefiero no alarmarle. Le pido que me deje conducir, más por
él que por las ganas de llevar un cochazo así. Asiente y me dice
que va a aprovechar para descansar un poco, que no ha dormido bien. Yo trago saliva y abrazo el momento, al igual que
abrazo los buenos.

Conduzco y disfruto del paisaje. Luka se ha quedado dormido, y aprovecho para apurar; hoy haremos las últimas horas de ruta. El camino se me hace largo y denso, porque Luka
está desconectado y, por primera vez, me temo que quizá el
final esté mucho más cerca de lo que creía.

Luka se desvela tras cinco horas sin parar. Tiene mejor aspecto y aprovecho para preguntarle.

—Luka… ¿Cuándo has empezado a encontrarte mal?

—Anoche…

—¿Anoche cuando hacíamos el amor?

—No, antes… cuando te dije que no quería perderme nada de ti. Me entró la nostalgia porque me encontraba flojo, pero ya estoy mejor.

—Los fármacos están fallando.

—Lo sé… Y ya solo me queda una caja.

—¿Y después? ¿Te ha recomendado otros o los mismos?

—Pues la verdad es que no.

Su respuesta me deja paralizada. Conozco ese protocolo, cuando el doctor cree que no durará tanto no se hacen recetas posteriores y, en el caso de que el paciente aguante, se recetan de nuevo y ya está. Pero el hecho de que Louis no le haya hecho previsión de siguiente tratamiento me lo confirma todo. Esto es el final, a menos que ocurra nuestro milagro.

—¿Qué te apetece hacer hoy? —pregunto. Quiero que esté a gusto.

—Mirar cómo conduces —dice sin ápice de broma, y yo vuelvo la vista al volante para seguir.

—Gracias por saber estar en cada momento de este viaje —dice y vuelve a recostarse.

Siento un nudo en el estómago y subo un poco la radio. Música mexicana, ni triste ni alegre, instrumental. Gracias a Dios.

Llegamos a Guadalupe antes de lo previsto. Una parte de mí está muy feliz por estar aquí con él, ya que es un viaje que pensaba hacer sola. Compartir este momento de mi vida con alguien me llena en todos los sentidos, independientemente de lo que estamos viviendo. Luka está algo mejor después de descansar todo el día y decidimos cenar en el restaurante del hotel. A diferencia de los moteles, este es un hotel que teníamos reservado y es bonito y acogedor. Estaremos aquí mínimo cuatro días, y no tenemos planes más allá de eso.

La exposición se celebra dentro de tres días, así que nos queda tiempo libre para disfrutar del lugar. Me decido a llamar a mamá y a Joey, que seguro andan juntas, para contarles que ya hemos llegado. Siento a papá muy cerca, pues esta es su tierra. Eso sí, no sé muy bien de dónde era exactamente, ya que nunca hablaba de este lugar y no sé por qué. Mamá descuelga al tercer tono.

—Cariño, ¿ya habéis llegado? Gracias por mandarme fotos. Qué bonito está todo.

—Sí, mamá. Ya estamos en Guadalupe y en tres días es el gran día.

—Ojalá pudiera estar ahí.

—Desde luego, ojalá —admito con fastidio. Me encantaría tenerlas cerca.

—¿Cómo se encuentra Luka?

Oigo la voz de Joey a lo lejos e intuyo que están con el manos libres.

—Hermanita, hola. Bueno… Ha tenido días mejores, pero bien dentro de lo que cabe.

—Y tú, ¿cómo te estás sintiendo con todo?

—Bien, muy agradecida de compartirlo con él. No imaginaba hacer este viaje acompañada y muy enamorada —confieso sin ruborizarme.

—Eso es lo importante —admite mi madre, que se alegra por nosotros—. Tenemos muchas ganas de conocerle.

—Sííí, muchas —dice Joey animada, y nos reímos juntas.

—Espero que así sea.

—¿Alguna pista nueva sobre los ancestros de papá? —pregunta Joey

—Pues de momento nada, pero tengo los ojos bien abiertos a las señales. Os dejo, que vamos a descansar un ratito.

—Dale, pequeña. Cuidaos y disfrutad.

Cuelgo y me quedo pensativa. Muy pensativa. Le cuento a Luka la conversación que tuve con mi madre sobre las pistas que mi padre ha estado dejando y le aseguro que él nunca hacía las cosas porque sí. Le comento que intuyo que hay algo más oculto detrás de toda esta aventura, y él no duda en afirmar que tenemos que buscar a la familia de mi padre.

—¿Y si indagamos juntos? Quizá descubramos algo entre los dos —dice realmente implicado e intrigado.

Tecleo «Teotihuacán» en el buscador del móvil y lo que leo me deja maravillada.

«Lugar donde los hombres se convierten en dioses».

Me sorprende ese titular, sigo leyendo en voz alta.

—Es el nombre que se le da al gran complejo arqueológico que fue uno de los mayores centros políticos, culturales, económicos y religiosos de filiación multiétnica en Mesoamérica entre el año 100 a. C. y el 600 d. C. El nombre propio fue empleado por los mexicas para identificar a esta urbe construida por una civilización anterior a ellos, que ya se encontraba en ruinas cuando la vieron por primera vez.

Observamos las fotografías de esa antigua civilización y son las típicas pirámides aztecas y mayas. Imagino que mi familia tiene descendencia en este lugar y me parece un mundo nuevo. Seguimos leyendo los dos juntos tumbados en la cama.

—En la mitología nahua posclásica, la ciudad aparece como el escenario de mitos fundamentales, como la leyenda de los soles de los mexicas.

—Me encantan las leyendas —dice Luka realmente interesado—. Busca a ver de qué va esa.

—Mi padre siempre nos contaba esta leyenda… Quiero leerla de nuevo. No recuerdo los detalles.

Tecleo en el buscador «leyenda de los soles Teotihuacán», y empezamos a leer en silencio. Me recorre una sensación muy extraña y me obliga a dejar de leer para mirar a Luka.

—Luka, ¿estás leyendo lo mismo que yo?

Él abre los ojos de par en par y asiente. Empieza a leer en voz alta y tratamos de descifrar juntos esta leyenda, que parece tener más que ver con nosotros que con cualquier otra cosa. No doy crédito; no recordaba todo esto.

—A ver, recapitulemos. —Luka carraspea—. Según esto, la leyenda de los soles cuenta cómo el mundo se creó, destruyó y recompuso hasta ser como nosotros lo conocemos. La Tierra y el Sol eran dioses que tomaban sangre para alimentarse, y de ahí vienen los sacrificios de la religión azteca.

—Qué mal rollo lo de los sacrificios —interrumpo. Mi padre se saltó esa parte cuando nos la contó... —Leo la pantalla en diagonal y me quedo anonadada al recordar la famosa leyenda. Continúo hablando, narrando la historia, y en mi cabeza suena la voz de papá—: Un día llegó el gran diluvio y uno de los soles pereció. La única forma de crear uno nuevo era sacrificar a un dios arrojándolo a una hoguera para que se elevara hacia el cielo. Los dioses se reunieron entonces en Teotihuacán para debatir quién debía morir en pos de un bien mayor. Fue Nanahuatzin, un dios enfermizo que sufría de lepra, quien se arrojó a las llamas.

Luka la detuvo con una sonrisa socarrona.

—No sé de qué me quiere sonar... —dice aludiendo a su situación.

Sonrío un poco. Luego continúo. Ya no necesito leer para acabar la historia:

—Tomada la decisión —le cuento—, el dios caminó hacia el fuego, ataviado únicamente con ropas de papel, observó las llamas unos instantes y saltó al centro para que lo engulleran. Al instante le ardieron el cabello, la piel y la ropa. Todo él crepitaba con el calor abrasador que le lamía el cuerpo.

—Tiene una parte mágica, ¿no crees? —me interrumpe Luka—. Se entregó al fuego para convertirse en el Sol...

247

—No sé yo… —discrepo—. Pero, espera, que todavía no hemos acabado. Un águila y un jaguar lo vieron todo, fueron conscientes del coraje de Nanahuatzin y de su sacrificio, y decidieron acompañarlo lanzándose con él a la hoguera. De ahí que las águilas tengan negra la punta de las plumas y que los jaguares tengan manchas negras.

—Joder, Alex. Mi piel…, el águila…, la muerte. Ahora sí que empieza a darme mal rollo.

Sigo yo en voz alta:

—El resto de los dioses aguardaron en silencio. A los pocos segundos, la luz asomó por los límites del mundo y Nanahuatzin se salió por el este. Era un dios moribundo, pero su sacrificio lo había convertido en el Sol que nos ampara hoy, el Quinto Sol. —Suspiro, nostálgica—. Me pregunto si mi padre creía en estas leyendas…

—Tu padre abandonó su cultura, ¿no? Y no os habló demasiado de ella.

—Quizá hacían rituales con niños. Venía de una familia de chamanes.

—Creo que nos estamos yendo de madre.

Me río, pero una parte de mí cree que nada de esto puede ser casualidad.

—La verdad es que estar aquí, saber que mi familia estaba formada por chamanes de una cultura que cree en estos dioses, estar contigo con todo lo que hemos vivido…

—¿Soy el dios Nanahuatzin? ¿Y por eso volví de la muerte tras verte?

—Calla. ¿Qué tiene que ver? —Le propinó un codazo y nos reímos—. No, pero escucha. La conexión entre el águila, el Sol, el fuego… Tú te quemaste. La muerte. No sé… Reconóceme que tiene misterio el asunto.

—Oye, tu padre no sería algún tipo de semidiós que está moviendo los hilos desde el cielo, ¿no? —bromea.

—Pues no lo sé, pero si es así, ya le vale.

Nos burlamos y tratamos de quitarle importancia al asunto.

—Lo que está claro es que hay ciertas coincidencias y que debemos visitar el festival del Quinto Sol.

—Será mejor que descansemos un poco. Quizá mañana le veamos más sentido a toda esta locura.

Me abraza y me besa. Esta noche necesitamos dormir y nos quedamos atrapados entre nuestros brazos mientras siento cómo Luka se va durmiendo. Yo, por el contrario, no puedo parar de dar vueltas a la leyenda. ¿Qué puede tener que ver todo esto conmigo? ¿Con mi historia? Lo he de averiguar.

Amanece nublado y con un cielo precioso repleto de nubes de tonos anaranjados, mientras los furiosos rayos del sol del amanecer tratan de hacerse ver a través de ese cielo encapotado. Pienso en el Quinto Sol y trato de encontrar la moraleja de esa historia que me ha conmovido tanto. Mientras le doy vueltas, tomo una foto del cielo y otra de la cama revuelta con Luka dormido en ella. ¿Quizá el sacrificio del dios enfermo fuera para dar luz a los demás? ¿Quizá entregarse a la muerte es una ofrenda que puede dar vida a otros? Me sobreviene la idea de Luka de ser donante de órganos y, en cierto modo, cuando muera sin duda servirá para dar la vida a otros. Mi cabeza no para de darle vueltas a todo, como si de un puzle o un acertijo se tratara. Con lo poco que me cuesta a mí dar vueltas a las cosas… Siento que soy la máxima responsable de que así sea, pues si su cuerpo empieza a fallar y estamos juntos, mi actuación determinará que sus órganos se dañen o pueda seguir en la lista de donantes. No quiero pensar en eso ahora, pero es una realidad a la que estoy muy acostumbrada en el hospital con los pacientes terminales inscritos en esa lista voluntaria. Luka se revuelve entre las sábanas y me acerco a él para darle los buenos días.

—¿Cómo te sientes hoy, amor?

Le beso la mejilla, la frente, los labios y otra vez.

—Bien... —suelta aún medio dormido. Compruebo su temperatura, pero no parece tener fiebre; quizá un poco de febrícula, pero nada alarmante—. ¿Te apetece que hoy vayamos a ver la galería? —propone.

—Me encantaría.

Le doy otro beso en los labios, esta vez más largo, más sensual, más lleno de todo.

Tras el desayuno, nos dirigimos a la galería de arte. Es un lugar bonito, curioso y grande. Tiene techos altos de madera y paredes blancas muy espaciosas. Me presento nada más entrar, y el responsable nos saluda con un par de abrazos efusivos que me transmiten muy buen rollo. Viste un sombrero negro y un bigote que me hacen gracia. Se presenta y nos dice que se llama Oliver y que su compañera se llama Luna. Nos cuenta cómo irá la exposición y me propone precio para mis obras, uno que me parece desorbitado y que creo que nadie pagará. Pero asegura que tienen mucho valor y que debería hacerles caso. Luka está de acuerdo con ellos, lo que me da seguridad. Tras un buen rato almorzando con la entrañable pareja que lleva la galería, me fijo en un cartel que hay pegado en la cristalera principal del local. Se ve un altar lleno de velas, humo y muchas flores y en grande se lee: LA GRAN FIESTA DEL QUINTO SOL DE TEOTIHUACÁN. Abro los ojos como soles y le señalo a Luka, que rápidamente se acerca a ver de qué se trata. No puede ser cierta la casualidad. Sin duda, son las señales de las que hablé con mamá.

—Perdonad, ¿qué es esta fiesta exactamente? —pregunta Luka a Oliver para ver si averiguamos algo más.

—¡Oh! Es una fiesta muy chula en conmemoración del Quinto Sol, una tradición popular de esta zona. Se celebra el Día de Muertos, pero desde un punto de vista celta. Es diferente.

—¿En qué se diferencia?

—La mayoría de las tradiciones mexicanas honran a sus ancestros y los conmemoran durante el Día de Muertos, pero en la tradición celta se cree que ese día se abre la puerta entre el mundo de los vivos y el mundo de los muertos y se celebra el Festival Chamán, donde sus principales atractivos son las noches de leyendas, ofrendas, encendido masivo de veladoras y exhibición nocturna de globos aerostáticos. Y, bueno, es una fiesta muy especial para nosotros. Empieza esta noche y os la recomiendo. No os la podéis perder si tenéis oportunidad.

—El padre de Alex era de esa zona —comenta Luka sin vacilar.

—¿De veras? ¿Ha fallecido? —pregunta Luna con total normalidad.

—Sí —respondo.

—En ese caso, esto es una señal. Deben ir y disfrutar de todo lo que puede ocurrir en estas noches tan mágicas del año. Quizá su papá tenga un mensaje para usted.

—¿Más mensajes? —bromeo mirando a Luka.

Nos despedimos y salimos en busca de algún local para comer.

—¿Te apetece ir, Alex? Estás muy callada.

—No sé. Hoy estoy un poco revuelta.

—¿Quieres hablarlo? —pregunta con sumo cariño y respeto.

—Intento juntar las piezas del puzle. ¿Por qué me ha traído aquí mi padre? No me cuadra.

—Yo lo veo muy claro y no lo conozco. Es justo lo que quería, así que hagámoslo. Vamos a esa fiesta.

—Pero... ¿tú te encuentras bien? Estás casi sin medicación, Luka. Voy a llamar a Louis a ver qué puede recetarnos.

—Como quieras, pero yo estoy bien, Alex. Y quiero acompañarte, aunque sea lo último que haga en la vida.

—Te quiero, Luka.

Se hace un silencio.

—Nunca me lo habías dicho así… —se sorprende.

—Pero ya lo sabías…

—Yo también te quiero. Mucho.

Nos besamos y nos quedamos abrazados un buen rato en la puerta del restaurante que hemos elegido para comer.

Pasamos la comida planeando la escapada a Teotihuacán y no puedo dejar de pensar que este viaje está siendo la hostia, pero hay algo que me preocupa. La salud de Luka. No todo puede ser perfecto. Louis nos receta un antibiótico que dio buenos resultados cuando estuvo ingresado, y vamos a buscarlo para que esté más protegido. No puedo evitar observarle y tomarle la temperatura cada dos por tres sin que se dé mucha cuenta, porque su cuerpo empieza a fallar. No puedo evitarlo; cada vez se me hace más evidente. Pero prefiero seguir viviendo el presente, que al fin y al cabo es lo que desea él. Tenemos muchas cosas por delante en las próximas horas. Por una parte, el Festival Chamán, que creo que merecerá mucho la pena. Y, por otro, no falta nada para el gran día.

29

Al llegar a Teotihuacán, ambos nos quedamos sorprendidos con el despliegue de gente, luces y color. Ya es de noche, pero se ve perfectamente. Un conjunto de pirámides mayas en medio del desierto conforma un círculo que deja un gran espacio en el interior. Está claro que se trata de un lugar lleno de energía y es algo que se palpa nada más llegar. Está repleto de velas, globos aerostáticos con forma de calavera volando encima de las pirámides, otros aterrizando, música típica del lugar, puestecitos de comida y decoración floral en tonos ocres, naranjas, rojos y amarillos. Al fondo, todo un grupo de bailarines vestidos con coronas de plumas hacen una danza tribal típica del folclore mexicano, intuyo. Es una noche agradable, la temperatura es buena y no hace frío. Luka mira anonadado para todas partes.

—Buah, es brutal —dice alucinado.

—Increíble —contesto.

Nos pedimos algo para comer y vemos el listado de actividades que hay para las siguientes noches. Justo en un par de horas, se celebra una ceremonia chamánica a través de la cual puedes conectar con tus seres queridos, puesto que por estas fechas se abre la puerta entre los dos mundos. Animo a Luka para apuntarnos, porque hay que reservar plaza, y él me sigue sin dudar. Una chamana, otra señal que no puedo pasar por alto. Mi familia practicaba o practica el chamanismo. ¿Será esto lo que tengo que hacer? Me pregunto mientras me dejo llevar bajo la preciosa luna que nos alumbra esta noche.

Comemos unas carnitas típicas del lugar mientras disfrutamos del espectáculo de fuego de los globos aerostáticos. Luka me mira todo el rato, como si fuera nuestra primera cita.

—¿Por qué me miras así? —pregunto tras un buen rato.

—Porque no quiero olvidarte nunca —dice—. Eres tan bonita, Alex.

—Anda ya —comento, y le doy un leve empujón antes de lanzarme a su espalda y subirme a caballito abrazándolo.

Luka da un giro que hace que me entre la risa y me estalla el pecho. Me siento tan plena y feliz.

—Nunca te voy a olvidar —le susurro al oído para que me oiga entre el gentío y la música.

Me baja de la espalda, me abraza y luego me besa con pasión para acabar con una sutil mordida en mi labio inferior.

—No me hagas esto que me derrito —aseguro.

—Pararé, porque si no acabaremos dentro de una pirámide haciendo cosas prohibidas.

—Nada me podría apetecer más —le caliento sin bromear.

—Eres mala…

—Tú sí que me pones mala —digo.

Le devuelvo el mordisco y salgo corriendo. Luka no me sigue esta vez, sino que se limita a mirarme. Yo me pierdo entre la gente que baila al ritmo de los tambores chamánicos que hay al lado de los globos aerostáticos y empiezo a bailar sin dejar de mirarlo. Bailo sexy y para él, que no aparta la mirada de mí. Lo hace como siempre, con esos ojos tan suyos, tan profundos, tan fuego.

Tras un buen rato paseando, comiendo, bailando y disfrutando, empieza la gran ceremonia y nos dirigimos al interior de la pirámide en la que se va a llevar a cabo. Tras comprobar que estamos en la lista, nos dejan entrar y nos piden que nos sentemos en el suelo en círculo. Estoy nerviosa, pero tengo ganas. Cuando estamos todos colocados, entra una señora mayor vestida con atuendos típicos de la zona y un tambor de piel en la mano. Empieza a propinar golpes al instrumento sin decir nada y crea una melodía rítmica y embaucadora. ¿Será así la familia olvidada de papá? ¿Harán estas cosas? La acompañan dos chicas más jóvenes que prenden fuego a unos atados de algún tipo de planta que desconozco e impregnan el espacio con olor a humo y hierbas. La mujer empieza a cantar una canción que conozco: *Naturaleza* de Danit y anima a los asistentes a cantar con ella. Luka y yo nos miramos y nos dejamos llevar. Cantamos y disfrutamos del momento.

Tras un buen rato de cánticos e incienso, la señora pide a un voluntario que la acompañe al centro de la pirámide. Desde ahí preparan una pequeña hoguera para calentar algo parecido a un té. La mujer lo toma y, tras poner una cara muy desagradable, cierra los ojos y coloca la mano en el pecho del voluntario. Le hace varias preguntas sobre sus seres queridos y sobre a quién quiere invocar. Tras unos diez minutos, el señor que se había prestado empieza a llorar emocionado y abraza a la chamana. No sé muy bien qué ha ocurrido ahí, pero parece que ha sentido algo que lo ha emocionado. Miro de reojo y con escepticismo a Luka, que está inmerso en la escena. El señor se levanta muy agradecido y, antes de que la chamana busque otro voluntario, soy yo quien levanta la mano. Lo hago sin dudar, como si una fuerza superior lo hiciera por mí. Luka abre los ojos como platos, sorprendido, y acto seguido me guiña un ojo.

Me acerco nerviosa al interior, y la amable señora me da un abrazo. No me incomoda, pero tampoco sé muy bien cómo actuar. Me pide que beba de la taza que ha hervido, cosa que no le ha pedido al anterior. Me dan ganas de preguntarle qué es, pero no lo hago. Tomo un largo sorbo y el amargor del brebaje me da ganas de vomitar. La anciana sonríe y me pregunta.

—¿Con quién quieres conectar, querida?

—Con mi padre.

—Ajá…

Asiente y me coloca una mano en la frente y la otra en la espalda. Siento el calor de sus manos en la piel. No sé si es por la proximidad del fuego, por sus manos o por lo que me acabo de beber, pero siento mucho calor, un ardor. La chamana pronuncia unos cantos mientras sus ayudantes siguen tocando el tambor y yo hago un esfuerzo por dejar de pensar y fluir. No siento nada extraño más allá del calor y un leve mareo. La mujer deja de hablar y de tocarme de repente para luego abrir los ojos, como si hubiera ocurrido algo extraño. Soy la única que se da cuenta. Por un instante, la señora me mira directamente a los ojos, no como una chamana, sino como una igual, y acto seguida balbucea:

—Eres Alex…

Me quedo muda… Mi mente trata de averiguar cómo lo ha sabido, pero no tardo en caer en la cuenta de que he apuntado mi nombre en una lista.

—Sí, soy yo —respondo algo incómoda.

Sus ojos se llenan de lágrimas y se lanza a mis brazos. No sé muy bien qué se supone que tengo que hacer. Empiezo a incomodarme, pero al fin vuelve a pronunciar palabra.

—No puedo conectar con tu papá, ya que es mi hijo.

—¿Cómo?

Nos separamos y, ahora que la miro detenidamente, sí tiene un aire a papá. Pero ¿cómo es posible?

—No entiendo… —digo.

—Hijita, tu papá era mi hijo… Eres mi nieta. Gracias a los dioses por traerte. —Se emociona sin tratar de disimularlo—. Una luz ha guiado tu camino hasta aquí. La siento. Tu papá está bien, muy bien. Y más ahora que ha logrado que nos encontremos. Es todo lo que anhelaba y lo que necesitaba para trascender. No puedo hacer la ceremonia con seres queridos, ya que es un acto íntimo, pero si me esperas ahorita platicaremos al terminar. Quiero conocerte —dice a la par que me aparta un mechón de pelo de la cara.

Ahora son mis ojos los que se llenan de lágrimas. No sé por qué, pero la creo y asiento antes de levantarme y volver a mi sitio. Me quedo muy agitada durante el resto de la ceremonia. La chamana me mira de vez en cuando como si comprobase que no he salido corriendo, y yo soy un mar de dudas ahora mismo. El té me ha sentado fatal y tengo ganas de vomitar.

La ceremonia dura una hora más y acabamos con unos bailes al ritmo de los tambores que me ayudan a liberar tensión. Al final, no ha sido tan incómodo como creía. La verdad es que ha sido un rato entretenido y curioso, si no fuera por mi extraña incursión en la ceremonia. Salimos de la pirámide, y Luka me propone esperar ahí a mi abuela. Se me hace extraño referirme a ella de esta manera. No tarda en llegar hasta nosotros.

—Buenas noches, queridos —saluda amablemente—. No puedo creer que estén aquí.

—¿Puede decirme cómo ha sabido que soy Alex?

—Claro, mi hijita. Cuando conecté con tu papá lo reconocí al instante. Una madre no olvida a su hijo por muy lejos que se vaya o por mucho tiempo que pase. Siento mucho lo que hizo —dice, y eso sí que me sorprende porque yo nunca cuento cómo murió mi padre. Luka es el único que lo sabe.

—Estaba muy enfermo —le defiendo.

—Sí…, pero no debió ser fácil para él elegir partir para no haceros sufrir —sentencia pronunciando una a una las palabras que siempre he intuido que eran la razón por la cual optó por el suicidio.

Me cabrea y no lo reprimo.

—Me temo que suicidarse nos hizo sufrir mucho más que verle enfermar.

—Uno nunca sabe. Uno nunca adivina —asegura con voz de chamana—. Sea como sea, él está bien y feliz de que estés aquí…

—¿Y usted? No sé nada de mis raíces. Mi padre no hablaba de ello y todo me resulta extraño y confuso…

Me interrumpe antes de que acabe la frase.

—Yo tengo muchas cosas que contarte… Y no es casualidad que estés aquí. ¿Nos sentamos y tomamos algo? Me llamo Valeria.

Se presenta con su nombre por primera vez. Suena bonito.

—Claro.

Luka nos sigue sin pronunciar palabra y nos dirigimos a una zona de *food trucks* tranquila a un lado de la fiesta. La noche sigue en todo su esplendor y el ambiente es mágico.

—Cuando tu padre era muy chiquito, yo tenía ceremonias constantemente. Iba de poblado en poblado haciendo curaciones. También soy médica.

—Vaya —digo sorprendida.

—A tu papá siempre le gustaba acompañarme y solía sentarse en mi regazo y ayudarme a entrar en trance. Tenía un don especial. Estoy segura de que hubiera podido seguir mi camino y convertirse en un buen chamán.

No digo nada, pero asiento mentalmente. Sin duda, tiene razón.

—¿Por qué se fue? ¿Por qué nunca me habló de ti?

—Nuestra vida no era fácil. Cuando tu papá cumplió ocho años, nos mudamos a una comunidad muy potente en la selva y yo me entregué por completo a mis ceremonias. Las prioricé ante todo, debo admitir. —Agacha la cabeza apenada—. Un día, mientras volvía de una casa en la que estaba haciendo unas curas a un señor enfermo, oí hablar de mi hijo a unas personas. Decían que sería el nuevo chamán, que haría esto y aquello… Y me di cuenta de que exponerlo así siendo tan pequeño no era buena idea. Hay personas muy malvadas capaces de hacer cualquier cosa cuando están desesperadas por sanar, por conseguir lo que desean, y un chamán es alguien con mucho poder en quien la gente confía, pero no siempre es tan idílico como parece. Hay gente mala… Existen rituales que prefiero no contarte, y gente muy dispuesta a llevarlos a cabo. Tuve miedo y eso fue lo que me hizo tomar la decisión. Lo hice desde la oscuridad del pavor.

—¿Y qué pasó?

—Tuve que elegir. O le ponía a salvo o seguía con mi legado.

Me quedo muda y la dejo continuar.

—No elegí, sino que hice ambas cosas. Lo mandé a Estados Unidos con mi hermana y yo seguí… Bueno, he seguido mi legado. Volvimos a tener contacto alguna vez, pero ya nunca fue lo mismo. La vida son decisiones y es probable que me equivocara, pero ya no puedo cambiarlo. Con los años, dejó de llamar, mi hermana falleció y perdimos el contacto. Fui cobarde y me arrepiento.

Miro a Luka, que atiende ensimismado como yo mientras me toca la mano.

—Mi hijita, soy tu abuela —dice como si acabara de caer en ello.

Me invade una sensación muy extraña y compleja y nos damos un abrazo sincero que nos sale de dentro, uno de reencuentro, de perdón.

La mujer se emociona y me da una gran lección.

—Todo lo que hacemos en la vida tiene consecuencias. Todo. Nos guste o no, y si estás aquí es por algo. Es tu deber descubrirlo y dejar que te cambie, mi hijita.

Me hace reflexionar. Seguimos hablando un poco sobre el lugar, sobre mi familia, y siento que se abre ante mí un mundo con el que no quiero perder el contacto. Tras un buen rato compartiendo los tres, nos cuenta que tiene un compromiso, que estos días son fechas muy complicadas. Me da su número de teléfono para que podamos llamarnos y seguir en contacto. Cuando se va, la sensación que me queda en el pecho es compleja, pero tengo la certeza de que mi padre quería que cerrara el círculo, que me reencontrara con nuestra familia por él. Luka y yo nos quedamos mirando en silencio, e intuyo que no se encuentra muy bien. No tiene buena cara...

—¿Nos vamos a dormir? —sugiero.

—Sí, por favor...

—Lo siento, no me he dado cuenta de que estabas sintiéndote mal...

—Alex, este viaje es para ti. Tranquila.

—No, joder. Esto es para los dos —le recuerdo.

—Bueno, algo me dice que a quien va a cambiar es a ti... —suelta y se queda tan ancho. Porque tiene razón.

Buscamos un lugar donde pasar la noche por la zona y nos cuesta un poco dar con un motel con disponibilidad. Finalmente, conseguimos una habitación no muy lejos y no tardamos en llegar. Me siento en la cama, y Luka se tumba con la cabeza en mi regazo. Acaricio su pelo hasta que se queda dormido encima de mis piernas. Está caliente, imagino que la fiebre empieza a complicarse. Sigo acariciándole sin saber muy bien qué hacer. Por un momento, tengo la certeza de que debería llevarlo a un hospital, que quizá podamos dar con un remedio, puesto que las pastillas que nos recetó Louis no están funcionando.

Pero me quedo inmóvil, como si esa idea racional no tuviera nada que ver con la certeza que siento atravesándome el pecho. Se acerca el final. Solo quiero que se encuentre bien, que no sufra, que no le falte nada... Y me quedo ahí, contemplando la silueta de su cara bajo la luz de la tenue luna que se cuela por la ventana, sintiendo que le amo y que esto va a ser muy difícil para mí. De pronto, caigo en que mi abuela Valeria es chamana. Poco se puede hacer ya por ayudar a Luka con la medicina tradicional… ¿Y si intento otro camino? Valeria es una nueva esperanza, una vía alternativa.

Antes de acostarme, le mando un mensaje de texto.

> Hola, Valeria.
> Gracias por la noche de hoy.
> Aquí tienes mi contacto
> Necesito pedirte algo
> Mi amor se muere; está enfermo
> y quizá podrías visitarlo…
> Puede que ocurra el milagro
> Hoy estaba a mi lado.
> Lo has conocido. Era el chico
> que me acompañaba, con el
> que también has hablado

Nunca he tenido tanta fe y esperanza depositadas en una sola persona y, con esta calma nueva para mí, me duermo abrazando a Luka con todo mi ser.

30

Nada más llegar a la galería me sorprende ver mis fotos ya enmarcadas. Son enormes y nunca había revelado mis fotos a tal tamaño ni calidad. Aún están embaladas, y no dudo en echar un cable para ayudar a sacar todo el papel que las envuelve. Cada vez alucino más con lo bonitas que son. Creo que no me valoro lo suficiente en este aspecto, ya que nunca me hubiera atrevido a participar en algo así por mí misma. «Gracias, papá». Los chicos me comentan que han quedado mejor de lo que esperaban. Los marcos negros, el cristal brillante e impoluto… Me emociono al ver las fotos de Luka: la que le robé en el hospital y la de la azotea, que al final también he podido incorporar. No puedo contener las lágrimas, y Luna se acerca a mí para tenderme un abrazo fugaz.

—Eres una artista —me dice porque cree que la emoción es por las fotos.

Imagino que es una mezcla de todo, pero me sale a bocajarro sin darme cuenta.

—Se muere…

Señalo la foto de Luka en el hospital. Ella abre los ojos como soles y trata de comprender.

—Es tu chico. Con el que viniste ayer, ¿no?

—Sí…

—¿Está bien?

—Todo lo bien que puedes estar cuando comprendes que te mueres y no hay nada que hacer.

Se hace un silencio para nada incómodo. Supongo que necesitaba desahogarme y ha surgido así.

—Lo siento muchísimo… —dice Luna con honestidad y tacto.

—Es la vida. Solo nos queda abrazar lo que tenemos.

—Pero no es fácil —dice para acabar la frase por mí.

—No, no lo es.

Nos quedamos en silencio contemplando la foto de la azotea y agradezco que no trate de consolarme, porque lo que necesito ahora mismo es aceptación. Apoya la mano en mi hombro, y una lágrima cae por mi mejilla. Luna se retira y me deja sola ante el cuadro, ante la vida y ante el vacío que se aproxima.

El día no ha sido fácil. Hemos discutido en el coche por la mañana, durante la vuelta a Guadalupe para acabar con los preparativos de la exposición. Quería acercarle a un hospital para que le bajasen la fiebre y quizá le recetasen unos fármacos diferentes a los de Louis, pero se ha negado en redondo. Me ha dicho que tenía que tranquilizarme, que solo estaba algo cansado. No quería saber nada de hospitales. Una vez en el hotel, me ha pedido quedarse en la habitación y así reponer fuerzas para mañana, el gran día. Lo he dejado allí con una mezcla de emociones brutal en la boca del estómago. Ahora, ante la fotografía, doy rienda suelta a todos mis miedos.

Cojo el teléfono para llamar a Luka y ver cómo se encuentra, pero veo un mensaje de Valeria.

«Cuenta con ello. Mañana mismo. Pásame ubicación».

Siento un halo de luz en mi interior. Le mando la ubicación enseguida y aprovecho para invitarla a la exposición que se estrena mañana. Tras hablar con Luka y comprobar que está estable, me quedo un ratito más en la galería disfrutando del momento y participando en todo el proceso antes de la gran inauguración.

—¿Cuál es tu foto preferida? —pregunta Luna

—Esa, sin duda. —Señalo la foto de las manos en la azotea—. La tomé justo después de nuestro primer beso.

—Tan lindos… Hay magia en tus fotografías. Las del águila son espectaculares.

—Eso es gracias a que la crie yo. Confía en mí como si fuera de su especie —comento.

—Eso lo explica todo. La cercanía, la confianza con la que alza el vuelo, la emoción que transmiten… Sería una brillante idea que te animaras a contar alguna anécdota de tus fotos favoritas.

—Ostras, me da un poco de pánico escénico, pero creo que ayudaría a contextualizar cada imagen. Me gustaría intentarlo.

—Lo harás genial. Tienes duende, muchacha. Y a la gente le gusta emocionarse. A mí me fascina esa foto de ahí, la de tu chico tumbado en la camilla. Es como si lo espiásemos desde detrás de la puerta. Me transporta a su habitación, a la nostalgia, a la soledad.

—¿No te parece triste? —pregunto, extrañada de que se fije en esta imagen con la de fotos alegres y bellas que hay.

—Sí, me parece triste, pero visibilizar la tristeza está bien. Es algo intrínseco en la vida y en el arte. Convertirla en tabú es un error.

—Coincido contigo. Me gusta cómo piensas.

—A mí me gusta cómo fotografías —dice.

No deja de hacerme cumplidos y hace que me sienta muy arropada y a gusto.

—Muchas gracias, Luna.

—A ti por compartir tu mirada.

De vuelta al hotel, compro algo de comida para llevar, pizza, y un par de porciones de tarta de queso. Estoy segura de que con estos manjares le alegraré el día. Sonrío.

31

Hoy es el gran día. Por fin. Me tiembla el cuerpo de la emoción.

Antes de la cita en la exposición, tengo otra importante. Una en la que tengo puesta toda mi esperanza. Bajo al vestíbulo del hotel y veo que ha llegado puntual. Es mi abuela Valeria. No lleva sus atuendos de chamana, sino unos pantalones holgados y una camiseta blanca. Nos abrazamos y la llevo hasta la habitación donde nos espera Luka. Nos pide que le contemos qué le ocurre, y él mismo la pone en antecedentes, aunque sus quemaduras hablan por sí solas. Después, yo suelto toda mi jerga científica de la situación en la que se encuentra. Valeria le pide que se tumbe y le pone las manos en el pecho.

—Cierra los ojos, querido —pide con un tono de voz pausado.

Luka toma aire, se relaja y se abre a la experiencia por completo. Están un buen rato conectados. Valeria va cambiando las manos de un punto de su cuerpo a otro. Se me antoja un tipo de reiki extraño, pero tampoco pretendo comprenderlo. Confío. Me limito a observarlos y, poco a poco, a medida que pasa el rato, me siento cada vez más relajada.

Al acabar, Valeria abre los ojos y balbucea sin tapujos:

—Luka, te vas. Ya te has ido. Lo que sea que te une a este mundo terrenal no tiene explicación. Una fuerza te mantiene aquí, pero tu cuerpo no responde.

Luka sonríe y asiente, como si pensara exactamente lo mismo. En ese momento, recuerdo las palabras de Louis, que vuelven como un dardo envenenado:

«Algo mantiene vivo a este chico y te aseguro que ahora mismo no son los fármacos».

Se lo comento a ellos. Es algo que nunca había compartido, ni siquiera con Luka, y Valeria posa la mano en mi regazo.

—Mi hijita, somos mucho más que carne, mucho más que un cuerpo. Sea cual sea su misión aquí, no se irá hasta que no la cumpla. Y no hay nada que yo pueda hacer para cambiarlo. Lo siento.

—Pero salvas enfermos, ¿no?

—Sí, pero no muertos.

Su última frase se me atraviesa en el pecho, y veo que Luka aprieta los dientes, como si ya lo supiera de algún modo. Es lo que me había dicho después de volver, después de renacer, que esto solo era su *bonus track*, como si ya hubiera muerto. ¿Tenía razón?

—No trates de buscarle explicación. La vida es como es. Y la muerte también.

—¿Qué sentido tiene que se muera? No lo entiendo —digo como una niña pequeña enrabietada.

—Pues todo el sentido del mundo. Nacemos para morir. Nuestra energía es prestada y hay que devolverla algún día. El único sentido real que le encuentro a la muerte es que morimos para generar nueva vida. Cuando muere un ser vivo, sirve para alimentar a otros, ya sea al suelo, a otros animales u a otros microorganismos. No hay más sentido que el de transformarse de nuevo en vida. El problema es que los humanos nos empeñamos en romper el ciclo y nos encerramos en cajas de madera dentro de bloques de hormigón, donde nuestro cuerpo jamás volverá a la tierra. Al romper ese ciclo, rompemos la conexión y la compresión. Todo pierde el sentido.

Entiendo a la perfección cada una de sus palabras y es como si esa gran lección completara el puzle de todo lo que nunca comprendí. El error no es la muerte, sino cómo la gestionamos, cómo la desnaturalizamos e impedimos que siga el ciclo natural. Los humanos lo hemos trastocado todo. Qué pena. Miro a Luka, que está sereno, y presiento que se encuentra en paz. Le tiendo la mano, más por mi necesidad que porque crea que necesita apoyo. Él ya lo ha comprendido.

—Yo quiero volver a la tierra sea como sea —dice clavando sus feroces ojos en mis pupilas.

—Así será —aseguro sin titubear—. Me encargaré de ello.

—Os une algo que trasciende esta vida humana. Y es muy lindo.

Valeria nos sonríe y sale de la habitación para dejarnos a solas. Nos espera en la recepción para acompañarnos a la exposición. Y yo siento con todo mi ser que así es, que algo profundo y enraizado en el tiempo nos ha unido y nos unirá para siempre.

Luka y yo nos quedamos el rato necesario en la habitación para digerir todo lo ocurrido, nos abrazamos, nos besamos con dulzura y, cuando estamos listos, salimos por la puerta más unidos que antes si cabe.

—¿Estás preparada? —pregunta con una sonrisa en los labios que le hace tan atractivo que me derrite.

—Sí, lo estoy.

No sé si se refiere a la exposición o a todo lo que nos tocará vivir. Pero, sea como sea, lo estoy.

—Estás preciosa. Bueno, lo eres —dice y me da un cálido beso en el cuello.

Le doy un largo abrazo, y salimos de la mano hacia la exposición.

—Gracias —logro pronunciar.

—Siempre estaré a tu lado —sentencia seguro de sí mismo.

32

Se abre la puerta de la galería y veo cómo empiezan a entrar personas que recorren los pasillos y se deleitan con las fotos, observándolas detenidamente. Me pregunto cómo habrá venido tanta gente. Intuyo que el trabajo de comunicación del equipo ha sido de diez, además de ser una exposición muy conocida y valorada por la gente del pueblo, que año tras año se acerca a disfrutar del arte de nuevos talentos, la música y los cócteles . He elegido un mix de Boundary Run para que suene durante la exposición. Si tuviera que expresar cómo me siento, me faltarían palabras, pues es una mezcla de euforia, nostalgia e ilusión muy confusa... Estoy contenta. Me cuesta comprenderlo, pero ahora mismo estoy contenta.

Mientras converso con algunos de los asistentes, una grata sorpresa lo cambia todo. Oigo a alguien carraspear a mis espaldas para llamar mi atención y, al girarme, veo a mamá y a Joey y estallo a llorar en sus brazos. No era consciente de lo mucho que las necesitaba aquí hasta que han aparecido.

—¿De verdad creías que íbamos a perdernos tu estrellato? —bromea Joey a la par que saluda a Luka con un abrazo sincero y se presenta.

—No nos habías contado lo guapo que es tu amigo —me susurra mi madre al oído mientras me guiña un ojo. Pero Luka la oye y sonríe sonrojado.

—¿Hace cuánto sabíais que ibais a venir? ¿Habéis estado ocultándolo mucho tiempo?

—Cariño, nunca hemos dudado de que íbamos a venir, pero queríamos darte la sorpresa.

—Os quiero tanto —digo y las abrazo de nuevo sin poder contener la emoción.

Les muestro todas las fotografías mientras explico qué quiero plasmar en cada una de ellas, lo que me ayuda a ensayar un poco la pequeña charla que voy a dar en unos minutos. La tarde pasa tan deprisa y está cargada de emociones, de mucha gente nueva. Siento que he cumplido mi gran sueño. Me veo como una fotógrafa de verdad y tengo la certeza de que esto es lo que quiero hacer el resto de mi vida.

Luna pide silencio ante los asistentes y da paso a mi gran presentación.

—Hoy tenemos el placer de tener en nuestro precioso pueblo de Guadalupe, en esta celebración tan especial del Día de Muertos, a una gran artista y nueva promesa: Alex Aguilar, hija de nuestra tierra, nieta de nuestros ancestros y portadora de un gran talento, un ángel frente al que nadie quedará indiferente. Os dejo con ella y sus sabias palabras.

Luna me emociona y siento que se me corta la voz. Me pasa el micro mientras la sala estalla en aplausos, y Luka me dedica un gesto de confianza para que me tranquilice.

«Adelante», leo en sus labios y me da ánimo.

—Hola a todos y a todas —arranco el discurso improvisando, pues he olvidado lo que había planeado—. Antes de nada, gracias, Luna, por estas palabras tan abrumadoras. Y gracias también a todos y cada uno de los que hoy estáis aquí. Para mí es una sorpresa y un honor formar parte de algo así, pues nunca imaginé que sería posible. Mi padre me inscribió poquito antes de morir, así que es una oportunidad que me ha caído del cielo. Nunca mejor dicho. Él me enseñó todo lo que sé y me brindó una mirada especial y atenta hacia el mundo que nos rodea. Me enseñó a apreciar la leve vibración que deja en el aire el aleteo de una mariposa a su paso, el modo en que cambia la luz que la luna proyecta sobre el agua según la fase en la que esté…, sutilezas que dan sentido a la vida y a las pequeñas cosas. Crecí fascinada por toda esta belleza. También me enseñó a amar a corazón abierto. —Hago una pausa y dedico una mirada cálida a Luka, que se emociona. Veo cómo le brillan los ojos. Luego miro a mamá, a Joey y a la abuela Valeria—. Porque poco importa si te lo hacen añicos. Lo que importa es el amor que al final te vas a llevar, porque incluso un corazón roto puede albergar amor. En cada foto, en cada paisaje, en cada retrato hay retales del amor que siento por la vida, por la naturaleza y por las personas que retrato. Por ello, quería dedicar esta exposición a mi papá, pero me he dado cuenta de que él forma parte inevitable de ella y voy a dedicársela a Luka, por abrir su pecho y amarme con el corazón en llamas. Gracias.

Suelto el micro, tomo aire y veo como Luka da dos pasos hasta donde estoy para abrazarme y susurrarme al oído:

—Me has dejado sin palabras. Te amo.

Todo el mundo aplaude y nosotros nos quedamos atrapados en nuestro abrazo un ratito más.

Pasamos la noche junto a Joey, mamá y Valeria, que también tienen mucho que contarse, pues es la primera vez que se conocen. Cenamos todos juntos y nos ponemos al día. Luka se encuentra animado y compartimos intimidades de nuestra relación, su problema de salud, nuestro encuentro con Valeria, incluso anécdotas de la infancia de unos y otros. Disfrutamos de la velada como si hubiera culminado un ciclo. El del reencuentro. Mamá alza la copa y propone un brindis por papá, mencionando que ha logrado reunirnos a todos. Estallamos a reír, pues es increíble que desde allá donde esté siga logrando estas cosas. Valeria se emociona y también nos dedica unas palabras llenas de cariño y sabiduría. Nos viene a decir que cada decisión que tomamos en la vida marcará nuestro futuro y lo importante que es tomarlas desde el corazón. Aunque fallemos, habremos elegido bien y siempre aprenderemos algo, así que no hay fallo posible si uno sigue lo que le pide el alma.

33

Me despierto tarde. He dormido muy bien y mucho rato. Me giro para ver cómo está Luka y el miedo se apodera de mí al ver que su lado de la cama está vacío.

—¿Luka? —llamo por si está en el baño, pero no recibo respuesta.

Me desperezo rápido y voy al baño, pero efectivamente no está. Cojo el móvil para llamarle, pero veo que hay una nota encima del teléfono.

«Voy a por el desayuno. No tardo».

Me calmo al instante y vuelvo a tumbarme y a respirar con normalidad. ¿Será así todos los días a partir de ahora? De pronto, en la calma me vienen los recuerdos más recientes. Mamá y Joey habían cogido el avión anoche; solo habían venido a darme la sorpresa. Soy la persona más afortunada del mundo por tenerlas en mi vida. Nos acompañaron al hotel y allí nos abrazamos todos. Valeria también participó en este adiós. Fue una despedida de esas bonitas, de las que no se olvidan, de las que sabemos que no van a volver a repetirse. Una vez se habían ido las tres, Luka y yo nos dirigimos a la habitación. Hacía tiempo que no sentía tanta paz y armonía. Lo último que recuerdo es dormirme acurrucada en el pecho de mi chico, sintiendo sus caricias. Le mando un mensaje para que sepa que ya estoy despierta, y veo cómo entra por la puerta en menos de veinte minutos. Va cargado con una bolsa llena de dulces mexicanos.

—Hoy nos saltamos la dieta —bromeo, y se le escapa una risa.

—Me he despertado con fuerzas y me apetecía que me diera un poco el sol. Estabas tan a gusto que no he querido despertarte.

—Gracias.

Le doy un beso fugaz en los labios, al que responde con pasión y sin poder evitarlo. Se tumba encima de mí y empieza a besarme con pasión.

Muero por volver a hacerle el amor y sentirle en mi interior. Y está claro que él también. Nos fundimos el uno con el otro y lo hacemos con ferocidad, como nunca lo habíamos hecho, con tanto deseo que se nos escapa de las manos. Me olvido del riesgo que conlleva para él, fluimos, nos fundimos y llegamos al orgasmo al unísono, entre jadeos, gemidos y llamas. Hacer el amor con él es brutal y al acabar nos abrazamos tanto rato que sin darnos cuenta se nos pasa toda la mañana en la cama. Volvemos a hacerlo un par de veces más, entregados a este vínculo que nos amarra, y disfrutamos el uno del otro sin miedos ni frenos, porque ambos sabemos que tiene fecha de caducidad. Es ahora o nunca. Entre acto y acto, descansamos, nos acariciamos, hablamos…

—Y ahora ¿qué? —pregunto con ánimo de organizar los días siguientes.

—No tengo más planes más allá de esta cama. Tú mandas.

—Pero algo habrá que querrás hacer, ¿no?

—Sí, hay algo… Quiero que me enseñes a fotografiar y tomarte una buena foto con Maktub, una que puedas enmarcar para siempre.

Me parece tan bonito que se me eriza la piel y le aseguró que lo haremos. Tras un buen rato hablando sobre cosas profundas de la vida y de lo nuestro, decidimos que mañana mismo pondremos rumbo a Nuevo México y pasaremos el resto de sus días juntos.

Luka aprovecha para llamar a su madre y tener una buena charla con ella. Le cuenta que se encuentra bien y todas las anécdotas del viaje. Se les oye alegres y para nada tensos. Parece que, poco a poco, incluso ella acepta la situación que está viviendo su hijo. Ella le da la gran noticia de que en estos días ha alquilado un estudio pequeño en Albuquerque para estar cerca de él. Se ha pedido unas largas y merecidas vacaciones de su trabajo y va a pasar el tiempo que le quede a Luka a su lado, para lo que él la necesite. Luka se alegra de tenerla cerca y le propone una comida a nuestra llegada. Los tres juntos.

Nos despedimos de México desde nuestra cama del hotel. Si tuviéramos más tiempo, sin duda nos quedaríamos a descubrir el país, pero ambos sabemos que lo mejor es regresar para que Luka vuelva a su comodidad, a sus cosas. Además, me muero por ver a Maktub. Cojo algunas flores típicas del país que adornan nuestra habitación y las prenso entre las hojas de mi cuaderno para secarlas y guardar un recuerdo de este lugar para siempre. Si pudiera, me llevaría tantas cosas... Me voy con el corazón lleno de esta gente y este lugar.

34

Regresamos a casa sintiendo el viento en la cara desde el increíble Mustang de Luka, como si cabalgáramos las llanuras mexicanas sobre caballos salvajes. Tardamos un par de días en desdibujar el camino que nos llevó a Guadalupe y disfrutamos de las mejores conversaciones, música y paseos que he vivido jamás. Compartimos tantos puntos de vista y debatimos sobre tantos otros que hablar con Luka es siempre una experiencia increíble. Lo disfruto muchísimo y el camino se nos hace corto. Por suerte, Luka se mantiene estable durante el viaje.

Llegamos a Socorro y subimos a mi casa para dejar la maleta, hacer un par de coladas y preparar una bolsa para pasar una temporada en la suya. Luka habla con su madre para decirle que ya estamos por aquí y quedamos para comer ese mismo día. Cojo mi coche y vamos en dos vehículos hasta casa de Luka, para tener más libertad en caso de que tenga que ir a cualquier sitio estos días. Llamo a Martha, que no ha dejado de escribirme y no le he podido contar mucho, y quedamos en comer juntas esta semana que viene y ponernos al día.

La comida con su madre ha sido agradable, aunque se nota el dolor que conlleva la situación para ella y no le queda otra que irse preparando por lo que pueda pasar. Está claro que no está preparada. Ninguna madre aceptaría jamás algo así. Nos explica mejor lo del estudio que ha alquilado y que se quedará aquí para estar cerca de Luka. A él no le gusta mucho la idea, porque sabe que dejar el trabajo a su edad es muy arriesgado, pero dile eso a una madre a la que se le muere su único hijo. Ella no duda y hace lo que le sale de dentro. Es una buena mujer. Se ve que ha sufrido en la vida, que no ha sido fácil para ella y, aunque no me incumbe descubrir el por qué, siento admiración. Ya tiene su piso, así que esta misma noche ya dormirá ahí.

Luka y yo, por otra parte, nos quedamos solos en este piso que habla tanto de él. Me apetece recorrerlo y descubrirlo. Tiene recuerdos, libros, fotos y objetos que parecen valiosos para él en cada rincón, sobre todos los muebles de su casa. Me da cosa mirarlos con detenimiento para no invadir su intimidad, pero me muero por hacerlo.

Siempre he pensado que una casa habla tanto de la persona que la habita que, con observarla durante unas horas, puedes saber de qué clase de persona se trata, cómo gestiona sus recuerdos, cómo de ordenada debe ser su mente o cómo de perfeccionista, dejada o atenta puede ser. También habla de la belleza, de lo detallistas que somos, de cómo gestionamos el amor según los recuerdos que atesoramos… La casa de Luka está llena de fotos de él y su chica…, bueno su expareja, y eso dice mucho de él. Atesora, cuida y parece delicado con los pequeños detalles. Guarda piedras que parecen de alguna playa o viaje especial para él. No le falta lujo de detalle. Y no me refiero solo a la decoración, también tiene un montón de *gadgets* de cocina, productos de limpieza… Se nota que es cuidadoso y perfeccionista.

Me pregunto cuáles de sus defectos llegarían a sacarme de quicio si tuviéramos tiempo, cuáles de sus manías me pondrían de los nervios y por qué motivo podríamos llegar a romper nuestra relación si esta fuera a existir algún día. Quizá su afán por la soledad, quizá se le haría pesado compaginar su carrera profesional con los compromisos de una relación. Quizá yo buscaría más sencillez y no tanto lujo… ¿Quién sabe lo que nos podría separar? Ahora solo veo motivos que nos unirían más y más.

—¿Vamos a ver el atardecer a Bosque del Apache? —me sorprende mientras sigo embobada con las fotografías de sus viajes que cuelgan de la nevera.

—¿Te encuentras bien? —pregunto.

—Sí, nos abrigamos y vamos. Parece que quiere llover.

—Sí, ya veo. ¿Cojo la cámara? —comento.

—Por supuesto. Quiero empezar mis clases particulares ya de ya.

Me río y preparo la bolsa para salir. Sin darnos cuenta, ya estamos aparcados al lado de la laguna. El cielo está nublado de un modo que enmarca el lugar para una película: nubes de todos los tonos y tamaños teñidas de rosa y naranja con el poco azul de cielo que dejan entrever.

—Menudo cielo —digo señalando las nubes a la par que disparo una foto.

Acto seguido, llamo a Maktub, que aparece sobrevolándonos en menos de diez minutos.

—Hola, pequeño —saludo y no puedo evitar darle un beso en el pico, que él corresponde con un leve picotazo en la mejilla.

Nos reímos y me fijo en cómo nos observa Luka.

—Préstame la cámara.

Nos toma una foto sin dudarlo, una que creo será preciosa, con este cielo tras nosotros, Maktub posado en mi hombro y yo dándole besos en el pico. Menuda escena. Luka me mira de un modo que no podría describir. Nadie me había mirado así jamás.

—¿Por qué me miras así? —pregunto aun sabiendo que no tendrá respuesta.

—No me sale mirarte de otra manera —responde, con esa cara tan bonita que se le pone cuando entorna su mirada hacia mí.

—Está bien. Voy a enseñarte a calibrar la cámara —digo y me centro en explicarle cómo controlar la exposición perfecta para tomar buenas fotografías.

Pasamos un par de horas haciendo pruebas y disfrutando juntos, tanto que nos olvidamos de que empieza a chispear. Pero cuando la fina lluvia se torna agitada e intensa, guardamos la cámara y le sugiero a Luka que nos vayamos. Él se niega, extiende sus brazos y alza la vista al cielo para dejar que el agua empape todo su ser. Me río y hago lo mismo. No hay rastro de aves a nuestro alrededor, solo una extensión de tierra y agua sin más ápice de vida que la que nos envuelve, lo que nos hace sentir más vivos que nunca. Nos damos las manos y seguimos entregados a la descarga del cielo. Hace frío, pero no lo sentimos. Dejar que la lluvia empape nuestros cuerpos nos libera y ,tras un buen rato bajo la descarga torrencial que acaba de caer, nos miramos como dos locos enamorados que acaban de perder el juicio.

Me lanzo a sus brazos y nos fundimos en un abrazo tan nuestro que ya siento como si esta forma de abrazar solo fuera para nosotros, como si nadie más en todo el puto planeta pudiera abrazarse así. El calor de su cuerpo me ayuda a atemperarme. Corremos hacia el coche, ponemos la calefacción a tope y, aunque nos reímos sin parar, sé que esto va a afectar a su sistema. Pero ¿acaso es mejor no vivir la vida? A estas alturas, ya no lo creo...

—Quítate la ropa —pido para que entre en calor, y yo hago lo mismo.

Y ahí desnudos, empapados con la calefacción a tope, hacemos el amor en su coche. Una, dos y tres veces mientras la noche, las estrellas y la luna caen sobre nosotros. Luego nos quedamos abrazados de nuevo, como si no hubiera un hogar al que volver. Porque con él, todo es casa. Estemos donde estemos. Estar abrazada a él me hace sentir que estoy donde debo estar y es algo que no tiene precio.

Tras un par de horas en el coche, ponemos rumbo a casa. Por suerte, aún quedaba algo de ropa del viaje y podemos cambiarnos y llegar secos. Pedimos comida a domicilio para cenar. Sushi, que me encanta. Y luego elegimos una serie al azar para tirarnos en el sofá a esperar que venga el sueño.

Los días siguientes pasan lentos. Los saboreamos y atesoramos haciendo cosas tan comunes y rutinarias como cocinar juntos, hacer coladas, doblar la ropa, limpiar la casa…, cosas que seguro llegaríamos a odiar si nuestra relación durara. Pero, ahora mismo, lavarme los dientes a su lado frente al mismo espejo mientras trata de hacerme cosquillas para que me ría y escupa la pasta me parecen cosas extraordinarias y supervaliosas. Incluso fregar los platos o que me caigan las lágrimas cortando cebolla, preparar una pizza y meterla en el horno…, todo. Todo me parece un milagro. Valoro por primera vez en toda mi vida el placer de las pequeñas cosas. Puede parecer una tontería, pero vivir sin piloto automático es brutal. Y es gratis, pero no lo hacemos. Vamos tirando por la vida dándola por sentada, como si todo fuera mediocre, cuando en realidad todo es la hostia y quizá mañana ya no podamos hacerlo.

Anoche preparamos un bizcocho juntos y lo dejamos todo perdido. Normalmente, odiaría limpiar la cocina y el horno después del desastre que armamos, pero anoche fue distinto. Luka y yo limpiamos todo entre risas mientras saboreábamos los restos de masa cruda del cucharón de madera con el que lo habíamos preparado. Y el simple hecho de disfrutar de cada instante, por insignificante que parezca, nos hace sentir que la vida es maravillosa y que tiene un sentido. La naturaleza es así, presencia pura. El pájaro siendo y sabiéndose pájaro, haciendo lo que se supone que debe hacer sin pensar en qué hará después. Qué bonita lección de vida. Qué bonito valorar esto y qué bonito hacerlo con Luka en estos momentos. Dormir abrazada a su cuerpo, sintiendo su piel como el milagro que es estar aquí, haber coincidido, dure lo que dure, haber sentido lo que sentimos juntos, algo que a lo mejor no lo volvemos a sentir nunca más, porque encontrar a alguien con quien estar es fácil, pero encontrar a alguien con quien ser ya es harina de otro costal. La gratitud que siento por cada instante vivido es inexplicable y, sin darme cuenta, empiezo a vivir y disfrutar cada día, como nunca lo había hecho. Quizá este sea el aprendizaje de mi historia con Luka... Quizá...

Su cuerpo ha entrado en una especie de letargo. No hay fiebre y no tiene síntomas, como si hubiera sanado por arte de magia. Se siente algo aletargado, pero eso es todo, según él. Este pequeño oasis en su estado de salud nos permite vivir nuestro gran milagro sin dudas, saborear la felicidad de compartir nuestras vidas haciendo cosas cotidianas, cuidándonos el uno al otro y creando nuestro nido juntos. ¿Es el amor que sentimos lo que mantiene a Luka en la tierra como bien nos dijo Valeria? ¿Es eso posible siquiera? La vida me fascina a cada día que pasa y, por supuesto, la honro cada vez más y agradezco, aún en nuestra situación, tener un poquito más de tiempo.

35

Han pasado dos semanas desde que regresamos de México y ya he visto a Martha, a Joey y a mamá de nuevo. Luka ha podido reposar y disfrutar de la compañía de su madre, y nuestro día a día se ha convertido en una rutina de pareja que me hace muy feliz. Sé que estamos experimentando un pedazo de lo que podría ser nuestra vida juntos, ahora que Luka vuelve a desestabilizarse. Anoche se despertó tres o cuatro veces con temblores debido a la fiebre. Llevamos todo el día tratando de estabilizar su temperatura corporal, pero no está siendo fácil. Ambos sabemos que está llegando la hora, pero nos aferramos a la vida.

—Me cuesta pensar que te dejaré sola… —dice abrazándome entre las sábanas mientras empieza a amanecer.

Un sol rojizo asoma y se cuela por la ventana mientras disfruto del aroma de las sábanas en contacto con su piel. Suspiro. Soy incapaz de responder a eso.

—Siento que llega el final y necesito hablarlo.

Me giro hacia él para quedarme frente a frente, le doy un suave beso en la nariz que él me devuelve en los labios y me doy cuenta, por primera vez, de que ambos lo hemos asumido ya de la mejor forma posible.

—Cuéntame… —digo para que pueda expresarse.

—Creo que me estoy aferrando a la vida para no alejarme de ti…, como hice cuando morí en el hospital.

—También lo creo —digo, pues ya lleva semanas sin medicación y con síntomas, y su cuerpo debe estar a punto de colapsar.

—Es increíble cómo la mente o el alma puede tirar incluso de un cuerpo como este. Contigo siempre tengo esta corazonada —me susurra señalándose.

—Tú y tus corazonadas… ¿Hay algo que quieras hacer antes de…? —pregunto con todo el cariño que soy capaz de sostener.

—Quedarme un rato más en la cama contigo. Ya solo me apetecen las pequeñas cosas. Menudo aprendizaje este.

—¿Por qué? —pregunto.

—Porque siempre había pensado que la grandeza era la hostia, quería conseguir grandes cosas. Y ahora lo único que quiero es quedarme un rato más abrazado a ti entre las sábanas.

—El valor de las pequeñas cosas, las del día a día… —acabo la frase por él.

—No son pequeñas.

Me sonríe y yo… me derrito. Le devuelvo la sonrisa, pues esto es todo lo que me apetece a mí también. Olvidarnos del mundo real y vivir lo que nos viene, como si no existiera nada más, como si ahora mismo no hubiera otras parejas planeando su futuro, como si el mundo estuviera a punto de extinguirse, como si no fuese a caer un meteorito, a calcinarnos una estrella fugaz o a hundirnos bajo un tsunami. Como si la nuestra fuera la única realidad, porque lo es para nosotros, al fin y al cabo.

Tras un abrazo largo, cálido y sanador, me quedo apoyada en su pecho y noto cómo su temperatura asciende poco a poco, cómo se le acelera el pulso a pesar del sosiego en el que se encuentra. El estómago se me cierra por completo y aprieto los labios con todas mis fuerzas para retener las lágrimas, porque su sistema empieza a colapsar y sé con toda certeza que ya nada lo puede parar.

Cierro los ojos y me concentro en el latido de su corazón: rítmico, como un caballo salvaje galopando desbocado hacia ninguna parte. Acaricio su abdomen con la otra mano y noto cómo su respiración se va acelerando. Lo miro por un instante y compruebo que sigue con los ojos cerrados, entregado a la experiencia de partir. Sé que lo sabe. Sé que es consciente de que ha llegado el momento y no se está aferrando, sino dejándose ir.

Logro retener las lágrimas, respiro hondo y trato de absorber el aroma de su piel con cada respiración. Trato de inmortalizar la sensación del tacto de su cuerpo bajo las yemas de mis dedos, la sensación de plenitud que siento en sus brazos, esta maldita conexión que nos embruja. No quiero olvidarlo nunca. Quiero poder volver a este instante y sentirme plena, aunque él ya no esté.

—¿Necesitas algo? —susurro tras casi una hora de abrazos y mucha conexión.

—Que me prometas que nunca más tendrás miedo ni creerás que la vida no vale la pena. Prométeme que vivirás por mí.

Sus palabras definen a la perfección lo que he sentido este último año y una lágrima me baña la mejilla.

—Te lo prometo —contesto sin dudar.

Me percato de que su respiración pasa de ser acelerada a menguar ligeramente y cada vez es más y más pausada. Sigo con la mejilla apoyada en su pecho a la altura de su corazón. Me muevo un poco para llegar hasta sus labios y darle un último beso, uno tierno y lento, lleno de un amor que se me derrama, que me llena el pecho, que me lo parte en dos, que lo inunda todo. Luka me dedica una leve sonrisa, con una mueca de calma y tranquilidad. Está guapo, como si estuviera a punto de quedarse dormido. No hay ápice de dolor y no quiero hacerle hablar; no quiero que se esfuerce, por lo que vuelvo a esconderme en su pecho, a refugiarme, a desaparecer entre su piel y las sábanas. No sé qué hora es, ni me importa. El universo desaparece fuera de esta habitación, y este momento es todo lo que existe.

—Encontraré el modo de volver a ti —susurra con dificultad.

—Shhh —pido con cariño. No quiero que siga esforzándose en hablar más—. Siempre vivirás en mí, eso no lo cambiará nada ni nadie jamás. Te lo prometo —respondo a la par que tomo su mano. La noto fría y la poso en mi pecho desnudo a la altura de mi corazón.

Luka suelta un largo suspiro y vuelve a cerrar los ojos. Siento que nuestro cuerpo físico es una puta broma, una trampa, una traición...

—Te amo... Siempre lo he hecho... —confiesa.

—Y yo siempre lo haré —digo y no logro retener las lágrimas silenciosas y cálidas que brotan de mis ojos.

No sé cuánto rato pasamos abrazados. Sentimos nuestros pulsos, el latido que compartimos desde el primer día que se cruzaron nuestras miradas; sentimos todo el amor que emana de nuestra unión, toda la magia, la química, las mariposas, los sinsentidos, las coincidencias, los planes que nunca serán, las risas que nunca compartiremos, las cosquillas, los orgasmos, los atardeceres, los hijos que nunca tendremos, los viajes que no haremos, la vida que no compartiremos... Todo se esfuma con la misma paz con la que lo hace la insoportable levedad de su ser, dejando tras de sí mi corazón hecho añicos, un vacío sideral y muchísimo amor.

Luka ya no está. Lo sé. No necesito comprobarle el pulso para verificar su muerte. De repente, la sensación que me llena el pecho de amor me ha engullido, como un agujero negro en medio del espacio, un agujero negro que absorbe cualquier materia o energía, incluida la luz, y retiene el tiempo y el espacio en su interior. Cierro los ojos con fuerza para frenar las lágrimas que no puedo controlar. Noto que me cuesta respirar y me aferro más a su cuerpo si cabe; sé que son mis últimos instantes acariciándolo, abrazándolo, besándolo, pues debo cumplir con mi promesa y descolgar el teléfono para pedir una ambulancia. Servirá para cumplir su voluntad y que su muerte dé vida a otros que la necesiten.

Soltar al gran amor de mi vida es lo más difícil que he hecho jamás y, mientras lucho por lograrlo, siento cómo el hecho de estar viva es un milagro en sí mismo. Consigo separarme, lo miro, lo beso, lo acaricio y… marco el teléfono de emergencias sin apenas poder pronunciar palabra alguna. El resto desaparece. Pierdo el sentido y la noción del tiempo y el espacio. Sigo en mi agujero negro. Me dirijo a la puerta, la dejo abierta para cuando lleguen y vuelvo a tumbarme sobre su cuerpo sin vida mientras espero a que lo aparten de mí. Escribo a su madre, ya que no tengo el valor de llamarla, y pierdo el norte.

36

Tres meses después

No recuerdo con detalle los días que siguieron a la partida de Luka, solo los sollozos de su madre a mi lado en la cama, las manos de un enfermero separándome de su cuerpo, mi rigidez, el mareo, las ganas de vomitar y las tres pastillas que me obligaron a tomar, que me tuvieron los días siguientes viviendo en piloto automático para no cometer una locura. Después todo fue retomando el sentido. No hubo entierro y sus órganos llegaron intactos, por lo que se pudo cumplir su voluntad de seguir viviendo en otros cuerpos. Incineraron el suyo e hicimos la fiesta que él siempre había querido. Vino mucha gente, mucha a la que nunca había visto, mucha a la que hubiera conocido de haber tenido tiempo. Nadie me presentó, sino que solo fui una más, insignificante y diminuta para ellos, igual que lo somos para el universo. Conseguí sonreír con las anécdotas de sus amigos, lloré con las palabras de su madre, acompañé el llanto desconsolado de su exnovia y fingí ser solo una más, fingí no haber sido su gran último amor. No me hacía falta, ya que eso fue nuestro y siempre vivirá en mí. Su madre decidió llevarse las cenizas con ella y no hemos vuelto a hablar. No lo necesito. Está bien así. Si quiere, aquí estaré para ella. Siempre estaré para él.

No hay día que no me despierte pensando en Luka. Extraño que me mire con esos ojos tan bonitos, añoro el sonido de su risa, su arrogancia, sus besos... Lo añoro todo de él y me duele, pero lo acepto. No le pregunto a la vida por qué ni por qué a mí, ya que he comprendido que este es el verdadero sentido. Todo muere para generar nueva vida y es así como se hace eterno. Todo está conectado y todo cobra sentido. Sin duda, el duelo está siendo más llevadero gracias a la presencia diaria de mamá y Joey, a las llamadas nocturnas de Martha y a mis escapadas con mi nueva cámara de fotos. He decidido comprar una réflex digital y abrirme a la experiencia del nuevo mundo, como diría mi padre. Me gusta la tranquilidad que me da tener más de una oportunidad para disparar. En esta nueva etapa, quiero ser más flexible y abrirme a nuevas experiencias. En las últimas semanas, he recibido también una llamada cálida de Louis, dándome el pésame y diciéndome que el hospital me espera si así lo deseo. Y James se presentó en mi casa con mi bizcocho favorito para darme ánimos. Los capítulos de mi vida hasta ahora se van cerrando para abrir nuevos caminos. Así lo siento.

Echo un vistazo al montón de cartas y papeleo que tengo pendiente de los últimos meses encima de la mesa de la cocina. Decido hacerme una infusión bien cargada para empezar por fin a abrir sobres y reconectarme con la vida real, lejos de lo que han sido mis últimos meses de introspección, duelo y mundo interior. He leído, he pasado mucho rato llorando en la cama y he paseado con Maktub. No he hecho mucho más; llorar mucho, comer y dormir poco. Pero, poco a poco, voy aceptando esta nueva realidad y, aunque su ausencia lo llena todo, siento muy cerca a Luka porque habita en mí y siempre lo hará.

Miro por encima los remitentes de los sobres y me llama la atención uno que viene de Guadalupe. Creo que es de la galería. Un atisbo de alegría me recorre el cuerpo y lo abro sin urgencia, pero me quedo sin aliento al leer lo que dice. No puede ser.

Querida Alex:

Nos gustaría informarla de que toda su colección fue vendida por una suma de ciento veinte mil dólares a un único comprador.
Nos place hacerle llegar una nota que dejó el comprador para usted.

Ciento veinte mil dólares. ¿Para mí? No, no puede ser... ¿Cómo gestiono yo tanto dinero? ¿Qué se supone que se hace con tanto dinero? No doy crédito y abro el pequeño sobre que hay dentro del sobre.

Desconocida:

No he podido evitar comprar tu obra. Espero que no me odies por no dejar a otros disfrutar de ella al hacerlo. Es mi última voluntad. ¡Sorpresa! Sé que, si lo hago, tendrás que volver a salir para llenar la galería de nuevas fotografías llenas de vida. Tu mirada es especial y no puedes privar al mundo de ella. No me prives a mí, desde donde me encuentre cuando te llegue esta carta. Duermes a mi lado mientras la escribo. Se acerca la hora y ambos lo sabemos... Por ello, no he podido desperdiciar mis últimos días para hacerme con tu obra. Creo que no podré ir a por ella... Me hubiera encantado llenar mi casa de tus fotos. Hazlo tú. Mi madre recibirá mi herencia y, por si aún no te ha contactado, te aviso de que mi casa es para ti. Haz con ella lo que quieras. Puedes llenarla de tus fotos y luego venderla, quemarla o quedarte a vivir. El viejo Mustang también es para ti. Recorre y fotografía nuevos países con él. O véndelo. No me importa. Nada me ata, y si crees que esto es demasiado, ignóralo y haz lo que te dé la gana como siempre has hecho, libre y apasionada, así te recordaré siempre. Y preciosa. Y maravillosa y…, joder. Todo. Lo has sido todo. Gracias por aparecer, por llenarme la vida de arte y de ganas y de besos y de magia. Te debo tanto… Tú me salvaste, y ahora quiero salvarte yo a ti. No vuelvas a trabajar de nada que no te haga volar. No dejes de fotografiar y vuelve a llenar de fotos esa galería.

Te quiero. Te quiero como nunca y como a nadie y, sobre todo, te quiero desde muy lejos, desde donde nunca se deja de querer.

Siempre tuyo,

LUKA

Tomo aire con dificultad, mojo la carta con mis lágrimas, la acerco a mi pecho y me quedo así unos instantes, inmóvil, plena de nuevo justo ahora que había solicitado reincorporarme al hospital con toda la pena del mundo, pues estoy sin dinero. Gracias, gracias por salvarme de una vida de la que yo no me hubiera salvado jamás. Lloro de felicidad y de agradecimiento. Leerle después de echarle tanto de menos es como volverle a abrazar, como volver a vivir.

Y sé que nuestro encuentro en esta vida no fue casual. Si nos hubiéramos conocido antes fuera del hospital, nunca hubiera ocurrido igual. Su vida, sus gustos, su nivel económico… Todo estaba tan fuera de mi alcance que estoy segura de que nunca nos hubiéramos fijado el uno en el otro. Por ello, tengo la certeza de que encontrarnos justo en ese momento, en el hospital después de su accidente, tiene un sentido profundo. Ambos necesitábamos que alguien nos salvara. Luka necesitaba irse en paz, que alguien lo salvara de su propia muerte, y yo que alguien me salvara de la vida… Aprender a soltar lastre definitivamente y a seguir, valorando todo como un milagro. Abrir los ojos cada mañana y saborear lo efímera que es nuestra vida y lo eterno que es el mundo que nos rodea. Aprendí a honrar los momentos tal cual vienen y a agradecer todo, aunque no ocurra como tenía planeado. Porque todo lo que nos pasa no es más que otro peldaño que nos lleva hacia el lugar al que estábamos destinados. Y ahí reside nuestra paz interior.

Hace un par de días me atreví a pasar por la tienda de Paul y recoger las fotos de nuestro viaje a México. Hablamos un buen rato sobre lo ocurrido en mi exposición, la venta de mis fotografías, mi nueva cámara digital y me animó a explorar horizontes por el mundo, a viajar y retratarlo ahora que soy libre. Es algo que a él le gustaría hacer, pero sus obligaciones laborales no se lo permiten. Por ello, me alienta a hacerlo a mí que puedo. Me hizo reflexionar y me confesó que mis instantáneas de México le habían sorprendido y que debo seguir haciéndolo, que tengo futuro.

«Hay tanta magia en cada foto, Alex. No dejes de hacerlo. Llegarás lejos».

Recuerdo la última frase antes de salir por la puerta y me entran más ganas aún de ver el resultado de las fotos, ya que hasta ahora no me atrevido. Son fotos que tomamos entre los dos y que sé que detonarán mi corazón un poquito, pero tengo ganas de verlas y afrontar ese gran viaje que hicimos para atesorarlo para siempre en mi interior.

Abro el sobre con cuidado, tomo aire y me dispongo a ir pasando las fotografías. Las lágrimas brotan desde un lugar muy profundo que me cuesta identificar. Las instantáneas son realmente maravillosas. Tienen un halo de vida inexplicable y están tomadas desde el corazón. Y eso se nota. Los retratos, las miradas llenas de alma, el viejo Mustang bajo la luz de la luna, las velas de fondo de los altares, Luka apoyado en el capó del coche, yo bailando en la fiesta ajena al resto del mundo… Una idea me cruza la mente como si de una revelación se tratara. Debo publicarlas. Como sea. Y no en una galería, sino en un libro. Debo contar la historia de Luka.

37

Un año y ocho meses después

Los mechones violetas de mi nueva cabellera se me enredan en la cámara nada más sacarla para retratar nuestro gran reencuentro. Cierro la puerta del viejo Mustang y me recojo el pelo en una coleta. Un año sin ver a Maktub. Un año viajando sin parar. Un año retratando nuevos mundos, nuevas vidas. Autopubliqué un libro documental de nuestro viaje a México y tuvo mucho éxito. La gente se emocionó con la historia que conté acompañando las fotografías, el final de la vida de Luka y nuestra gran historia de amor. Se vendió tan bien y tan rápido por internet que una editorial me contactó para crear una serie de tres libros más contando historias alrededor del mundo de cómo otras culturas afrontan la vida y la muerte, aparte de volver a publicar con ellos las memorias de México y Luka, como primer libro de esta serie de cuatro entregas.

El libro ha tenido mucho reconocimiento y me ha brindado la carrera profesional que tengo hoy en día. Llevo meses con este proyecto. Primero viajé a la isla africana de Madagascar, donde el pueblo malgache tiene una forma peculiar de celebrar la muerte: la Famadihana. En cada periodo de siete años, los familiares sacan de sus tumbas a sus seres queridos al ritmo de la música y con un gran banquete. Se vive como una auténtica fiesta y es una ceremonia en la que se cambian las vestimentas por nuevas prendas de seda. El acontecimiento se vive con alegría y, tras el banquete, se baila con los fallecidos antes de devolverlos a sus tumbas. Puede parecer algo siniestro, pero vivir con ellos su alegría, su gozo por los que están vivos con esa sonrisa tan limpia que tienen los malgache tatuada siempre en la cara, así como ver a los niños y a los ancianos tan unidos, me ha hecho darme cuenta de que todo son ideas y que la cultura lo impregna todo. Nada es real, sino que todo son creencias. Mi próximo destino será la India, la ciudad de Benarés, donde hay cremaciones en la calle a diario junto al río Ganges, puesto que el último deseo de todos los hindúes es morir en la ciudad sagrada del hinduismo. Tras su cremación, se lanzan los cadáveres al río, donde se bañan juntas la vida y la muerte, según su cultura.

Pero antes de seguir he querido regresar a casa a visitar y pasar un tiempo con los míos para compartir todo lo aprendido en mi último viaje. Volver a casa después de tanto tiempo fuera me remueve sin poder evitarlo. Me hace feliz, me siento plena de nuevo después de tantos meses de crecimiento y superación, cumpliendo sueños y siguiendo mi verdadero latido. Siendo verdaderamente libre por primera vez. He vivido tantas cosas y conocido a tanta gente nueva que me siento plena. Ya no se me encoge el corazón cuando estoy en el gran y lujoso piso que me dejó Luka, ni conducir su coche por las llanuras mexicanas cada vez que quiero sentirle cerca. Pensar en él ya no duele. Ya solo me queda el amor.

Bosque del Apache sigue como siempre. El gran chopo sigue en pie y mi mirada se fija en el cielo en busca de mi gran amigo Maktub, al que llevo demasiado sin ver y me da miedo que ya no me reconozca. Le llamo con el sonido de reclamo que él conoce y, tras unos instantes, aparece rompiendo el viento con sus poderosas alas. Para mi sorpresa, me sobrevuela y se dirige directo hacia alguien que pasea bajo el viejo árbol.

«¿Será posible? ¿Cómo puede ser que confíe en otra persona?».

Me sorprende muchísimo y trato de adivinar quién es. Imagino que mi ausencia le ha marcado y es posible que haya confiado en otro ser humano. Veo cómo se posa en su hombro y juraría que no debe ser la primera vez. Me acerco curiosa y feliz de que otra persona pueda sentir este vínculo tan maravilloso. Camino hacia el árbol y noto el calor de este nuevo verano que tanto anhelaba.

Al acercarme al fin a ellos, Maktub suelta un graznido que me remueve el alma y los recuerdos y salta de su hombro a mi brazo. No puedo evitar besuquearle el pico y decirle lo grande y guapo que se ha puesto. Reparo en lo mal educada que he sido y saludo con timidez.

—Buenas tardes —digo con cordialidad.

—Hola, encantado —responde con una gran sonrisa.

El chico me mira con curiosidad y yo sigo centrada en mi reencuentro con Maktub. Reparo en que lleva una cámara muy buena con una lente muy costosa colgando del cuello y, al tratar de leer el modelo, no puedo evitar reparar en la gran cicatriz que le recorre el pecho de arriba abajo. Me quedo paralizada y muda por un instante, y él se da cuenta. Se mueve con incomodidad, como avergonzado porque haya descubierto su gran cicatriz de trasplante de corazón. Me doy cuenta y trato de recuperar la normalidad.

—¿Cómo has logrado que Maktub se pose en ti? —pregunto para romper el hielo.

—¿Así se llama? —dice sorprendido.

—Sí, lo crie cuando era un polluelo —explico y, con un movimiento de brazo, hago que Maktub salte y vuele de nuevo hacia él—. Pero puedes llamarle cómo quieras. Está claro que le has gustado.

—Pues no sé cómo ocurrió. Llevo varias semanas viniendo a fotografiar este lugar y él me sigue. El otro día le silbé exactamente como has hecho tú hace unos instantes. No me preguntes cómo me salió hacer algo así. Fue una corazonada y funcionó.

Se ríe ajeno a la caja de pandora que acaba de abrirse ante mí.

—¿Una corazonada? —pregunto sorprendida y una parte de mí se llena por completo.

—Qué mal educado. Me llamo Brian y soy fotógrafo. Estoy haciendo un reportaje para National Geographic, retratando las grandes migraciones de nuestro país. Vengo del norte, de Maine.

—Vienes de lejos...

No logro concentrarme... ¿Es posible lo que creo que estoy pensando?

—Sí... Y esto es increíble, me encanta.

Su risa. Su risa es bonita y es dulce.

—Sí, a mí también.

—Veo que también fotografías... —comenta señalando mi cámara, de la que me había olvidado por completo. Sonrío como una niña después de tanto tiempo sin sentir esta sensación.

—Sí, lo intento.

—Con esa cámara, dudo que lo intentes. No seas modesta. ¿Me enseñas tus fotos? —pregunta con una ingenuidad que me sorprende y, como por arte de magia, me entran ganas de compartir mi obra con alguien por fin, después de tantos meses viajando sola.

Me descuelgo la cámara del cuello y le empiezo a enseñar algunas instantáneas de mi último viaje a Madagascar. Acabamos sentados bajo el chopo que tanto amo y compartimos nuestra afición. Me enseña sus fotos, que son realmente increíbles, me deja probar su cámara y yo a él la mía. A lo largo de la tarde, terminamos por compartir también anécdotas, alguna que otra sonrisa y nuestra manera de ver la vida, que tiene mucho en común. Me doy cuenta de que, sea lo que sea y signifique lo que signifique esto, las corazonadas hay que seguirlas y yo ahora mismo tengo una muy grande.

Agradecimientos

Durante la escritura de esta novela, mi vida dio un vuelco que catapultó a las antípodas mi zona de confort. Todo lo que creía estable y duradero explotó como una granada que se escurre de entre los dedos y me trajo un despliegue infinito de lecciones y aprendizajes.

Gracias a la vida una vez más, por mostrarme su fragilidad y obligarme a saborear cada instante, a valorar los vaivenes. Recorremos nuestro camino creyéndonos inmortales; damos importancia a lo insignificante y pasamos por alto lo realmente importante.

Podría hacer una lista kilométrica para darles las gracias a cientos de personas que han estado a mi lado, que me han acompañado y que ya no están. Sin ellas, no habría aprendido ni habría crecido para ser la persona que soy ahora.

Y también podría hacer otra lista para incluir a todos los que sí están y me hacen la vida más bonita cada día. A todos los que son un continuo en mi ahora y pueden no serlo en mi futuro.

Podría incluso darles las gracias a todas las personas que están por llegar y me llenarán de esperanza y nuevas ilusiones cuando más lo necesite. Aún no las conozco, pero sé que algún día significarán algo para mí.

A veces olvido que estar viva es un milagro. Gracias a mi yo del pasado, del presente y del futuro. Gracias a todos los que han estado, están y estarán. Gracias a mis lectores, por leerme una vez más. Gracias a Roca Editorial, por seguir creyendo en mí y apoyando mis historias. Gracias a mi hijo, por ponerlo todo patas arriba y armarme de coraje. Gracias incluso a los que algún día me quisieron mal, porque dolió pero me hizo fuerte.

Y, sobre todo, gracias a ti.

Queremos compartir más momentos contigo.

Únete a la comunidad de Penguin Libros
y encuentra tu siguiente lectura.

¡Únete hoy!

Penguin
Random House
Grupo Editorial